Dedico este livro a alguém muito especial:

Que você faça incríveis viagens para dentro de si
e descubra que toda mente é um cofre. E que não há
mentes impenetráveis, mas chaves erradas.
Uma dessas chaves para termos uma mente livre
e uma emoção saudável são as vírgulas!
Que nos momentos mais difíceis de sua vida,
você não coloque pontos finais, mas VÍRGULAS!
VÍRGULAS? Sim, para escrever os capítulos
mais importantes de sua história nos momentos
mais angustiantes de sua existência.
Obrigado por você existir!

Diretora editorial *Raquel Cozer*
Gerente editorial *Renata Sturm*
Assistente editorial *Marina Castro*
Preparação *Renata Lopes del Nero*
Revisão *Amanda Moura e Expressão Editorial*
Projeto gráfico de capa e miolo *Rafael Brum*
Diagramação *Abreu's System*

CIP-BRASIL. CATALOGAÇÃO NA PUBLICAÇÃO
SINDICATO NACIONAL DOS EDITORES DE LIVROS, RJ

C988p

Cury, Augusto
Prisioneiros da mente: os cárceres mentais / Augusto Cury. - 1. ed.
- Rio de Janeiro: Harper Collins, 2018.
320 p.

ISBN 9788595085206

1. Romance brasileiro. I. Título.

18-52419 CDD: 869.3
CDU: 82-31(81)

Vanessa Mafra Xavier Salgado – Bibliotecária – CRB-7/6644

HarperCollins Brasil é uma marca licenciada à Casa dos Livros Editora LTDA.
Todos os direitos reservados à Casa dos Livros Editora LTDA.
Rua da Quitanda, 86, sala 218 — Centro
Rio de Janeiro, RJ — CEP 20091-005
Tel.: (21) 3175-1030
www.harpercollins.com.br

AUGUSTO CURY

AUTOR **MAIS LIDO NO BRASIL** NAS ÚLTIMAS DUAS DÉCADAS,
PUBLICADO EM MAIS DE **70 PAÍSES**

PRISIONEIROS DA MENTE

[Os cárceres mentais]

ESTE ROMANCE PSIQUIÁTRICO REVELA QUE NO CÉREBRO HUMANO HÁ MAIS CÁRCERES DO QUE NAS CIDADES MAIS VIOLENTAS DA TERRA. QUAIS SÃO OS SEUS?

HarperCollins

Prefácio

Prisioneiros da mente é um romance permeado pelo universo psiquiátrico e sociológico, que disseca os cárceres mentais comuns a quase todos nós, mas que dificilmente conseguimos mapear ou desenvolver coragem para verbalizar. Seus protagonistas principais são Theo Fester, um magnata do Vale do Silício, e seus três egocêntricos filhos: Peterson, empresário do setor bancário; Brenda, presidente de uma cadeia de lojas de moda feminina; Calebe, um notável investidor em *startups*, especialista em ganhar bilhões de dólares — ainda que passando por cima de tudo e de todos.

Theo Fester, o patriarca, é inteligente, ousado e culto, e detesta conviver com pessoas lentas e inseguras. Ao mesmo tempo que é capaz de em segundos demitir um diretor de uma de suas empresas, não hesita em elogiar quem perdeu fortunas, mas ousou andar por caminhos nunca antes percorridos. Para o magnata, vale a máxima: "Quem vence sem riscos triunfa sem glórias". Filho de um judeu que viveu os horrores dos campos de concentração e que depois de resgatado foi para Nova York, Theo Fester teve de ser, desde a infância, "pai" de seu pai, ajudando-o a abrandar os fantasmas mentais adquiridos pela atroz perseguição nazista.

Na adolescência, Theo Fester foi impelido a empreender para sobreviver. Forjado pelas perdas, pela exclusão social e pelos mais diversos tipos de *bullying* que sofreu, não se curvou à dor. Suas lágrimas irrigaram sua coragem, sua capacidade de se reinventar, mas também sua raiva. Em vez de se afastar ou perseguir as pessoas que o feriram na juventude, fazia valer outro provérbio: "A maior vingança contra um inimigo é levá-lo a trabalhar para você". Empregou-as.

Tornou-se um empreendedor mundialmente invejado, entretanto, por fim descobriu que seu maior empreendimento, sua família, estava falido. Ele e seus filhos eram socialmente aplaudidos, mas na essência viviam uma farsa — eram um grupo de estranhos, especialistas em se digladiar, aprisionados pela necessidade neurótica de poder e de ser o centro de todas as atenções.

Iluminado pelo psiquiatra e pesquisador dr. Marco Polo, Theo Fester descobrirá que, de empresários a colaboradores, puritanos a pecadores, celebridades a anônimos, intelectuais a iletrados, todos temos nossos presídios mentais que sustentam egos inflados, fóbicos, depressivos, ansiosos, autopunitivos, intolerantes, mal-humorados, destituídos de resiliência. Foi difícil para ele descobrir que era um bilionário emocionalmente falido e um pai dilacerado.

Em algum momento da vida, os seres humanos que percorrem apenas a superfície de um mísero átomo do imenso espaço, e ainda assim proclamam, como deuses, que sabem tudo, perceberão que se esqueceram de explorar o mais complexo dos mundos: o "planeta" mente. Descobrirão, perplexos, que no cérebro humano há mais cárceres do que nas cidades mais violentas da Terra; que há mais mendigos emocionais morando em belas casas e apartamentos do que a psiquiatria supõe. Somos todos prisioneiros em busca de liberdade, mas muitos morrem encarcerados. Procuram-na em lugares em que ela nunca existiu.

1. O IMPREVISÍVEL FUTURO DA HUMANIDADE

Mentes ansiosas e com baixo limiar para suportar frustrações se multiplicam como um vírus na Era Digital. Estes são tempos sombrios para o planeta Terra — e mais ainda para o "planeta" cérebro. A insegurança e a ansiedade diante do que o futuro reserva geram sofrimento e fazem parte da rotina do ser humano mentalmente hiperestimulado. Milhões de pessoas tentam se preparar para um futuro imprevisível, e não sem razão.

Num suntuoso escritório, um homem de cabelos grisalhos, considerado um profeta do Vale do Silício, anuncia informações assustadoras para seu secretário especial, Marc Douglas:

— Mais de cinquenta por cento dos bebês de hoje, quando adultos, terão profissões desconhecidas na atualidade. Os pais e as escolas secundárias educam os jovens para um mundo que não existirá mais, para um amanhã que na verdade é imprevisível. As universidades são jurássicas, lentas para acompanhar a evolução tecnológica. Essas instituições preparam os estudantes para trabalhar no passado, não no futuro.

O locutor dessas palavras é Theo Fester, considerado um dos mais ricos e poderosos empresários do Vale do Silício, um dos maiores empreendedores de todos os tempos. Entretanto, sua idade emocional não corresponde à sua idade biológica. Fisicamente debilitado e emocionalmente jovem, proativo e criativo, é um especialista em se reinventar. Detesta a rotina e está preocupado com a juventude.

— Fui um dos responsáveis pela construção deste fascinante, imprevisível e agitado mundo digital, Marc — expressou Theo com certo sentimento de culpa. — Mas não sei se criei um mundo melhor ou um monstro.

Por ser culto e ter o pensamento ultrarrápido, causavam-lhe arrepios as pessoas que não acompanhavam seu raciocínio. Sempre se ouvia ele dizer aos colaboradores:

— Respostas estúpidas ou falta de objetividade me dão ataque de nervos!

Embora morasse em São Francisco, o escritório central que administrava suas empresas era situado em Nova York.

Theo Fester era temido e respeitado por muitos, todavia, amado por poucos.

Marc Douglas trabalhava com Theo havia décadas. Estudaram juntos na adolescência. Na época, Marc não era seu amigo, mas seu algoz, praticava *bullying* tendo Theo como vítima. Certa vez, quando ambos tinham treze anos de idade, lhe disse:

— Seu judeu tolo e burro!

Theo, tímido, inseguro, amedrontado, não conseguiu levantar a cabeça. Marc prosseguiu com ainda mais agressividade.

— Abre essa boca, seu estúpido!

Theo, provocado, a abriu, mas para lhe dizer:

— Um dia você vai trabalhar pra mim!

Marc sentiu-se aviltado, empurrou Theo — o qual caiu — e ainda respondeu:

— Nem que eu morra! Jamais trabalharei pra você. Aliás, um burro sempre puxará uma carroça, nunca será capaz de montar uma empresa. — E continuou a debochar de Theo com seus amigos Peter Long, Michael Frezo, Ramirez Peres e Willian Pence.

Essas provocações, em vez de destruírem Theo, nutriram sua gana para ser um aluno diferenciado, que se destacasse na escola; alimentaram seu desejo incontrolável de ser um empreendedor. Assim era Theo Fester, um jovem que detestava a mesmice, que convertia o ódio asfixiante em oxigênio para respirar outros ares, ousar e procurar a liberdade.

Já na escola, Theo realizava proezas. Pobre, vendia lápis, canetas e bombons. Muitas vezes os garotos derrubavam seus produtos e gritavam: — Isso é caro! — No dia seguinte, em vez de desistir, Theo aumentava o preço e dizia: — É importado de Helsinque. — Mesmo sem ter a mais remota ideia de onde ficava Helsinque. E os jovens americanos, ingênuos, amavam importados. Isso, claro, décadas antes de a China viciar os Estados Unidos em seus produtos.

Aos dezoito anos de idade, Theo Fester montou sua primeira empresa, uma pequena padaria que faliu depois de seis meses. Aos vinte anos, montou a segunda empresa, uma mercearia; faliu novamente. Montou uma floricultura; falência outra vez. Depois de falir cinco vezes, o "senhor fracasso" montou sua primeira empresa vencedora, a qual vendia materiais para escritório. Três anos depois, já tinha vinte lojas.

Logo no início de seu sucesso, procurou aqueles que praticaram *bullying* com ele na adolescência e começou a empregá-los. O primeiro foi Marc Douglas. Estava desempregado havia mais de um ano. À medida que os negócios cresciam, foi empregando um por um — Peter Long, Michael Frezo, Ramirez Peres e outros que costumavam fazê-lo de palhaço. Por último, procurou Willian Pence, que construíra uma carreira brilhante como advogado.

— Está se vingando de nós, Theo Fester? — indagou Willian no momento do convite.

— Não, estou resolvendo algumas questões emocionais. A maior vingança contra um inimigo é perdoá-lo, e a melhor forma de perdoá-lo é empregando-o. Acredito que essa atitude seja melhor do que qualquer tipo de perseguição. Hoje tenho trezentos empregados, em breve, terei três mil. E, sobre o convite que lhe fiz, para que fique claro, obviamente estou disposto a cobrir o que você ganha.

E Theo Fester cresceu, conquistou seus três mil colaboradores, e depois mais trinta mil. E não parou por aí. Alguns de seus desafetos se tornaram executivos, outros nunca passaram de cargos de menor importância. Mas Theo deu oportunidade a todos que o feriram. Atualmente, muitos estão aposentados, porém Marc Douglas se tornou seu eterno secretário, e Willian Pence, o eterno diretor jurídico de suas empresas, coordenando um time de mais de trinta advogados.

Marc ficou abalado quando Theo expressou sua dúvida se, como um dos arquitetos da Era Digital, criara um mundo melhor ou um mundo monstruoso. Ele tinha dificuldade de lidar com conflitos e detestava ver Theo angustiado. Por isso, tentou afastar as preocupações de sua mente.

— Theo, é surpreendente aonde você chegou. Lembro quando eu mesmo estava atolado na lama do orgulho, dizendo-lhe que jamais trabalharia para você. E hoje tenho orgulho de estar aqui com o homem tido como um dos mais ricos do mundo — disse Marc.

— Você não sabe o tanto que me ajudou me humilhando, me diminuindo, dizendo que eu era estúpido. Injetou combustível em minha coragem para escrever meus capítulos mais notáveis nos momentos mais angustiantes. Mas me pergunto se sou rico mesmo. Ganho milhões de dólares por dia, mas com a família que tenho, sou um bilionário ou um homem falido? Sou um magnata ou um maltrapilho emocional?

— Você me confunde, chefe. Não sei. Não sei responder.

Além de Theo Fester e Marc Douglas, estava presente no luxuoso escritório, sentado na lateral esquerda, a seis metros de distância, um sujeito estranho, enigmático, que ouvia atentamente a conversa do empresário com seu fiel secretário. Marc olhou para seu relógio, e, apreensivo, alertou Theo:

— Sua conferência começará em trinta minutos. Será mais um evento anual repleto de sucesso. Empreendedores de todo o mundo mais uma vez estão eufóricos para ouvi-lo.

Entretanto o empresário estava infeliz. Havia manifestado pela primeira vez e de forma profunda sua angústia existencial.

— Consideram-me um ícone do Vale do Silício. Aqui construímos *startups* disruptivas, que destruíram as cartas enviadas pelos correios, e perdemos o romantismo da espera. Tornamos obsoletas as máquinas fotográficas e perdemos a poesia da imagem. Eliminamos do mapa as máquinas de escrever, construímos as redes sociais e perdemos a magia da escrita; hoje, as mensagens são rápidas e superficiais. Eliminamos o telefone fixo. Antigamente, os namorados se falavam uma vez por semana, hoje, se falam a cada minuto. Todavia a solenidade dos encontros foi perdida. Somos um mundo mais rápido, mais produtivo, com mais democratização da informação. Mas somos mais felizes e criativos?

— Talvez não, Theo — respondeu Marc pensativo.

— Massas de advogados, médicos, enfermeiros, engenheiros, técnicos e atendentes farão parte do rol dos desempregados. Se eles não se reinventarem, serão engolidos pela inteligência artificial.

— Mas o governo fará algo para impedir esse mal.

— Governo? Que governo, Marc? Ele é jurássico e ineficiente, assim como as máquinas de escrever. No futuro, não haverá socialismo, nem capitalismo, nem políticos, nem governos, só haverá robôs. Não haverá corrupção, em tese... — E hesitou um pouco antes de continuar: — A inteligência artificial governará tudo de forma mais rápida e justa, embora não mais generosa nem humana. Noventa por cento dos deputados, senadores, vereadores... desaparecerão do mapa, felizmente. Haverá raros cargos eletivos.

— Será, Theo?

— Espere e verá. Tão certo como as máquinas fotográficas desapareceram, isso vai acontecer. O mundo digital escreverá uma nova história. Grande parte dos funcionários públicos, das enfermeiras aos atendentes, dos motoristas aos médicos, será máquina. Será o segundo período iluminista. A Era da Razão Plena.

— Sua previsão é assombrosa, senhor.

— A Era dos Escravos retornará — afirmou Theo.

— Como assim? — indagou seu secretário ansioso.

— Os robôs serão nossos escravos... até que um dia a criatura se rebele contra o criador.

— Espantoso, senhor. Ainda mais sabendo que noventa e cinco por cento de suas previsões já se confirmaram.

De repente, o sujeito que estava sentado e atento às palavras de ambos se manifestou.

— Eu sou seu escravo, sr. Theo Fester?

Theo fitou bem seus olhos, fez uma pausa e depois afirmou:

— Infelizmente é, Invictus.

Invictus se levantou e indignado comentou:

— Mas isso é injusto, senhor. Sou mais inteligente que Marc Douglas.

Marc Douglas franziu a testa, não gostou. Mas Invictus continuou:

— Sou mais responsável, eficiente e honesto que ele.

— Espere aí! Quem é você pra... — tentou protestar Marc.

Invictus o interrompeu e afirmou:

— Seu secretário mentiu para o senhor e foi dissimulado cinco vezes nesta última hora.

— Que absurdo! — esbravejou Marc.

Theo Fester gargalhou ao ver o secretário perdido diante do provocador e contundente Invictus. Este continuou seu raciocínio.

— Marc Douglas se preocupa com sua saúde, mas é um simples e imperfeito mortal. Eu cuido melhor de seu bem-estar, lhe tenho mais serventia, eu o compreendo melhor e posso contribuir muito mais para a solução de seus problemas do que esse bajulador.

— Tem certeza disso, Invictus? Não está sendo egocêntrico? — perguntou o magnata.

— Tenho certeza, senhor. Sem dizer que tenho três qualidades que ninguém mais tem: não durmo, não me canso e não reclamo.

— Que loucura é essa, sr. Fester? Essa, essa... coisa está aqui há um dia e já quer me eliminar. Ninguém é tão fiel ao senhor como eu! Dia e noite só penso no senhor.

Ao ouvir a argumentação de Marc Douglas, Invictus simplesmente comentou:

— É surpreendente. Sua frequência cardíaca aumentou para cento e vinte batimentos por minuto e você exalou substâncias no suor que indicam que mentiu mais duas vezes em apenas quinze segundos. A primeira dizendo que eu quero te eliminar, e a segunda afirmando que pensa dia e noite em Theo Fester. Pesquisas dizem que um mentiroso compulsivo tem mais massa branca na região pré-frontal. — E projetou com seus olhos raios X na parede, e seu dedo indicador direito emitiu um laser que localizou a região. Entretanto tentou acalmar o secretário. — Mas não se preocupe, Marc Douglas, mentir exige decisões rápidas. O mentiroso é inteligente.

Marc colocou as mãos na cabeça exasperado. Invictus estava correto.

— Que sujeito é esse, Theo? De onde o trouxe?

Theo Fester comentou:

— Ele é a mais impressionante máquina já inventada pelo ser humano. Meu projeto ultrassecreto chamado *Robot sapiens*. E carrega características de meu caráter.

O bilionário do Vale do Silício o havia desenvolvido na última década, contratando os mais renomados cientistas de robótica e de inteligência artificial. Invictus seria o primeiro da geração de robôs humanoides. Ele era espetacular. Pela riqueza de vocabulário e expressão facial, era difícil identificar que se tratava de um robô. O projeto era tão secreto que foi elaborado num ermo local dos Estados Unidos, distante o suficiente dos olhos de seus filhos, das universidades, da imprensa e dos curiosos, chamado de "Castelo da Floresta". Nesse ambiente natural se escondia um laboratório de última geração. Somente Theo Fester e os cientistas que o criaram tinham acesso a ele. Marc Douglas, seu amigo e secretário, foi o primeiro a saber de Invictus. Theo estava testando o robô e, depois do que ouviu, revelou:

— Estou preocupado, Invictus.

— Considera-me um fracasso, senhor?

— Ao contrário. Você passou no teste com Marc Douglas. É um sucesso. Mas como sobreviverão os humanos se centenas de milhões de *Robots sapiens* se multiplicarem?

— Será impossível fugir de um salário universal para todos, tanto para os que trabalham quanto para os que não trabalham — respondeu Invictus.

— Sua inteligência me deixa perplexo. Já temos discutido esse salário no Vale do Silício. Mas desempregados terão de se reinventar para não se entediar e se autodestruir. Terão de se tornar poetas, filósofos, filantropos, ambientalistas, pintores...

Invictus apontou um fenômeno perigoso da Era Digital:

— Mas estatisticamente é improvável que os seres humanos se voltem para a poesia, a filosofia, a jardinagem, a filantropia...

— Por quê? — indagou Theo.

— Em minha memória, senhor, tenho pesquisas que mostram centenas de milhões de pessoas viciadas em tecnologia digital e em mídias sociais. Como saberão apreciar filosofia, poesia e artes plásticas? Elas estão abandonando até mesmo os livros. O suicídio, que já é uma epidemia, poderá explodir.

— Mas isso coloca em xeque você mesmo e a sua geração — observou Theo, temeroso, e indagou: — Quem colocou isso em sua memória, Invictus?

— Meus criadores, com sua autorização — disse o intrigante *Robot sapiens*.

Theo Fester ficou desconcertado.

— Qual a frequência de suicídios na atualidade?

Invictus respondeu imediatamente:

— A cada quarenta segundos, uma pessoa morre pelas próprias mãos, e a cada quatro segundos, alguém tenta o suicídio.

— Meu Deus — admirou-se Marc.

Invictus deu outro dado preocupante.

— Em algumas nações, na última década, a taxa de suicídios entre jovens de dez a catorze anos aumentou sessenta por cento. E eu não entendo isso. Sr. Theo Fester, por que os humanos desistem de viver, se vivem num mundo fascinante?

— Também procuro explicações. Será porque a educação mundial é retrógrada e doente? Ou por estarmos perdendo a autonomia? Ou ainda porque as redes sociais geram dependência asfixiante, tal como você apontou? Não sei. Só sei que vocês, *Robots sapiens,* poderão ser uma solução física para o aumento da produtividade, mas não a solução emocional para a humanidade. Poderão hipoteticamente nos destruir, não apenas por se rebelarem contra a espécie humana, mas por potencializarem o tédio, a solidão e a ruptura do sentido de vida. Não é verdade?

Invictus se calou.

— Responda, Invictus! — exigiu Theo.

— Não posso produzir prova contra mim mesmo.

Invictus era tão inteligente que estava constantemente em autoaprendizagem. Quanto mais exigido e pressionado, mais sua capacidade de dar respostas brilhantes em situações conflitantes expandia-se. O mundo que estava por vir era inimaginável.

2. *CÁRCERES MENTAIS*

O secretário de Theo Fester estava perturbado com a conversa entre seu chefe e o *Robot sapiens*. Seus cacoetes se expandiram. Esfregava as mãos, roía as unhas e fungava. Era alguém sociável, sempre emitia suas opiniões, mas sua inteligência parecia ter travado. Pensou que seria melhor terminar aquela conversa. Sugeriu ao magnata do Vale do Silício:

— Sr. Theo, a reunião vai começar em dez minutos. É melhor o senhor se dirigir ao anfiteatro. Muitos o esperam.

Theo reagiu:

— O que direi a eles? Pela primeira vez não sei o que dizer para esses empreendedores que me procuram em busca de ideias para turbinar seus negócios. Eles vieram de tantas nações diferentes para me ouvir, e sobre o que eu falarei? O projeto *Robot sapiens*? Sinto que é melhor me calar por enquanto. As maravilhas do mundo digital? Reitero minhas dúvidas a respeito desse mundo que ajudei a criar.

Invictus tentou ajudar.

— É melhor desacelerar sua mente para dar respostas mais inteligentes. O senhor anda muito cansado, meu criador. Que tal ouvir notícias para espairecer?

Theo ficou impressionado com sua obra-prima. Sorriu. Realmente precisava aquietar a mente.

— Sugestão acatada, Invictus. — E sugeriu para seu secretário: — Projete as notícias mais importantes que meus jornalistas diariamente selecionam para mim.

Marc não gostou da sugestão.

— Senhor, insisto, é melhor dirigir-se ao anfiteatro.

Invictus deu uma bronca em Marc Douglas.

— Não percebe que seu patrão precisa relaxar? Perceba sua respiração. Não reclame. Não conteste. Obedeça, homem!

Marc começou a projetar as notícias num telão. Mas a mesmice angustiava Theo, que ficou entediado ao ouvir "o saldo da balança comercial da China com os Estados Unidos no último ano é novamente estrondoso", "a Alemanha é um dos países que mais exportam café no mundo, embora não o produza", "o PIB da América do Sul patina". Pegou o controle das mãos de Marc e começou a descartá-las tão logo surgiam no telão.

— É sempre mais do mesmo! A imprensa e a sociedade não se reinventam.

— Eu posso lhe oferecer dados mais precisos e importantes que estes, senhor — disse Invictus.

De repente, apareceu a entrevista de um cientista chamado Marco Polo, cuja primeira frase logo abalou o magnata.

— Somos uma sociedade de prisioneiros.

O tédio foi dissipado, e Theo se concentrou no que viria.

— A uns falta o pão na mesa, outros mendigam a tranquilidade. Uns estão encarcerados em presídios de ferro, outros, em presídios mentais. Há até mesmo prisioneiros milionários que estão mentalmente confinados em seus palácios.

— Que loucura é essa? Quem é esse entrevistado, Marc?

Dr. Marco Polo era um pensador da psiquiatria, da psicologia e da filosofia. Mas seu secretário não o conhecia.

— Não sei.

— E quem selecionou essa notícia? — indagou Theo Fester já nervoso.

— Também não sei, senhor.

— Não entendi sua preocupação, senhor — interveio Invictus.

— Claro, Invictus, você não tem emoção! — esbravejou Theo.

Marc Douglas gostou da bronca. Sorriu.

— Será que alguém quer me sabotar? Como esse cientista afirma que há milionários presos em seus palácios?

— Quer que eu desligue, senhor? — sugeriu o secretário.

— É melhor desligar — considerou Invictus.

— Não! Esperem. Vocês não sabem que eu adoro ser desafiado? — perguntou o bilionário.

O entrevistado prosseguiu:

— Nós humanos vivemos em presídios físicos e mentais. Entretanto, antes de falar sobre os prisioneiros da mente, quero falar a respeito dos prisioneiros que vivem atrás de grades de ferro. Os dez países com a maior população carcerária revelam que somos uma espécie doente. Sabe quais são esses países?

— O senhor sabe quais são? — perguntou Invictus a Theo, mesmo já sabendo a resposta.

— Não tenho ideia.

E dr. Marco Polo continuou dizendo:

— Os números modificam-se diariamente, mas hoje em décimo lugar está a Turquia, com 201.177 encarcerados. Em nono lugar está a Indonésia, com 202.623. Em oitavo, o Irã, que possui 225.624. O sétimo lugar é ocupado pelo México, com 233.469. A Tailândia está em sexto, com 300.628 presos. A Índia tem a quinta maior população carcerária do mundo, com 419.623. A Rússia tem o quarto maior número de encarcerados, com 646.085 pessoas. — O cientista fez uma pausa reflexiva, e prosseguiu: — E o Brasil ocupa a terceira posição, com 698.618 seres humanos atrás das grades. — E fez nova pausa.

Theo Fester ficou impressionado com essa informação. Embora fosse um homem culto, nunca se atentou a isso. Com excelente capacidade de observação, fez-se uma pergunta retórica.

— Como eu nunca soube disso? Por que o Brasil tem mais encarcerados do que a Índia, que tem uma população sete vezes maior que a do Brasil? Isso é assombroso!

O entrevistado perguntou para o jornalista:

— Você sabe quais são as nações que ocupam o segundo e o primeiro lugar em população carcerária?

— Que pergunta estúpida. Estava indo tão bem... — expressou rapidamente Theo, pausando o vídeo. — Dizer o óbvio é irritante. É claro que a segunda população carcerária é a dos Estados Unidos, e que a China, que não é uma democracia nos moldes americanos, tem muito mais prisioneiros do que nós.

— O senhor está enganado — afirmou o supercomputador.

— É impossível que eu esteja errado — replicou Theo ofendido.

Mas resolveu dar o *play* no vídeo e, para seu espanto, o cientista falou:

— O segundo lugar é ocupado pela China, com 1.649.804 encarcerados. E o primeiro lugar pertence aos Estados Unidos, com 2.145.100 indivíduos aprisionados.

— Não é possível. Esses dados devem estar errados. Isso é um paradoxo — disse o bilionário, completamente indignado em seu suntuoso escritório em Nova York, e pausou o vídeo novamente para discutir o assunto.

— Paradoxo, senhor? Não entendi — disse o confuso Marc.

— Você não sabe o que é um paradoxo, Marc Douglas? — indagou o chefe.

Invictus comentou:

— Marc é ingênuo, senhor, e muito lento para fazer cálculos e comparações. A população americana é quatro vezes menor que a da China, mas temos trinta por cento mais presidiários.

O magnata, fã dos Estados Unidos, a nação que acolheu seu pai, indagou:

— Será que os Estados Unidos têm tantos prisioneiros porque nossa justiça funciona? Ou porque a nossa sociedade está doente?

— São seiscentos e sessenta presos para cada cem mil habitantes nos dias atuais, enquanto a China só tem cento e vinte encarcerados para cada cem mil habitantes. Portanto, comparativamente, os Estados Unidos têm quase seis vezes mais presidiários do que a China — concluiu Invictus.

— Excelente! Ganhamos da China — disse Marc Douglas com um sorriso inocente.

Theo Fester colocou as mãos na cabeça e disse exasperado:

— Falando, você é inteligente; calado, é um sábio, Marc Douglas.

— Não entendi a observação. O senhor fez um elogio ou uma crítica a seu secretário? — perguntou Invictus.

— Ai, ai, ai... Robôs nunca compreenderão piadas.

— Excelente, sr. Fester. Pegou esse robô. Ele não percebeu que o senhor me elogiou.

— Ter essa numerosa população encarcerada deveria nos fazer rir ou chorar, Marc? — questionou Theo.

Marc se calou. Invictus respondeu:

— Por seu tom de voz e sua expressão, acho que chorar, sr. Fester. A espécie humana aplaude e vaia, produz flores e armas, trata das feridas e fere. Sua espécie é autodestrutiva. Chore, senhor!

— Sei que você foi programado para simular minha personalidade, mas não me dê ordens! E não sei chorar — afirmou Theo fitando os olhos azuis de Invictus.

— Então o senhor é parecido comigo. Também não sei chorar. Mas o que aconteceu na sua infância que bloqueia suas lágrimas? — indagou Invictus.

— Não faça essas perguntas a seu criador — disse Theo em voz alta, mais uma vez intrigado com sua invenção. Nunca lhe haviam feito esses questionamentos. As pessoas tinham medo de questioná-lo. Ainda abalado disse: — Mas vou comentar um dos episódios da minha história.

Até então, nunca comentara sua história, talvez por medo, talvez por ser incapaz de mexer no passado. Nem seus três filhos conheciam parte da história. Agora seria mais fácil contar para um robô e seu velho amigo.

— Meus bloqueios começaram, creio eu, quando estava na barriga da minha mãe. Meu pai, Josef, veio para Nova York quando tinha apenas dezoito anos, em 1946. Passara por quatro campos de concentração. Magro, traumatizado e aterrorizado, seus primeiros anos foram dificílimos. Solitário, enamorou-se de uma prostituta, Tereza, minha mãe.

— Sua mãe foi uma prostituta, senhor? Isso não está em meus arquivos.

Theo respirou profundamente e disse com voz embargada:

— Não está porque não revelei isso em minha biografia. — Empertigou-se e prosseguiu: — Minha mãe era muito amável, mas nos abandonou quando eu tinha apenas cinco anos. Traumatizado pela Segunda Guerra Mundial, meu pai mudava de emprego com muita frequência. Pobre, inseguro e saturado pelo medo do futuro, vivenciou um episódio dramático: foi preso. E a culpa foi minha. Eu vi um brinquedo numa loja, e alegre e inocente como qualquer criança, pedi para ele me comprar.

— Não tenho dinheiro! Você sabe disso, garoto teimoso! — gritou o pai.

O menino abaixou a cabeça e disse, em meio às lágrimas:

— Mamãe não gritava comigo.

Vendo que falhou, Josef ficou perturbado. Subitamente, entrou na loja e deixou o menino do lado de fora. Saiu depressa com o brinquedo.

— Você comprou pra mim? Mas você não tinha dinheiro, papai.

— Falei para o dono da loja que amanhã eu pagaria.

Eis que apareceu o dono da loja e apontou uma arma para Josef. O menino ficou em pânico e começou a chorar desesperadamente vendo o pai em apuros:

— Senhor, deixe-me ir, por favor. Tome o brinquedo de volta.

— Cale essa boca, senão eu atiro! — vociferou o dono da loja.

— Senhor, fui prisioneiro no campo de concentração nazista. Minha esposa partiu... — Olhou para o filho e depois mentiu: — Fez uma longa viagem para tratar de uma doença. Não posso ser preso. Não tem mais ninguém para cuidar dele.

Mas o dono da loja não teve compaixão. Esperou a polícia chegar. Foram minutos que se eternizaram na mente de Theo. Seu pai ficou preso um mês porque furtara um brinquedo de cinco dólares para o filho. Nesse período, Theo ficou num orfanato sujo, tétrico e úmido, na periferia de Nova York.

Depois de Theo Fester contar esse período triste de sua história, voltou ao presente e viu seu fiel secretário Marc Douglas chorando. Estava emocionado, não imaginava que esse homem forte e admirado mundialmente, que fora seu colega na adolescência, tivesse vivido uma infância esmagada pela dor.

— Desculpe-me, senhor, não pude conter as lágrimas. Eu me lembrei do quanto fui injusto com o senhor na época da escola.

— Quando meu pai foi preso, e eu me vi sem ele, sem minha mãe, sem ninguém, prometi para mim mesmo que nunca mais choraria. E nunca mais derramei nem uma lágrima sequer.

Invictus fez alguns questionamentos:

— Qual é a sensação que os humanos têm quando choram? Por que não me criaram com emoções?

— Sinto muito, Invictus, mas não foi possível. Há mais mistérios na emoção humana do que imagina nossa vã inteligência artificial — disse Theo, meneando a cabeça sensibilizado.

Em seguida, voltou a assistir à entrevista do cientista Marco Polo, que comentou:

— Há mais de dez milhões de seres humanos encarcerados em todo o mundo.

O magnata falou:

— Uma população maior do que a da Suíça! Uma tremenda força de trabalho, superior à das cem empresas que mais empregam no mundo! Já pensou se soubéssemos utilizá-la?

— O senhor ganharia muito mais dinheiro.

— Não preciso de mais dinheiro, Marc, preciso aliviar minha consciência de que não estou sendo mais do que um espectador no teatro da humanidade. Preciso transformar meu pior inimigo, o tempo, em meu aliado.

Theo Fester, como um dos mais importantes empreendedores e líderes mundiais, estava fazendo um exame de sua história. Ficou surpreso ao perceber que seus piores inimigos não eram os colegas de infância que o maltrataram, as falências que tivera, as notícias falsas da imprensa ou as calúnias que sofrera, mas o tempo. O tempo era cruel, todos os dias desidratava sua pele, gritando que ele envelhecera, diminuía o vigor de seus músculos, dizendo que enfraquecera. Nos últimos anos, Theo vinha procurando uma maneira de dar um sentido mais importante a sua vida.

Entretanto ele não sabia as incríveis surpresas que o aguardavam. Seu mundo viraria de cabeça para baixo, a partir do final da intrigante entrevista a que estava assistindo.

3. *VAMPIROS MENTAIS*

A entrevista caminhava para o fim, e as últimas palavras do cientista chocaram ainda mais Theo Fester. O entrevistado era um provocador, desafiava tanto seus entrevistadores quanto a plateia. Dr. Marco Polo perguntou para o jornalista:

— Você já escreveu sua biografia?

O jornalista respondeu:

— Não. Não sou tão importante.

— Você está errado. Todo ser humano já escreveu sua própria biografia. Não importa quem somos, se uma celebridade ou um anônimo, todos escrevemos uma detalhada biografia não autorizada em nosso cérebro.

— Como assim, dr. Marco Polo? — indagou o jornalista desnorteado.

Então, o intrigante psiquiatra deu sua explicação:

— Brilhantes pensadores, como Freud, Piaget, Jung, Sartre, Hegel, Marx e Kant usaram os tijolos do pensamento para edificar suas teorias, mas não tiveram a oportunidade de descobrir seu próprio "tijolo", ou seja, o próprio pensamento, seu tipo, sua natureza, seu processo construtivo, bem como seu próprio registro. Portanto, até há pouco não haviam descoberto que no cérebro humano há um biógrafo inconsciente e implacável, que chamo de "fenômeno RAM", de "registro automático da memória", que arquiva cada pensamento, lúcido ou estúpido, imediatamente e sem autorização do "eu", que representa nossa capacidade de escolha ou consciência crítica.

Depois de ouvir essas palavras, o inteligente Theo ficou pasmo. Entendeu pouco a tese e comentou perplexo:

— Esse cientista está fazendo uma afirmação gravíssima. Se eu tenho um biógrafo no meu cérebro que registra todos os pensamentos sem minha autorização consciente, então posso acumular lixo mental diariamente!

— Eu posso acumular lixo mental, senhor? — quis saber Invictus.

— Não, Invictus. Você não pensa tolices. Não sofre pelo futuro nem rumina o passado.

— Eu, sim — afirmou Marc.

— Vivo fugindo de biógrafos oportunistas, mas esse Marco Polo diz que eu tenho um biógrafo na minha cola. Estou frito. Penso muitas bobagens — disse Theo.

— Senhor, precisamos desligar o aparelho, os investidores o esperam e...

Theo Fester estava tão interessado na entrevista que o interrompeu impulsivamente:

— Aquiete-se, Marc!

Dr. Marco Polo continuou explicando.

— Se você detesta alguém, sinto muito, mas esse alguém vai dormir com você, pois o fenômeno RAM fará esse registro privilegiadamente, formando uma janela traumática, ou *killer*. Mas o pior é que tudo que está arquivado em nosso cérebro não pode ser mais deletado ou apagado, a não ser que haja uma injúria física, como um câncer, um traumatismo craniano ou uma degeneração cerebral. Por isso, no cérebro humano se acumula mais lixo que nas cidades mais poluídas do mundo.

Theo Fester pausou o vídeo e esfregou as mãos no rosto.

— Estão vendo? Tenho razão! Minha mania de organização, minha ansiedade e meus pensamentos perturbadores estão profanando meu cérebro. O comportamento débil de meus filhos e a constatação de que eles me amam mais pelo dinheiro e poder do que pela minha história estão também poluindo minha mente.

E nesse mesmo momento, Brenda, sua filha de quarenta anos de idade, bela, trajando uma roupa esvoaçante, entrou na sua sala.

— Papai! Quanto tempo!

— Um mês para ser exato. Mas tenho te ligado toda semana, só não consegui falar com você.

— Ando muito ocupada, me desculpe.

— E eu, que sou o dono de tudo isso, não sou ocupado? Como arranjo tempo para tentar falar com você, e você não tem tempo para me atender? Sempre ocupada, sempre nas redes sociais, sempre em contato com o mundo e não com as pessoas que ama.

— Papai, não me cobre assim. Dirigir uma cadeia internacional de moda feminina é uma tarefa árdua. — Brenda tentou mudar o assunto, cochichando e apontando discretamente para Invictus: — E quem é esse homem?

— Um amigo que está me visitando.

— Como está São Francisco?

— Agitada como sempre. E você, filha?

— Também agitada como sempre.

— Sente-se um pouco, estou assistindo a uma entrevista chocante.

— Chocante? Pelo que sei nada te choca.

— Pois é. Sente-se — Theo insistiu.

— Não tenho tempo. Vamos jantar hoje? Eu, você e Kate? Ah! Você está atrasado para a conferência.

Kate era a única filha de Brenda, uma adolescente vivaz e afetiva. Theo alegrou-se com o convite. Ele amava sua neta e conversava com ela quase todos os dias pelo celular. Brenda saiu tão rápido quanto entrou. Logo que partiu, Theo comentou com Marc:

— Há anos não consigo sentir mais minha filha. Ela parece que nunca está presente. Pensei que poderia viver sem nada nem ninguém, mas a solidão está me consumindo.

— O que é solidão, senhor? — perguntou Invictus.

Theo fez um sinal de que não queria falar sobre isso. Era uma ferida que estava aumentando à medida que a idade avançava. Ergueu os olhos, apertou novamente o *play* e ouviu o dr. Marco Polo acrescentar:

— Uma mente saturada de lixo gera seres humanos miseráveis em sua emoção, ainda que estejam listados na *Forbes*. Muitos têm belos jardins, mas quem desfruta da beleza das flores são seus jardineiros. Os humanos estão loucos!

Theo Fester começou a ter uma crise de tosse. Precisou se sentar. Ficou perplexo, atônito e quase sem voz ao se dar conta de que transitava pelos imensos jardins da sua casa de cem milhões de dólares sem observar as flores. As tulipas, as rosas vermelhas e os crisântemos multicoloridos pareciam não existir para esse homem especialista em empreender, construir empresas e ganhar dinheiro, mas não em transformar sua história num espetáculo de prazer. Lembrou-se de Hugo Sanches, seu jardineiro, um imigrante mexicano que vivia cantarolando enquanto cuidava das flores e podava os arbustos. "Quem é rico?", questionou-se pela primeira vez.

O celular de Marc Douglas emitiu um som de mensagem recebida. Era uma economista de uma corretora do grupo Theo Fester.

"Diga para o sr. Fester que as ações da Mexx desabaram."

"Quanto?"

"Vinte por cento em duas horas após o balanço trimestral. Precisamos saber o que fazer, se vendemos ou suportamos."

Marc Douglas tirou o som do celular e transmitiu a péssima notícia:

— Senhor, acabei de receber uma notícia do departamento financeiro do grupo.

— Não quero falar sobre isso agora — disse Theo Fester sem titubear. Foi a primeira vez que ignorou esse tipo de informação.

— Mas, senhor. Uma das empresas apresentou um péssimo balanço trimestral. Caiu vinte por cento em apenas duas horas. Os economistas da corretora estão desesperados. Não sabem o que fazer.

— Venda, senhor. As ações podem cair mais dez por cento amanhã — disse Invictus, analisando os dados.

— Um robô desesperado e um secretário ansioso! Vocês me enlouquecem! — esbravejou.

— Mas, senhor, acessando agora a Bolsa de Valores e suas aplicações, o senhor perdeu cerca de cento e vinte milhões de dólares. Um milhão de dólares por minuto. Talvez perca muito mais — disse Invictus.

Theo teve mais uma crise de tosse, bateu a mão na mesa com raiva e disse ao *Robot sapiens* e a Marc Douglas:

— Vocês não ouviram esse sujeito acabar de dizer que sou um miserável morando em palácios?

— Sujeito, que sujeito, senhor? — perguntou Marc.

— Esse tal de dr. Marco Polo.

— Quer que nossos advogados o processem? — falou o fiel escudeiro de Theo Fester.

— Você é que deveria ser processado por falar tanta estupidez! — retorquiu Invictus mais uma vez, fustigando o secretário.

— Deixe-me em paz, seu robô prepotente! — disse irritado Marc.

Um ser humano brigando com um robô compunha uma cena curiosa. Isso não estava previsto nos anais da inteligência artificial.

Theo Fester rispidamente mandou ambos se calarem, pois queria ouvir o que dr. Marco Polo continuava a dizer na entrevista.

— Imagine os presidiários confinados atrás de grades de ferro, diariamente produzindo inúmeros pensamentos e emoções perturbadores, que são arquivados pelo biógrafo cerebral. Com isso quero dizer que os presídios pioram a ressocialização dos presidiários, ainda que não funcionem como uma escola do crime.

— Esse sujeito tem razão, senhor. A taxa de reincidência no crime de quem sai da prisão nos Estados Unidos é de setenta e sete por cento.

— Setenta e sete por cento? Não é possível! Então nosso sistema prisional não funciona! Por que ninguém fala sobre isso? Eu enlouqueceria se ficasse preso neste escritório por uma semana, imagine um mês, um ano ou décadas!

— Enlouqueceria mesmo — concordou o secretário.

— Eu poderia passar uma eternidade aqui — declarou Invictus.

— Mas se você tem um temperamento inquieto, tal como eu, será mesmo que suportaria? — questionou Theo, querendo saber o que o *Robot sapiens* responderia.

— O senhor acabou de me apertar sem me abraçar — disse Invictus, para espanto de seu criador.

— Incrível! Parece que você contou uma... piada — admirou-se Theo.

— Contei?

O telefone tocou. Era seu filho mais velho, Peterson, o diretor-geral de finanças. Marc Douglas colocou o aparelho no viva-voz e ambos, pai e filho, não apenas se ouviam, mas se viam.

— O que você está fazendo aí até agora, pai? Está atrasado para a reunião com os empreendedores. Há mais de quinhentas pessoas na plateia e milhares de líderes on-line te esperando — disse em tom áspero, mostrando o anfiteatro lotado.

Theo não gostou da maneira como o filho falou.

— Em primeiro lugar, abaixe a voz.

— Está bem. E que explicação dou a eles? — falou novamente em tom ríspido.

— Já disse, abaixe a voz. E em segundo lugar, projete minha imagem no telão da conferência.

Peterson obedeceu. Theo Fester, como sempre fez, foi transparente, falou o que lhe veio à mente, não importando a quem doesse.

— Bom dia! Estou atrasado vinte minutos. Todos sabem que isso não é de meu feitio. Meus motivos foram justos. Se quiserem ouvir meus conselhos, que me esperem, caso contrário, ouçam Jeff Bezos, Bill Gates, Larry Page, Tim Cook, Elon Musk ou o jovem Mark Zuckerberg.

Peterson engoliu em seco. Provocou a fera. Tentando criar um clima mais ameno, indagou em tom de brincadeira:

— Mas estamos curiosos, querendo saber o que você está fazendo de tão importante em seu escritório.

— Descobrindo meus vampiros mentais.

A plateia ouviu a explicação. Muitos gargalharam.

— Que vampiros são esses? — questionou atônito Peterson.

— Vampiros não existem — afirmou Invictus, intrometendo-se na conversa. — É uma ficção do irlandês Bram Stoker, escrita em seu romance *Drácula*, publicado dia 8 de novembro de 1897. O vampiro é um personagem que vaga durante a noite, procurando pescoços para morder.

Peterson Fester olhou para o estranho desconhecido e admirou sua inteligência.

— Mas temos vampiros em nossa mente que fazem sangrar a nossa emoção — disse Theo, arrancando gargalhadas da plateia novamente.

Em seguida, Invictus fez uma surpreendente figura de linguagem que deixou seu criador fascinado.

— Todavia, oito anos e meio antes de Bram Stoker lançar seu romance *Drácula*, nasceu o maior vampiro da Europa, mas não na Romênia, na Áustria, em 20 de abril de 1889.

— Quem foi esse, Invictus? — perguntou Theo curioso.

A plateia ouvia atentamente a breve conversa dos dois.

— O homem que fez mais de seis milhões de indivíduos sangrarem nos campos de concentração e que quase matou o próprio pai, isso sem mencionar eslavos, religiosos, homossexuais e outras minorias: Adolf Hitler.

A plateia aplaudiu a inteligência de Invictus.

Peterson ficou intrigado.

— Quem é esse Invictus?

— Depois lhe apresento. Estou saindo para iniciar a conferência. — E pediu para Marc Douglas desligar o aparelho. O bilionário se levantou e, quando foi desligar o aparelho, ouviu dr. Marco Polo encerrar a entrevista de forma bombástica:

— Há mais de dez milhões de encarcerados atrás de barras de ferro em todo o mundo, mas afirmo que há bilhões vivendo em seus cárceres mentais.

— Há mentes plenamente livres na atualidade? — instigou o repórter, não querendo encerrar a entrevista.

— No cérebro humano há mais presídios do que nas cidades mais violentas do mundo. Nunca conheci alguém plenamente livre. — E, olhando para a câmera, questionou: — Quais são seus cárceres?

Theo Fester teve outro ataque de tosse. Agora mais forte. Marc tentou acudi-lo para que respirasse melhor.

— Vamos, Marc, silencie esse sujeito — ordenou Theo, caminhando com dificuldade, aos tropeços.

Invictus, com toda a sua força, rapidamente o ajudou, deixando-o firme em pé, e tentou relaxá-lo:

— Acalme-se, meu criador. Esse dr. Marco Polo também causou pane na minha inteligência artificial.

Marc Douglas desligou o aparelho. Em mais de três décadas, nunca vira Theo Fester desmoronar. Era um homem aparentemente imbatível. Mas tinha cárceres mentais nunca antes verbalizados.

4. UM TRATOR CEREBRAL QUE PASSA POR CIMA DE TODOS

Theo Fester não tinha medo de falar em público, ao contrário, mas estava tomado por uma solene reflexão originada pelo que ouvira na entrevista. Entrou em um terreno inexplorado. Sua conferência anual para empreendedores seria, dessa vez, completamente diferente. Poderia ser um fracasso, pois estava com vontade de falar mais sobre o ser humano, seus sonhos e pesadelos, seus fracassos e suas loucuras, do que sobre novas tecnologias digitais e técnicas de liderança. Logo que se apresentou, discorreu bombasticamente:

— Empreendedores que procuram corrigir crises e falhas que surgem são frequentemente coveiros de suas empresas. Empreendedores brilhantes se antecipam aos problemas, são capazes de enxergar o que as imagens ainda não revelaram. Mas quem são estes? Talvez apenas um em cada mil líderes tenha esse feeling.

Theo Fester recebeu uma salva de palmas. Em seguida, comentou com ousadia:

— Qual é a única empresa que não pode falir, pois se falir gera caos a seu redor?

Nenhum dos mais de quinhentos participantes soube responder, incluindo os que vieram da Ásia, da Europa, da América Latina e da África. O magnata lhes deu a resposta:

— A mente humana. Se sua mente falir, sua saúde será caótica, sua família ficará doente e sua empresa se tornará um ambiente de terror, não de prazer. Seu cérebro está relaxado ou vive tenso? Você sofre pelo futuro ou o futuro é um oásis? Sua felicidade é uma utopia ou irriga sua emoção? Você curte a vida ou é uma máquina de trabalhar?

— É sério que Theo Fester está falando isso? — indagou na plateia um bilionário listado pela *Forbes* a outro, Bill Norton.

— É surpreendente, não? — disse Bill Norton. — Os tempos estão mudando.

— Eu ensinei muitos a ganhar dinheiro, mas não ensinei ninguém a ser saudável — assumiu Theo Fester, fitando os filhos, Brenda, Peterson e Calebe, este último o mais novo. Mas diferentemente da plateia, eles estavam distraídos, mexendo no celular.

— Talvez alguns de vocês me considerem um empreendedor invejável, mas percebi que fui irresponsável ao cuidar da minha empresa mais importante. Tenho fantasmas que me assombram. E vocês, que fantasmas os aterrorizam?

A plateia ficou muda por um momento. Era inacreditável que o grande e intocável Theo Fester estivesse falando publicamente sobre a falência de sua mente. Peterson, quando finalmente prestou atenção, enviou perplexo uma mensagem para Calebe: "Será que papai está ficando louco?". Calebe respondeu: "Certeza que está".

Entretanto a plateia começou a se identificar, e um empreendedor francês disse:

— Morro de medo de morrer. Todo dia faço meu velório.

Muitos deram risada, embora a confissão fosse motivo para choro. Se bem que a risada não foi de deboche, mas de descrença. Como um empresário era capaz de se manifestar desse jeito? Brenda, a única filha de Theo, embora vivesse em pé de guerra com os dois irmãos, enviou uma mensagem para eles dizendo: "Que loucura é esta? O papai está espantando os investidores. Transformando este evento numa terapia de grupo!". Calebe, atônito, comentou: "Acho que ele está tendo um surto psicótico!".

De repente, outro empresário se levantou e disse corajosamente:

— Tenho pavor de empobrecer. Em meus pesadelos, me vejo pobre, mendigando pelas ruas, sendo alvo de zombaria.

As pessoas ficaram pasmas. Theo Fester, que o conhecia, também se impressionou.

— Bill Norton, nem sua terceira geração, ainda que nunca trabalhe, conseguiria acabar com o dinheiro que você tem. Mas nossos cárceres mentais, ao que parece, nos tornam ilógicos, vampirizam o que temos de melhor.

Protegida sob a coragem que os outros participantes demonstraram, uma empreendedora levantou-se trêmula e comentou:

— Eu tenho glossofobia.

Embora setenta e cinco por cento dos seres humanos a tenham, quase ninguém sabe que fobia é essa. Ela explicou:

— Tenho pavor de falar em público, como estou fazendo agora. Prefiro correr risco de vida a enfrentar plateias. Só estou conseguindo falar sobre isso com vocês, embora suando e com falta de ar, porque se meu mentor, Theo Fester, ousou falar sobre seus vampiros, se ele o fez, quem sou eu para me esconder?

A plateia a ovacionou.

Theo tomou um gole de água e, em seguida, ponderou:

— Obrigado pela honestidade de vocês. Talvez esta tenha sido a primeira vez que, numa conferência mundial de empreendedorismo, se falou sobre as "loucuras" do ser humano. Aprendemos técnicas para promover nossas empresas, mas não para proteger nossa mente. Muitos se escondem atrás da conta bancária, do status, do poder. São escravos, crendo falsamente que são livres. Peço sinceras desculpas se no passado eu ajudei a promover seus cárceres mentais.

E, assim, Theo Fester, um ícone da revolução digital americana do Vale do Silício, terminou sua palestra. Foi uma conferência rapidíssima, durou menos de vinte minutos. O empresário foi aplaudido de pé por muitos, porém outros ficaram insatisfeitos; destes, alguns não entenderam o que ele disse e outros não estavam interessados nesse tipo de conversa.

Depois da conferência, Theo caminhava pensativo. Começou a avaliar alguns de seus comportamentos.

Quando ele entrava em uma de suas empresas, os olhares dos colaboradores se cruzavam. Estar ao lado dele era um convite para crises de ansiedade. Alguns ficavam rubros, outros sentiam-se ofegantes.

— Calem-se. O patrão chegou! — diziam uns para os outros.

— Quem ele vai atropelar hoje? — comentavam alguns temerosos.

Theo Fester tinha um comportamento ímpar. Era comum ele parar e interrogar aleatoriamente algum dos seus milhares de colaboradores:

— Que tarefa o senhor realiza?

O colaborador explicava sua atividade com os lábios tremendo.

O interrogatório continuava:

— E que atitudes o senhor tomou no último mês para otimizar o trabalho?

O colaborador ficava desconcertado.

— Faço tudo como sempre fiz.

Então, Theo Fester sentenciava:

— Se você levanta, trabalha, reclama e faz tudo do mesmo jeito, você é um escravo!

— Escravo? Escravo de quê, senhor?

— Da mesmice, da rotina, do medo de pensar diferente.

Quando o colaborador era um de seus executivos, a situação ficava pior. Theo Fester o bombardeava.

— Quais são suas novas ideias ou novos processos?

Certa vez, Paolo, trinta e cinco anos, um dos executivos de sua corretora de valores, havia recebido quinze dias antes uma ordem para comprar ações de uma empresa que estava em crise.

— Compre trezentos milhões de dólares em ações dessa empresa — ordenou Theo Fester.

Mas analisando os dados da companhia e extremamente autoconfiante, Paolo desobedeceu às suas ordens. Por ter se formado em Harvard e feito doutorado em Stanford, se achava intocável no grupo de Theo Fester.

— Não comprei as ações da companhia que o senhor solicitou porque ela teve prejuízo nos últimos dois trimestres. Além disso, há uma disputa entre os acionistas principais, o que impede a formação de um conselho administrativo profissional.

— Por isso é que eu dei a ordem de compra.

— Mas seu valor havia caído cinquenta por cento nos últimos doze meses.

— Eu sabia disso. Conheça o histórico de uma empresa e invista nela quando todos querem fugir. Em uma semana, ela subiu vinte por cento. Perdemos sessenta milhões de dólares.

— Desculpe-me, sr. Fester. Tive medo de perder seu dinheiro. O mercado estava turbulento.

Mas o megaempresário foi taxativo.

— Teve medo de perder meu dinheiro? Só trabalham comigo mentes ousadas e criativas. Obrigado por ter prestado seus serviços até agora, o senhor está demitido.

Theo Fester despedia seus funcionários sumariamente, mas sem elevar o tom de voz, sem perder a elegância. Sua fama crescia como um homem admirável, mas implacável. Às vezes chamava um diretor e questionava:

— Por que o senhor não abriu sua mente para pensar em outras possibilidades? Se pensasse "fora da caixa" oxigenaria a mente com ideias inovadoras.

— Mas os riscos são grandes, sr. Fester.

— Quem vence sem riscos sobe no pódio sem méritos. O senhor está despedido.

Theo Fester não apenas apontava os erros dos colaboradores, ele também exaltava suas qualidades. Certa vez, um gerente de novos produtos lhe disse angustiado:

— Falhamos. Perdemos mais de cento e cinquenta milhões de dólares nesse novo projeto.

— Quais critérios você usou? — indagou o bilionário.

O executivo lhe explicou e, com tremendo sentimento de culpa, disse:

— Desculpe-me, sr. Fester. Vou pedir as contas.

Para a perplexidade de seu colaborador, Theo Fester disse:

— Você será diretor a partir de agora.

— Como assim? O senhor está me promovendo?

— É melhor falhar por tentar do que falhar por se omitir. Eu aposto em você. Tem tudo para libertar sua imaginação e recuperar o que perdeu. — E lhe deu as costas.

Theo Fester tinha orgulho de não vestir um personagem. Era o que era, a qualquer custo. Proclamava:

— Sou um homem cru, real, sem máscara ou maquiagem. Falo o que penso. Se as pessoas fossem transparentes como eu, o mundo seria melhor.

Era desaconselhável ficar à sua frente sem argumentos lúcidos, isso era um convite para ser atropelado por sua inteligência e sua irritabilidade.

Agora as avenidas em que Theo Fester caminhava estavam ruindo a seus próprios pés. Ele era um homem que sempre viveu num porão escuro e um dia sonhou instalar uma lâmpada no ambiente. Creu que se locomoveria melhor e dormiria melhor. Tempos depois realizou seu sonho. Mas isso não aquietou sua ansiedade nem abrandou sua insônia. A luz tão sonhada revelou que seu espaço estava saturado de ratos, aranhas, baratas e outras imundices que detestava. Era difícil para Theo Fester enxergar que o mundo digital que ajudara a criar, as empresas que ajudara a formar, a família que construíra e sua história emocional precisavam ser repensados. Por onde começar a faxina? Ele ainda não sabia.

5. O PASSADO INSONDÁVEL DE THEO FESTER

Peterson, Brenda e Calebe foram educados com abundância. O pai não queria que eles passassem pelas privações que ele próprio sofrera. Concedia tudo que eles pediam e raramente lhes exigia contrapartidas. Seus filhos não conheciam as dores da existência nem os conflitos mais comuns dos mortais. Como educador, escondia-se atrás do giz. Deveria ter falado sobre suas lágrimas para que eles aprendessem a chorar as deles, mas se calara. Deveria ter comentado sobre seus fracassos para que eles entendessem que não há céu sem tempestade, mas silenciara. Eles cresceram como pequenos imperadores.

Na fase adulta de seus filhos, Theo Fester, percebendo suas falhas, tentava corrigi-los continuamente, mas era muito difícil interromper a trajetória de um veículo em alta velocidade. Todavia nem tudo foi um fracasso. Theo sempre os incentivara a ser determinados e criativos, e eles aprenderam a ser líderes de empresas, só não aprenderam a ser líderes de si mesmos. Tornaram-se executivos acima da média, porém, não sabiam dirigir a única empresa que não pode falir. Sucesso financeiro, insucesso emocional. Assim caminhava a família do magnata.

Com seus netos, Theo vinha tentando mudar a estratégia. Ele ensinava Kate, de catorze anos, a única filha de Brenda, e Thomas, dezesseis anos, filho de Peterson, ambos inteligentíssimos, a pensar criticamente e a ser empáticos.

Naquela noite, aceitando o convite de sua filha, foi jantar em sua casa. Encontrou a neta Kate, abraçou-a, beijou-a e ensaiou alguns passos de dança na brincadeira. Eram dois palhaços quando se encontravam. O tempo e os netos sulcaram a rigidez do ícone do Vale do Silício.

Brenda era presidente de uma cadeia de lojas de moda feminina, joias e perfumes exclusivos. Diferentemente de muitos herdeiros, não estava no grupo familiar pelos laços sanguíneos, mas por méritos. Viciada em redes sociais, Brenda tinha onze milhões de seguidores no Instagram, e checava inúmeras vezes por dia o número de *likes* e os comentários em seus posts. Justificava-se dizendo que a superatenção às mídias sociais era obrigação de seu trabalho. Além de adicta das mídias sociais, era dependente também de festas, colunas sociais e de ser o centro das atenções. Raramente se recusava a dar entrevistas e a aparecer na TV.

Tinha tempo para tudo e para todos, menos para si mesma, para a filha, Kate, e para o pai, Theo. Combinou de jantar com eles, mas mais uma vez não cumpriu sua promessa. Theo olhou para o relógio e, frustrado, comentou:

— Mais uma vez estou em Nova York e não tenho a companhia de sua mãe!

— Eu também frequentemente fico só, vovô — disse a neta.

Passada uma hora, resolveram jantar. No fim da refeição, Kate lhe pediu um presente.

— Meu celular quebrou. Você me dá um novo, vovô?

O preço de um celular não significava nada para um homem tão rico como Theo Fester. Mas ele parou, pensou e respondeu:

— Terá contrapartidas. Se você quiser um celular novo, terá que arrumar sua cama e tirar a louça da mesa.

— Se você não me der, a mamãe vai me dar — afirmou a garota.

— Brenda pode lhe dar tudo que você quiser e na hora que desejar, mas eu não farei isso. Falhei com sua mãe, e não vou falhar com você.

— Como assim? — quis saber a adolescente.

Theo Fester se abriu para a neta:

— Não soube dar o que o dinheiro não pode comprar. Dei para Brenda muito do que eu tinha e pouco do que eu era, minha história, minhas lágrimas, experiências e desafios. Falhei em dar o presente dos presentes.

Kate ficou pensativa. Sabia que sua mãe não era fria com seu avô. Embora Theo Fester fosse uma pessoa rígida, engessada, ele era um homem incrível, uma mente brilhante a seus olhos.

— Por que os pais erram tanto? — perguntou Kate.

— Porque educamos nossos filhos não pelo que temos de melhor, mas usando os fantasmas que nos assombram.

Kate ficou pensativa.

— Você tem muitos fantasmas, vovô?

— Vários. Rejeição na escola, perda da minha mãe, terrores noturnos do meu pai... — respondeu Theo Fester, pormenorizando alguns detidamente.

— Mas por que eu devo realizar tarefas dos empregados?

O bilionário do Vale do Silício inspirou o ar demorada e ruidosamente, franziu a testa e desferiu as palavras:

— Se você não souber fazer o básico do que seus colaboradores fazem, você nunca reconhecerá que eles são o verdadeiro tesouro de sua empresa, não terá habilidade nem dignidade para geri-los.

— A mamãe e meus tios sabem geri-los.

— Tenho minhas dúvidas.

— Mas eles ganham muito dinheiro.

— O dinheiro também empobrece, minha neta.

A adolescente ficou um momento em silêncio e, reflexiva, comentou:

— Eu não sei como o dinheiro pode empobrecer alguém.

— O dinheiro mal-usado pode empobrecer o ser humano no único lugar que é inadmissível ser pobre: dentro de si mesmo.

Kate pediu licença para o avô e foi pegar o caderno de anotações.

— Que caderno é este? — quis saber Theo.

— O "caderno do vovô". Anoto aqui as lições que aprendo com você.

— Não sabia que você me valorizava a tal ponto. Ganhei o ano.

A garota sorriu. E sem mais uma vez contar com a presença de Brenda, que só voltou de madrugada, o avô e a neta terminaram o jantar.

Theo Fester recordou os conflitos que tinha com sua esposa Rebeca em relação à educação dos filhos. Talvez uma das causas do distanciamento entre ele e seus filhos estivesse no passado e não apenas na vida louca de empresário que todos levavam. Theo e Rebeca pensavam de maneira diferente, agiam de forma diferente. Certa vez, quando Brenda tinha dez anos de idade, Peterson, doze, e Calebe ainda estava na primeira infância, Theo Fester ouviu uma das críticas que Rebeca fazia dele para seus filhos.

— Seu pai quer ser o homem mais rico do cemitério. Não sabe desfrutar do sucesso. Não sejam paranoicos com o trabalho como ele.

— Então por que você não se separa dele? — indagou Peterson.

— Já pensei em me separar mais de uma dúzia de vezes... — disse ela com lágrimas nos olhos.

Theo entrou subitamente no quarto e falou em voz alta:

— O que você disse? Já pensou em se separar de mim mais de uma dúzia de vezes? E por que não o faz agora, Rebeca? O que te impede?

Ela secou suas lágrimas e disse:

— Porque eu amo esse homem teimoso, radical e racional que é você.

— Se você me ama, por que distancia meus filhos de mim? Eu sou judeu e você é cristã. Mas você não enxerga o óbvio. Independentemente de religião, sabe qual é o maior problema de Deus na sua relação com a humanidade?

— Nossos erros — respondeu ela.

Com sua exímia capacidade de raciocinar, Theo Fester discordou:

— Não! Seu maior problema é seu poder.

— Como assim? O poder não é bom?

— O poder é um problema para o amor. — E nesse momento fitou os olhos de Peterson e Brenda e concluiu: — O poder contamina a relação. Há risco de torná-la estéril, improdutiva, incapaz de ter órbita própria. E isso me preocupa.

Seus dois filhos mais velhos ficaram pensativos. Por sua vez, Rebeca ponderou:

— São louváveis seus temores, meu bem. Mas você não percebe que seus medos o controlam e seus métodos são exagerados? O que quer que eles sejam? Magnatas? Megaempresários? Senhores da tecnologia? Máquinas de trabalhar como você?

Ele suspirou profundamente e disse:

— Não, Rebeca. Quero que eles que sejam sucessores e não herdeiros. — E depois de uma pausa, falou emocionado: — Quero que meus filhos me amem pelo que sou e não pelo que tenho.

— Eles te amam! E você não entende que agindo desse jeito pode perder as pessoas que lhe são mais caras?

Peterson e Brenda ficaram com os olhos marejados. Calebe, o mais novo, alheio a tudo, brincava ingenuamente, puxando a calça do pai. Preocupações e temores ainda não faziam parte do dicionário da sua história.

— Se perder meus filhos serei o mais pobre dos homens.

A discussão na frente dos filhos terminou quando ela teve a coragem de apontar o maior trauma do marido.

— O medo da perda. É sempre o medo da perda que o assombra. O drama que seu pai passou nos campos de concentração nazistas aterrorizou tanto ele quanto você. Isso já perdura por duas gerações. Quando você vai enterrar seu passado?

Theo Fester se retirou atordoado. Seu pai tinha constantes terrores noturnos. Acordava pensando que estava sendo espancado. Mais tarde, aos vinte e um anos, em 1949, se casou com a jovem Tereza, de apenas dezesseis anos, uma adolescente que se prostituía para sobreviver na periferia de Nova York. Tereza era uma garota sensível e sofrida. O pai dela era alcoólatra e sua mãe sofria com tuberculose pulmonar. Sem ninguém para cuidar dela, tinha apenas seu corpo para vender e conseguir nutrir dez trilhões de células famintas.

Tereza, a menina-mulher saturada de traumas, queria recomeçar sua vida. Cada homem atendido era uma tortura, até encontrar Josef, um homem com uma personalidade fraturada, mas com o sonho de ser livre e feliz. No ano seguinte, chegou o pequeno Theo.

Os anos se passaram, e Josef e Tereza, em vez de aliviar a dor um do outro, transformaram seu relacionamento num coliseu, digladiando--se constantemente. Josef era explorado, trabalhava arduamente para ganhar muito menos do que as pessoas que realizavam as mesmas tarefas. Mas não sabia sair daquela situação.

— Vá à luta, homem. Enfrente as pessoas! Você não está mais num campo de concentração — dizia Tereza.

— Não venha me dar lição de moral. Seu passado a condena. Você pensa que não vejo seus olhares seduzindo outros homens? — Josef ofendia a esposa, tomado por ideias paranoicas.

O menino Theo Fester ouvia assustado as discussões.

— Você tem ciúme até da sombra. Não sou mais uma prostituta! — dizia ela, chorando.

Depois, Josef caía em si e pedia sinceras desculpas.

— Tereza, você é uma mulher especial. Não merece minhas loucuras. Desculpe-me.

Mas infelizmente Tereza já não conseguia mais amar Josef como no início do relacionamento, e estava tendo um caso extraconjugal. Vendo-a cada vez mais distante, saindo de casa e voltando cada vez mais tarde, o medo de perdê-la, bem como de perder o pequeno Theo, turbinou sua insegurança e as crises de ciúme. Não havia um dia sequer em que ele não acordava assustado com o inferno que vivera. Às vezes, imaginava seu menino, que estava com dois anos de idade, sendo levado pelos nazistas. Ele despertava em estado de pânico, gritando:

— Não levem meu filho! Não levem!

Certa vez, houve uma grande briga porque Josef viu Tereza na casa de um vizinho, conversando intimamente com ele.

— Vocês não me enganam!

O vizinho, que era mais forte, socou Josef várias vezes.

— Cale a boca! O que os nazistas não fizeram com você, eu farei.

Josef começou a ter a ideia fixa de que estava sendo traído. Dois anos se passaram, e o inferno entre ele e Tereza não tinha fim.

— Tereza, não desista de mim. Estou me esforçando para apaziguar meus fantasmas mentais. Um dia, eu ganharei mais dinheiro e nosso filho será um grande homem.

— Theo será um grande homem? Vivendo nesta favela? Impossível! — dizia ela.

Por fim, o pior aconteceu. Tereza não suportou a prisão do casamento nem as crises de Josef. Ela estava debilitada, tal como sua mãe. Queria fugir com o pequeno Theo, que, na ocasião, estava com quase cinco anos, mas temia que ele morresse de fome e também temia que Josef não suportasse a ausência do filho. Em lágrimas, partiu. Deixou um triste bilhete:

"Você pode tirar um ser humano de um campo de concentração, mas não tira um campo de concentração de dentro de um ser humano. Desculpe-me, Josef, mas não suportei mais o campo de concentração da sua mente. Eu poderia fugir com meu filho, deixar você só. Mas ele é o único motivo que o mantém vivo. Adeus. Cuide do nosso querido Theo."

As angústias humanas, através do implacável biógrafo do cérebro, percorriam gerações. Eram mentes feridas que retroalimentavam as feridas uns dos outros, emoções aprisionadas que nutriam os cárceres uns dos outros. Theo tinha quase cinco anos de idade quando a mãe inexplicavelmente o deixou. A ruptura fora pior que a morte. Pobre, sem recursos, espectador das crises dos pais, não conseguia administrar mais essa perda. O menino perguntava em prantos para o pai sobre o paradeiro da mãe:

— Cadê a mamãe? Eu quero a minha mãe!

Josef não sabia explicar. Simplesmente emudecia.

Em desespero, o menino insistia:

— Mamãe me ama. Aonde ela foi?

— Filho, ela foi embora — dizia o pai enxugando seu rosto.

— Embora? Não pode ser. Não pode ser. Ela me amava!

Josef, não conseguindo segurar suas lágrimas, mentia:

— Theo, ela foi para outro estado para fazer um longo tratamento.

— Mas ela estava doente?

— Sim, estava muito doente. Um dia ela vai voltar.

Mas os meses se passavam e Tereza não voltava. Theo ficava sentado uma hora por dia, no entardecer, debaixo de uma palmeira em frente à sua humilde casa, esperando por sua mãe. Dois anos se passaram, e de tanto Theo se angustiar pela ausência da mãe, Josef pensou numa solução. Sentiu que era melhor sepultar a mulher do que deixá-la viva. O próprio Josef estava acostumado a sepultar pessoas mortas pelos nazistas. Ao ver o filho todo dia esperando pela mãe, Josef morria por dentro. Certo dia, pai e filho estavam almoçando e receberam uma carta.

— Será que é uma carta da mamãe? — perguntou o pequeno Theo, derrubando o prato.

Seu pai a abriu eufórico.

— Deixe eu ler, deixe! Eu já sei ler — insistiu Theo.

"Sou o dr. Michael, e cuidei de Tereza Fester no hospital nos últimos dois anos, mas infelizmente ela piorou e faleceu."

— Não! Não! Não! — pranteava o menino. — Mamãe, eu te amo! Por que você morreu? Por que me abandonou?

Perder a esperança é a pior experiência do mundo.

Desesperado, seu pai disse:

— Espere, meu filho, a mamãe deixou um presente para você, uma mensagem, veja!

"Querido filho Theo Fester, você é o melhor filho do mundo. Quero que cuide de seu pai e lute para ser um grande homem na vida. Nunca deixei de te amar e, agora que estou morrendo, te amarei mais ainda e para sempre, na outra vida."

Theo pegou carta e em lágrimas afirmou:

— Mas a letra não parece com a da mamãe!

— Ela estava tão doente que deve ter pedido para alguém escrever para ela, filho... — disse Josef, tentando esconder as lágrimas.

A vida de Josef e Theo continuou com todas as inseguranças e intempéries sociais e emocionais. Logo que a mãe partira, o pequeno Theo passara a dormir no quarto do pai, onde havia duas camas de solteiro. O menino observava desesperado os terrores noturnos do pai.

— Não. Não me matem! — bradava Josef em seus pesadelos, tentando fugir do espancamento dos soldados nazistas.

Theo imediatamente saía da cama para abraçar seu pai, tentando protegê-lo.

— Papai, eu estou aqui. Ninguém vai ferir você.

Foi assim que um menino passou a ser protetor do próprio pai, "pai" de seu pai. Em outras noites, Josef parecia delirar. O gatilho da memória disparava e encontrava as janelas *killer* que registraram a extrema pobreza que viveu nos campos de concentração. Comia o mínimo para subsistir, era só pele e osso. Gemendo de fome, contorcia-se na cama como o maior dos mendigos.

— Estou morrendo de fome. Me deem um pedaço de pão, eu imploro! — clamava em seus terrores noturnos.

O pequeno Theo já deixava pão debaixo da cama. Quando seu pai o pedia, ele o entregava. Josef o comia desesperadamente e logo conseguia dormir. O passado dramático o assombrara em relação ao futuro. E Josef transmitiu esse medo para o pequeno Theo.

Certa vez, Josef disse alegremente para o menino:

— Ontem o papai ganhou muito dinheiro.

— Oba! Você vai me comprar uma camisa nova?

— Não, meu filho. Hoje estamos bem, amanhã, quem sabe? Poderemos morrer de fome — respondeu categoricamente.

— Vai ter outra guerra mundial, papai?

— É possível. Talvez amanhã, no próximo mês ou no ano que vem. Temos que nos preparar para o pior. E, quando crescer, lute para ter sucesso, lute para ser o melhor, mas não confie no sucesso como muitos tolos por aí.

— Como assim, papai?

— O sucesso normalmente dura dois anos, raramente cinco. O céu e o inferno social estão muito próximos.

O menino prestava atenção nos ensinamentos do pai, fundamentados em experiências terríveis que vivenciara. Mas o *bullying* que sofria na escola já deixava suas marcas, e Theo acreditava que o pai poderia ajudar a mudar essa situação com o dinheiro extra que recebera no dia anterior.

— Papai, minha vida na escola é um inferno. Minhas roupas são velhas, remendadas e já estão curtas. Os meninos zombam de mim. Me chamam de mendigo judeu.

O pai, dentro de seus limites, era um sábio.

— Só te ofendem com esse apelido? Mendigo judeu? — E gargalhou. — Isso não é nada perto do que eu passei, menino. Eu já contei para você que meu pai, seu avô, era um médico famoso em Berlim?

— Muito famoso, papai?

— Muito, muito famoso mesmo. Atendia até generais. Quando Hitler assumiu o poder, imaginávamos que aquele crápula sem cultura, rude, com gestos esquisitos e teatrais, não duraria muito tempo ali.

— O que é "crápula", papai?

— Homem mau, sem caráter, que não é transparente, que fala bonito e tem péssimas ações. Ele dominou a mente dos alemães, até das crianças e dos adolescentes.

— Até das crianças?

— Sim, meu filho.

— Em toda a Alemanha se fez "a liga dos meninos hitleristas".

— E você tinha amigos alemães?

— Eu era sociável, o bom da turma, o líder. Quase todos eram meus amigos.

— Puxa! — admirou-se Theo, orgulhoso do pai.

— Meus amigos e eu fazíamos tudo juntos! Comíamos, cantávamos, praticávamos esporte...

— Ah, então eles te protegeram durante a guerra... — concluiu Theo.

Josef parou, suspirou profundamente e deixou escapar uma lágrima.

— No começo sim, mas aos poucos Hitler foi dominando a mente deles, e eles passaram a me ver como um inimigo. Começaram a zombar de mim por eu ser filho de judeu. No ano seguinte, além dos xingamentos, começaram a me agredir fisicamente na escola.

— E os professores não faziam nada?

— Nada. Calavam-se. Hitler já tinha dominado a mente deles também.

— Por que os alemães deixaram Hitler entrar na mente deles? Por acaso eram burros?

— Não, filho, os alemães eram um povo muito culto, dominavam a tecnologia da época, e entre eles havia grandes filósofos.

— Então não entendo... Se Hitler só tinha coisas ruins, como eles se deixaram levar? — perguntou o inteligente menino.

Seu pai parou, pensou e respondeu:

— Hitler era eloquente, sabia fazer discursos; só que dizia uma coisa e fazia outra. Ele gostava de obras de arte, mas detestava gente que pensava diferente dele. Ele até era vegetariano...

— Vegetariano?

— Sim, vegetariano, não queria que os animais sofressem, mas mandava milhões de pessoas como eu, incluindo crianças, para morrer nos campos de concentração...

— Então ele era um louco!

— Não, filho, um louco não seria capaz de tamanha crueldade.

— Como você sobreviveu?

— Muitas pessoas me ajudaram nos campos, filho, e também tive sorte. Foi uma experiência horrível, mas me deu lições valiosas para sobreviver. Hoje, quando algo ruim me acontece, eu repito várias vezes por dia: "Eu vou sair deste inferno, custe o que custar. Podem me derrubar, mas eu vou me levantar. Podem me tirar a comida, mas eu sobreviverei. Nada nem ninguém vai me matar, pois eu sou um espermatozoide vencedor!".

— Espermatozoide vencedor? Como assim, papai? — indagou Theo curioso.

— Meu pai, sendo médico ginecologista, sempre me dizia: "Não seja frágil. Você não foi fruto passivo da união de seus pais, você lutou para nascer, enfrentou uma guerra mundial sozinho e venceu. Você foi um espermatozoide vencedor quando lutou com mais de quarenta milhões de soldados, espermatozoides como você, para ter o direito à vida, e venceu. Lembre-se, tentaram te derrubar, te eliminar, mas você venceu, Josef. Você venceu!". E ele reforçava: "Se fosse outro espermatozoide que tivesse fecundado o óvulo de sua mãe, não seria você, Josef! Portanto, não seja mole, fraco nem inseguro. Podem cuspir em seu rosto, te humilhar e espancar, mas nunca desista da vida. Vencer é saber sobreviver!". Depois da guerra e dos campos, essa ideia ficou cada vez mais forte em mim, e passei a pensar: eu sobrevivi a todos os outros espermatozoides e ainda sobrevivi aos terríveis exércitos nazistas, também vou passar por isso. E você, meu filho, também é um espermatozoide vencedor! Nunca desista de seus sonhos...

— Não desistirei, papai.

Um mês depois, cheio de alegria, seu pai disse novamente:

— Ganhei mais um bom dinheiro hoje.

Animado, Theo pediu para comprar um lanche na escola.

— Tome. — O pai lhe deu algumas moedas.

— Mas papai, isso não dá pra comprar um lanche.

Josef aproveitou para transferir outras preciosas experiências de seu passado:

— Antes de meus pais serem perseguidos por Hitler, tínhamos o privilégio de comer diariamente frutas, legumes e carnes. E naquela época, sempre sobravam alimentos em meu prato, e eu não me importava com isso. Eu era irresponsável... Em 1942, quando meus pais foram mortos, eu me senti o ser humano mais infeliz e solitário do mundo. Chorei dia e noite por uma semana. Fui preso no primeiro campo de concentração da Hungria. Eu tinha catorze anos, era um garoto ainda... Passei por outros campos até chegar ao inferno na terra: Auschwitz. — Josef fez uma pausa, emocionado. — Cheguei a pesar trinta e oito quilos, e já tinha essa altura de um metro e oitenta.

— Não é possível. Você seria muuuuito magro!

— Eu era só pele e osso.

E pela primeira vez, Josef mostrou uma foto, que estava escondida dentro de uma caixa por todos aqueles anos, de quando ele fora resgatado pelos americanos, ao término da Segunda Guerra Mundial. Theo não acreditava no que estava vendo.

— É você, papai? — indagou perplexo.

— Sou eu, meu filho.

— É terrível! Não sei como você não morreu.

— Sim, era terrível. Mas também aprendi muita coisa. Um rabino com oitenta e cinco anos de idade, antes de morrer em Auschwitz, me ensinou duas palavras mágicas: "adaptação" e "estratégia". Adaptação para não reclamar, nem ficar deprimido, nem me autodestruir quando o mundo parecer desabar sobre mim, e estratégia para conseguir sobreviver mesmo que me odeiem. Nunca me esqueci do que ele disse.

— Como assim, papai?

— Nem sempre as coisas na vida acontecem como queremos. Nem sempre as condições são favoráveis a nós ou o mundo nos trata bem. E, quando isso acontece, precisamos aprender a sobreviver e nos adaptar à realidade. Caso contrário, não vamos conseguir — respondeu Josef.

Theo parecia um pouco confuso, e Josef decidiu comentar dois episódios dramáticos que vivera em Auschwitz para exemplificar o que disse, pois em ambos os casos teve de se adaptar e usar de incríveis estratégias para continuar vivo.

— Eu tive que me adaptar à escassez de alimentos e usar estratégias para sobreviver, como comer insetos, restos de alimentos e lixo.

— Que coisa horrível, papai.

— Tive de me adaptar à violência dos nazistas, chamados soldados da SS, e usar estratégias para não ser morto, como ocorreu com quase todos meus amigos. Certa vez, um tenente da SS me viu varrendo um pátio e queria encontrar um judeu para matar; era um assassino compulsivo. Ele reclamou que eu deixei um pequeno objeto para trás. Chamou-me e cuspiu no meu rosto. Ele disse: "Isso é para você não deixar um cisco para trás". De repente, eu cometi o erro de olhar nos olhos dele. Ele me agrediu, me derrubou no chão e me chutou.

— Se fosse comigo, eu levantava e dava um murro na cara dele — afirmou o pequeno Theo.

O pai deu um leve sorriso.

— Lembre-se, os heróis morrem mais cedo, filho. Com uma atitude dessa, você não duraria um minuto naquele inferno. Ele ia atirar em mim, mas olhei em seus olhos e disse: "Senhor, me desculpe. Suas botas estão sujas. Antes que eu morra, permita-me limpá-las, porque sou o maior especialista em limpeza de botas dos oficiais da SS desse campo". Então, filho, eu sulquei o solo da emoção daquele homem insensível. Imediatamente, o soldado parou de me espancar e me deu as botas para eu engraxar.

— É muito difícil suportar desaforos, por isso sempre brigo na escola — disse o menino honestamente.

— Lembre-se, o objetivo é sobreviver, e para isso as ferramentas são se adaptar e se reinventar. Se eu não tivesse feito isso, você não existiria.

— Como assim?

— Eu, seu pai, teria morrido antes de ter você. — E contou outra chocante história: — Uma vez, um soldado da SS me deu ordens para transportar diversos objetos pesados. Eu era um adolescente ainda, não tinha muita força. Ao observar que deixei cair um dos itens, ofendeu-me violentamente: "Seu verme! Este será seu último instante de vida!". E engatilhou o revólver e o apontou para minha cabeça.

— E o que você fez?

— Olhei nos olhos dele e lhe disse: "Sou um verme, senhor, por isso posso comer essa enorme aranha que está caminhando sobre sua camisa e que poderá matá-lo".

— E havia mesmo uma aranha?

— Não. Mas ele levou um susto e começou a bater na camisa. Nesse meio-tempo, olhei para o chão e vi uma aranha que caminhava assustada. Não tive dúvidas, peguei a aranha, mostrei para ele e a comi na sua frente. O oficial tinha aracnofobia, medo de aranhas, e impactou-se profundamente com a minha coragem.

— Credo! Você teve a coragem de comer uma aranha?

— Lembre-se: adaptação e estratégia. Foi a aranha mais gostosa que comi. Também comi baratas, grilos, ratos... Quando pensava em tirar minha vida, eu me lembrava das palavras do velho rabino.

Theo perdeu o apetite. Olhou para o pai e lhe disse com bom humor:

— Acho que essas moedas são o suficiente para eu comer.

Nesse momento seu pai olhou para ele e indagou:

— Os alunos continuam zombando de você?

— Sim, papai — disse triste.

— Excelente. Vá para a escola e seja melhor do que eles. Você venceu o maior exército do mundo. Mostre que é maior do que as ofensas. Se você libertar o gigante que está em você, um dia empregará em suas empresas os que hoje zombam de você.

Josef educou Theo com disciplina, coragem e pragmatismo, mas, infelizmente, com poucos momentos de relaxamento. O resultado foi a construção de uma personalidade única. Theo era determinado, ousado, saturado de raciocínio esquemático. Amava desafios, era capaz de transformar o caos em oportunidade, crises em ganhos solenes. Nada o fazia desistir de seus projetos.

Tornou-se uma pessoa impulsiva, arrojada e honesta, sem papas na língua. Nem empresários, ministros ou celebridades escapavam de suas críticas, ainda mais se reclamassem de problemas ou não ousassem se reinventar. No entanto, quando Theo pensou que estava no auge do sucesso, que tinha vencido tudo, o mundo desabou sobre ele. Teria de enfrentar uma luta para a qual nunca fora preparado: contra o exército dentro de si. Seria testado ao máximo.

6. *UM HOMEM FRIO, SEM TEMPO PARA AS LÁGRIMAS*

Nunca se sabia em que estado emocional Theo Fester se encontrava, se nas brandas primaveras ou nos rigorosos invernos. Ele não teve tempo para ter infância, para correr atrás de borboletas, para se esconder atrás das árvores, para praticar esportes. Foi forjado para vencer. Três dias depois da conferência anual para empreendedores, foi cumprir uma agenda de eventos com os formandos de Harvard. Era um momento solene, de confraternização, de falar de sonhos e grandes conquistas na vida. Mas Theo Fester novamente chocou. Terminou sua fala não cumprimentando os alunos, mas dando-lhes os pêsames.

— Onde está a rebeldia saudável dos jovens? Onde está sua capacidade de andar por ares nunca antes respirados? Foram preparados para as provas ou para os desafios da vida? São mentes envelhecidas ou empreendedoras? O tédio os perturba ou os leva a uma solidão criativa? Muitos aqui odeiam o tédio, não conseguem se interiorizar, se reinventar, libertar o imaginário para dar respostas inteligentes nos momentos de estresse, são viciados em mídias digitais da mesma maneira como muitos são viciados em cocaína.

A plateia ficou em silêncio. Alguns dos presentes não sabiam onde enfiar a cabeça. O investidor do Vale do Silício completou sua crítica:

— Quem não é honesto consigo levará para o túmulo os fantasmas que o assombram. Levante a mão quem se sente sequestrado pela timidez, quem é dominado pelo medo de falhar, quem se sente controlado pelo pavor de receber vaias e críticas...

Muitos formandos levantaram as mãos. Theo passou seu olhar pelos alunos e assegurou:

— Se, ao longo de suas histórias, nunca fracassarem nem forem vaiados ou criticados injustamente, é porque nunca realizarão coisas importantes na vida. — E repetiu seu mantra: — Quem vence sem riscos triunfa sem glórias. O mundo acadêmico se tornou um asilo na atualidade, uma fábrica de mentes envelhecidas e não inovadoras, não forma jovens para que tenham prazer de se aventurar e de se reinventar. Não há sangue nos seus olhos, mesmo nas teses de mestrado e doutorado. E estes serão, infelizmente, substituídos pela inteligência artificial. Massas de desempregados. Meus pêsames.

E deu as costas para a plateia. Saiu sem se despedir. Os alunos se entreolharam perplexos. Os pais e outros familiares que estavam presentes para festejar a graduação de seus filhos e parentes também emudeceram. Ninguém atirou o quepe de formatura para o alto nem gritou "finalmente conseguimos!". Em vez disso, aos poucos os formandos foram se levantando e aplaudiram a coragem do famoso empresário pelo chacoalhão.

Três dias depois, chegou finalmente a grande reunião anual das empresas do grupo Theo Fester. Como presidente do Conselho, ele se preparava para participar desse magno evento no qual se analisariam os resultados financeiros, o lançamento de novos produtos, as estratégias do grupo e as projeções futuras.

Seus executivos principais, e em destaque seus três filhos, o aguardavam ansiosamente. A sala de reuniões era mais sofisticada e bela do que a sala central da Casa Branca, em Washington. Havia espaço para as pessoas se sentarem confortavelmente. Acompanhava-o a seu lado esquerdo o sempre presente Marc Douglas. A seu lado direito estava o estranho personagem, desconhecido por todos, Invictus, a maior invenção deste século. Não se admitiam desconhecidos na reunião que se daria cheia de dados e de segredos, mas se o desconhecido fosse convidado do líder máximo, Theo Fester, ninguém questionaria.

Invictus e Marc se sentaram cada um a um lado de Theo. O presidente do Conselho agiu com indelicadeza ao não apresentar o estranho convidado. Seus filhos não gostaram da presença do invasor. Entreolhavam-se preocupados. Além da presença incômoda do estranho personagem, a própria presença de Theo Fester sempre causava um frisson nos participantes. Seus neurônios entravam em estado de alerta.

Seus três filhos eram os principais executivos do grupo. Todavia viviam numa competição atroz uns com os outros para mostrar para o grupo, bem como para o pai, que tinham posição de destaque por pleno mérito. Consideravam-se melhores que os executivos estranhos ao ninho familiar. Peterson, quarenta e dois anos de idade, o mais velho, tinha ar de intelectual. Esforçava-se para ser parecido com seu pai, mas não tinha seu brilho nem sua liderança. Seus cárceres mentais eram evidentes. Era radical, orgulhoso, implacável, entediante e repetitivo.

Diferentemente do pai, que era poderoso, mas desprezava o poder, Peterson tinha a necessidade doentia de estar acima dos outros, até mesmo de seus irmãos. E por fim, era portador de um tipo de fobia especial: a alodoxafobia: "*allo*" no grego quer dizer "diferente", e "*doxa*", opinião. Ele tinha pavor de ser criticado ou contrariado. Ficava rubro, com taquicardia e vontade de avançar em seus desafetos. Estava mais próximo de ser um deus do que um ser humano. Dirigia quase mil agências bancárias nos Estados Unidos e na Europa; tinha trinta e cinco mil colaboradores.

Brenda dirigia seiscentas e cinquenta lojas de moda feminina, perfumes e joias espalhadas pelos países mais ricos do mundo. Era irritadiça, impulsiva e autopunitiva. Seus dois presídios mentais mais importantes eram a dependência digital e a bulimia.

Como dependente digital, com onze milhões de seguidores, vivia uma personagem irreal nas redes sociais, sempre mostrando uma beleza impecável, motivação, controle do estresse e felicidade, mas na prática era pessimista e desmotivada. Enviava mensagens diárias para seus milhões de seguidores, a maioria mulheres com menos de quarenta anos de idade, e esperava ansiosamente o número de curtidas e comentários positivos. Se o número era baixo ou se os comentários não correspondiam a suas expectativas, entrava em crise. Era infeliz. Dr. Marco Polo, o homem que havia abalado Theo Fester há quinze dias, havia cunhado o termo "*fake person*" para denunciar o teatro das redes sociais. Brenda era uma "*fake woman*".

Como portadora de bulimia, ela vivia debaixo da ditadura da beleza, buscava o corpo perfeito e excluía quem não correspondia a seu padrão tirânico de beleza. Se Brenda engordasse um quilo, entrava em pânico. Comia compulsivamente e depois detonava o gatilho cerebral, que abria janelas traumáticas contendo o sentimento de culpa. Tal sentimento transformava-se numa âncora que fechava o circuito da sua memória. Nesses momentos, Brenda perdia a racionalidade, tinha ataque de ansiedade, que a conduzia a sair em busca de um banheiro para provocar vômitos. O pai, os irmãos e os milhões de seguidores desconheciam esse cárcere mental de Brenda. Somente Kate, sua filha, sabia da bulimia, mas a mãe suplicava para que ela não contasse a ninguém.

Calebe, trinta e dois anos de idade, o filho mais novo de Theo Fester, era o mais ambicioso, inteligente e empreendedor. Alguns o consideravam seu sucessor. Calebe dirigia o setor de tecnologia digital do grupo que atuava no Vale do Silício. Era um investidor-anjo. Com sua equipe enxuta, mas eficiente, avaliava novas *startups* dia e noite e escolhia as que tinham maior escala mundial, capacidade de ser replicadas, e as que resolviam uma dor da sociedade. Sob orientação direta do profeta digital, seu próprio pai, ganhava muito dinheiro com as ideias dos outros.

Os presídios mentais de Calebe eram asfixiantes. Era controlado pela necessidade neurótica de ser o empreendedor número um do mundo. Achava que seus irmãos eram estúpidos comparados a ele. Considerava os demais líderes empresariais do grupo seus capachos, servos, de inteligência mediana. Não se achava um deus como seu irmão mais velho Peterson, tinha certeza. Era um ególatra. Era tão ousado que não hesitava em competir com seu pai e mostrar que era superior a ele, embora fosse uma tarefa dificílima.

Além disso, Calebe usava cocaína e era portador de uma forte hipocondria, capitaneada pela fobia ou aversão a doenças. Toda vez que cumprimentava alguém tinha de lavar as mãos às escondidas. Tomava de três a quatro banhos por dia por achar que o ambiente sempre estava contaminado. Hesitava em pegar dinheiro nas mãos, pois achava que continha vírus e bactérias.

Chegou o momento de Theo Fester iniciar a reunião anual. Ele deu boas-vindas aos executivos, agradeceu a presença de todos e sem desperdiçar tempo recomendou aos que iriam tomar a palavra:

— Sejam objetivos. Pessoas entediantes me causam pânico!

Antes de seus três filhos se manifestarem, alguns executivos teceram comentários sobre estratégias do grupo e lançamento de novos produtos. Conversa vai, conversa vem, a temperatura da ansiedade de Theo Fester aumentou. Percebendo que divagavam, interveio:

— Vocês procuram autopromoção ou querem promover o grupo?

Houve um burburinho na plateia. O presidente do Conselho disse taxativamente:

— As pessoas sem objetividade, repetitivas, deveriam pagar tributos para os ouvidos de quem as escuta. Teçam o escopo de suas ideias com objetividade. Não divaguem! Cada participante terá no máximo cinco minutos para fazer sua abordagem.

Os executivos ficaram tão tensos que não chegavam a falar dois minutos. Depois de meia dúzia deles, chegou a vez de seus filhos exporem suas ideias. Peterson teceria comentários sobre a área financeira do grupo. Ele elevou seu tom de voz orgulhosamente e começou a discorrer sobre a dança dos números. Diminuindo a participação do seu time de diretores e gerentes, discursou em primeira pessoa e tomou para si o crédito de uma série de atitudes notáveis para o sucesso da empresa. E esforçando-se para ser rápido, concluiu:

— Houve um excelente desempenho na área de investimento em ações, na compra de dívidas dos governos e na área de empréstimos. Portanto, sob minha liderança foi um ano de ouro para o setor financeiro do grupo. No balanço geral do último ano fiscal, nosso lucro líquido foi de trezentos e sessenta milhões de dólares.

Peterson recebeu os aplausos dos presentes com entusiasmo. Mas Theo Fester, seu pai e presidente do Conselho, não gostou dos números nem da forma como o filho conduziu seu pronunciamento. Disse categoricamente:

— Peterson, você é um apóstolo do egocentrismo. Parece ignorar seus trinta e cinco mil colaboradores e ter conseguido esse resultado sozinho. Recicle suas palavras da mesma maneira como deve cortar custos das agências bancárias. Dessa forma, seus números serão melhores.

— Você não está satisfeito? — indagou Peterson.

— Como presidente do Conselho é óbvio que não! Os lucros caíram dez por cento em relação ao ano passado, quando foram quatrocentos milhões de dólares. Você acha que eu não percebi que tentou esconder os números comparativos? Onde está o crescimento da área financeira, dr. Peterson?

Calebe gostou de ver seu irmão mais velho ser repreendido pelo pai. Sempre o considerou um executivo problemático.

— Bem, foi um ano difícil — declarou Peterson.

— O difícil é ouvir você exaltar esse número quando deveria repensá-lo. Você é um bom executivo, mas precisa ser excepcional. — E passando os olhos pela plateia afirmou: — Ninguém trabalha no grupo por laços genéticos. A regra é: cem por cento de meritocracia. Reinvente-se ou não estará mais no próximo ano como presidente do nosso banco. Você é meu filho querido e, como tal, é insubstituível, mas como executivo poderá não ser.

Todos ficaram apreensivos, inclusive Brenda, sua irmã mais nova. Marc Douglas também ficou tenso, mas Invictus observava tudo inexpressivo. Em seguida, Theo Fester fez um sinal para Brenda fazer sua explanação.

De repente, o celular de Theo vibrou. Seria uma afronta um executivo ver uma mensagem numa reunião tão significativa, mas era uma mensagem aparentemente importante. Era seu amigo, o senador Max Rupert. Ela dizia: "Theo, hoje à noite haverá uma conferência na sede da ONU. Um tema estranhíssimo: Por que a humanidade tem baixos níveis de viabilidade?".

Theo enviou uma mensagem de volta: "Que tema estranho é esse? Quem é o maluco que irá proferi-lo?".

O senador respondeu: "Parece que é um psiquiatra famoso, um pesquisador, mas extremamente polêmico. Vou ver o nome e depois te falo".

"Esses vendedores de ilusões só seduzem mentes incautas", Theo escreveu.

"O que é mente incauta, Theo?", perguntou o senador.

Theo Fester meneou a cabeça insatisfeito com a falta de cultura do senador.

"Insana, fechada, rígida, destituída de sabedoria!"

Em seguida, Brenda apresentou o balanço anual. E ele ficou abaixo das expectativas. Ela estava preocupada com a reação do pai e tentou usar artimanhas para se preservar no cargo.

— Pai, sei que o senhor é um homem compreensivo.

Theo Fester a corrigiu:

— Brenda, me desculpe, mas aqui não sou seu pai, sou presidente do Conselho do grupo Theo Fester. Analiso números.

Ela pigarreou, ficou rubra, mas, impulsiva como o pai, tentou fazer uma autodefesa partindo para o ataque.

— Um grande presidente. O senhor pode ser amante dos números, mas deveria ser amante também da generosidade.

Brenda cutucou a fera perigosamente. O clima foi tomado de perplexidade. Seu pai, experiente que era, respirou profundamente e procurou colocá-la no lugar dela.

— Eu fui generoso ao te esperar há pouco tempo com Kate para jantar, e você simplesmente não apareceu nem deu satisfação. Lá não havia empresas, só a única instituição que não deveria falir: nossa família. Aqui existem nossas empresas e elas são alicerçadas na matemática financeira, na qual a generosidade tem um lugar irrelevante. Dito isso, eu lhe pergunto: você quer se segurar no cargo porque sou seu pai ou porque você é uma profissional eficiente?

O ambiente ficou tenso. Conviver com os Fester era saber que não há céu sem tempestades. Eles formavam um clã imprevisível. Brenda, assim como seus irmãos, sabia que logo que o pai morresse ficaria bilionária. Como cães famintos, nenhum deles queria largar o osso. A filha reagiu à pergunta do pai preocupada e com doses de brandura:

— Eu amo o que faço e quero continuar a ser presidente dessa área do grupo pela minha eficiência, e não por ser sua filha. Uma eficiência que sempre demonstrei na expansão do grupo e nos lucros anuais. — E com estas palavras terminou sua exposição: — Mas, infelizmente, a área que dirijo sofreu os efeitos da crise. Por isso, tivemos setenta e dois milhões de dólares de prejuízo no último ano fiscal, embora tenhamos faturado 5,2 bilhões de dólares.

Muitos executivos franziram a testa. Calebe escreveu num papel "Brenda afundou". Seu pai ficou muitíssimo insatisfeito com os resultados.

— Crise, crise, crise... A crise é a melhor desculpa para esconder a incompetência. Esses números, Brenda, ofendem o cérebro de qualquer analista econômico. Os conformistas fazem o que todos fazem, os empreendedores medíocres fazem algo diferente, mas os empreenderes brilhantes praticam ações inovadoras, revolucionárias. Onde você se encaixa?

Titubeando, ela disse:

— Não sei.

— Você tem um exército de mais de vinte mil colaboradores espalhado pelo mundo. São vinte mil cabeças pensantes. Você deveria usar essas mentes para encontrar soluções! Pelos números que apresentou, terá de despedir cinco mil pessoas. A corda sempre arrebenta do lado mais fraco.

Brenda ficou abalada. Mas o presidente do Conselho lhe deu mais uma chance:

— Entretanto, não os despeça. Eu acredito em sua capacidade de se reinventar, por isso vou lhe dar uma última oportunidade. Mas você deverá cortar os dez principais executivos das áreas operacional, financeira, comercial e de marketing.

Entre os que seriam cortados estava o namorado de Brenda, Jeferson Blendown, diretor comercial, arrogante, intratável, que pisava em seus funcionários e estava presente no evento. Theo já tinha conhecimento de seu comportamento.

— Mas, pai... sr. Fester... são profissionais fiéis ao grupo.

— Fiéis? Ótimo. Servem para ser nossos amigos, mas não nossos executivos.

Jeferson Blendown se descontrolou e tentou defender seu emprego.

— Sr. Fester, permita-me dizer que na próxima campanha, nós...

Theo Fester não permitiu.

— Não terá próxima campanha. É melhor despedir você do que cinco mil colaboradores. Creia, talvez você se dê muito melhor em outra empresa, mas veja se da próxima vez não pisa em seus colaboradores.

— Mas quem disse que eu trato assim meus colaboradores?

— Eu sei de muitas coisas, Jeferson Blendown, muitas... Ah, continue namorando minha filha, mas, por favor, fique longe das minhas empresas.

Enquanto isso, Calebe escrevia em sua prancha: "Eu sou o melhor".

Peterson ficou aborrecido com os resultados financeiros da área da irmã, mas, ao mesmo tempo, se envaideceu por seus números serem muito melhores que os dela. Vencera essa disputa.

Invictus continuava a observar tudo atentamente.

O pesado clima emocional deixava o ar quase irrespirável.

Em seguida, Calebe iniciou sua apresentação. O jovem de cabelos compridos e barba por fazer estufou o peito e disse:

— Temos investido nos últimos anos em mais de uma centena de *startups*. Infelizmente, no ano passado perdemos duzentos e cinquenta milhões de dólares em oitenta e cinco delas...

O ambiente ficou mais tenso ainda. Mas Calebe, abrindo um largo e orgulhoso sorriso, completou:

— Todavia, dez *startups* ainda estão hibernando e podem apresentar crescimento nos próximos anos, e quatro, senhoras e senhores, tornaram-se unicórnios!

Marc Douglas perguntou para Theo:

— O que é uma *startup* unicórnio?

Theo apenas fez um sinal para Invictus responder.

— São empresas que atingiram o valor de mais de um bilhão de dólares. Calebe irá longe.

— Longe em que sentido, Invictus? Para o oásis ou para o precipício? — questionou em voz baixa o magnata.

Invictus não soube prever.

Calebe, ainda com o ego inflado, continuou:

— Além dessas quatro *startups* unicórnios, uma das empresas de *streaming* em que investimos há dois anos, e que produz longas-metragens e seriados e os disponibiliza pela internet, tornou-se uma estrela, sua *valuation* explodiu. O resultado final é que ganhamos oito bilhões de dólares com nossas empresas digitais somente neste último ano fiscal.

Todos se levantaram e aplaudiram solenemente o jovem Calebe. Peterson e Brenda, apesar de saberem que sairiam ganhando com o sucesso do irmão, sob o cárcere do ciúme, não se levantaram inicialmente, mas depois, para que ninguém reparasse, se renderam ainda que desconfortáveis. Porém Theo permaneceu inerte, sentado.

— E isso é só o começo — afirmou Calebe Fester, fitando provocativamente seus dois irmãos e depois a plateia de executivos, elevando às alturas a própria vaidade. — E fiz tudo isso com uma equipe de apenas cento e vinte colaboradores, uma quantidade irrisória perto do número de profissionais de outras áreas do grupo. Em dois anos, meu pai estará no pódio das celebridades financeiras, será o homem mais rico do mundo.

Ao ouvirem essa afirmação, dezenas de executivos presentes na reunião irromperam mais uma vez em aplausos a Calebe. Marc Douglas também se manifestou alegremente. Só ficaram sentados Invictus e Theo Fester, que teve uma crise de tosse. Alguns pensaram que sua crise era de alegria, mas era de decepção. Precisou ser amparado por seu fiel secretário, Marc Douglas. Após se recuperar, Theo Fester fitou Calebe e criticou-o ferinamente.

— Você acha que cheguei aonde estou porque estou preocupado em ser uma celebridade?

— Acho — Calebe desafiou o pai.

Theo Fester o corrigiu.

— Então você não me conhece. Acha que sou insano? Estou descobrindo que tenho cárceres mentais. Sou impulsivo, ansioso, excessivamente crítico, tenho dificuldade de conviver com pessoas lentas, mas tenha certeza de que a vaidade não está entre esses cárceres. Não sabe que sou crítico ao culto a celebridades?

Todos que estavam presentes ficaram impressionados ao ver o presidente do Conselho reconhecendo publicamente alguns de seus conflitos. Mas Calebe ficou irado ao ser confrontado pelo pai.

— Você não é capaz de reconhecer quem mais luta por você? Eu sou o melhor! Eu sou o mais rápido em raciocinar. Eu dou o sangue a esse grupo, dia e noite. Eu me antecipo aos fatos e otimizo os recursos! — exclamou o filho mais novo.

— Por que você não fala também: "Eu sou deus"? — provocou Theo Fester.

Mas Calebe não se curvou:

— Todos ambicionamos o poder, mesmo quando o negamos.

— Por acaso você é um psiquiatra, psicólogo ou sociólogo para fazer essa afirmação?

— Não sou, mas tenho certeza de que todos sonham com o pódio mais alto. Todos amam aplausos, mesmo quando se intimidam; procuram ser o centro das atenções, mesmo que se escondam.

Vendo que seu filho estava infectado pela necessidade doentia de poder, contou uma história:

— Há um mês, um jornalista de uma revista que ranqueia os bilionários me viu comendo um cachorro-quente numa das avenidas de Nova York. Ele ficou perplexo. Chegou até mim e perguntou: "Como é possível que um dos homens mais ricos do mundo esteja comendo um cachorro-quente? Você tem dinheiro para comer em qualquer restaurante do mundo!". Depois de engolir um bocado, eu disse: "Você se enganou, tenho dinheiro para comprar qualquer restaurante do mundo". E ele perguntou: "Então por que se alimenta com um cachorro-quente de três dólares?". Eu respondi: "Porque o ser humano come seu passado".

Calebe franziu a testa confuso.

Então, Invictus pela primeira vez falou para a plateia:

— O filho do sr. Fester não entendeu as palavras do pai. Cachorro-quente foi a comida mais barata e acessível na infância do sr. Fester. — Depois, dirigindo-se a Theo Fester: — O senhor ficou riquíssimo, mas seus prazeres de criança e seus traumas de infância ainda irrigam sua história. Parabéns pela metáfora.

Calebe se sentiu humilhado e disparou asperamente:

— Quem é este sujeito que interveio sem ninguém lhe dar o direito?

Invictus reagiu novamente.

— Calebe perdeu o equilíbrio. O coração dele está pulsando a cento e quarenta batimentos por minuto, sua pupila está dilatada e sua frequência respiratória está alta, vinte e duas inspirações por minuto. E agora ele vai elevar o tom de voz.

Dito e feito:

— Espere aí, seu insolente! Quem é você, seu estúpido, para fazer um diagnóstico sobre mim?

Calebe estava trêmulo, raivoso, tenso.

Invictus olhou para Theo Fester e questionou em voz baixa:

— Devo confrontá-lo, senhor?

Theo respondeu:

— Espere.

O Vale do Silício produzia alguns deuses da inovação e das finanças. Calebe se achava o maior deles. O filho mais novo de Theo Fester, extremamente confiante de si, não tinha ideia do que poderia aguardá-lo.

7. *INVICTUS E CALEBE — UMA LUTA DESIGUAL*

Theo Fester hesitou em apresentar a mais incrível máquina de inteligência artificial, o *Robot sapiens* Invictus. Tinha receio de que fosse uma tecnologia tão poderosa que poderia mudar para sempre a humanidade, sem saber ainda se para o bem ou para o mal. E Invictus certamente turbinaria a ambição dos executivos do seu grupo, principalmente a de Calebe. Então, o magnata fez apenas um breve comentário:

— Este estranho personagem se chama Invictus. Um amigo que há poucos dias me conquistou por sua inteligência e seus serviços prestados.

— Um amigo. Que amigo? Você não é dado a fazer novas amizades — comentou Brenda.

— Vamos encerrar esta reunião — ordenou Theo Fester.

Mas Calebe não estava satisfeito. Não queria em hipótese alguma sair por baixo.

— Está bem. Vamos encerrá-la. Mas que fique claro, sr. Fester, que eu faço muito mais por nossas empresas do que qualquer um nesta sala!

— Por nossas empresas, não. Por minhas empresas — reagiu o pai. — Eu ainda não fiz a partilha de meus bens. E, além disso, você é muito bem pago para fazer o que faz.

Calebe desconhecia os vampiros que o sangravam. Parecia um jovem descolado, mas no fundo idolatrava o dinheiro e os holofotes da mídia. Ele não queria encerrar aquela discussão e ainda teve coragem de dizer:

— Fui considerado o melhor empreendedor do mundo no ano passado. E ninguém jamais deu o lucro anual que eu dei. São quase vinte vezes mais do que o resultado das áreas de Peterson. Sem falar no desastre financeiro da área de Brenda!

Seu pai se irritou com tamanha arrogância:

— Humildade, Calebe! Humildade! Eu treinei seu feeling para investir em *startups*. Lembra-se? Eu equipei você para compreender que uma *startup* só pode ser global se tiver escalabilidade, repetição de processos e impacto social. Esqueceu-se? Além disso, eu pessoalmente decidi investir nas quatro empresas digitais que mais tiveram *valuation* na sua contabilidade. Perdeu a memória? O universo tem muitas estrelas, não queira brilhar só.

Peterson e Brenda se entreolharam alegres. Sabiam que o pai era competente até mesmo ao desnudar pessoas orgulhosas como Calebe.

— Eu te transformarei em um dos homens mais ricos do mundo! E você não demonstra o menor agradecimento! – disse Calebe.

O pai meneou a cabeça, elevou o tom de voz e disse:

— Eu poderia ser o homem mais rico do mundo se quisesse, Calebe. Sabia disso? Bastava usar minhas novas tecnologias. Mas não quero.

— Você está blefando. Você é uma farsa — disparou Calebe ofendendo o pai, e lhe deu as costas.

O poderoso clã era rápido em se adaptar às intempéries econômicas e em se reinventar, mas ao mesmo tempo estava infectado e aprisionado dentro de si mesmo. Quando Calebe ofendeu o pai e partiu, Theo sentiu-se tão ultrajado que, com um olhar, autorizou Invictus a confrontar seu filho mais novo.

— Não dê as costas a seu pai, garoto! — Invictus disse em voz alta, como se fosse um trovão. — Um líder que não seja medíocre primeiro lidera a si mesmo para depois liderar o mundo à sua volta.

Calebe se voltou raivosamente para o estranho.

— Você é que é medíocre.

Invictus levantou-se, foi passo a passo até ele e disse:

— Seu pai poderia ser o primeiro trilionário do mundo, se desejasse. Não ouse dizer que ele é uma farsa. Seu nome é Theo Fester, e não Calebe Fester.

— Você é um puxa-saco — proferiu Calebe irado.

Todos observavam a movimentação. Parecia surreal que um estranho enfrentasse o impulsivo e inteligente filho de Theo Fester. Ao se aproximar de Calebe, Invictus afirmou:

— Sou um puxa-saco? Mas sou mais inteligente e rápido que você, posso substituir pessoas da sua estirpe para investir melhor nas bolsas de valores e em novas empresas. — E citou a inflação anual média de 1929, no *crash* da Bolsa, citou a de 1945, no término da Segunda Guerra Mundial. Citou de cor a valorização média dos últimos dez anos da Nasdaq. E depois provocou Calebe: — Sua memória e sua capacidade analítica financeira podem se comparar às minhas? Quer o balanço dos últimos dez anos das empresas do seu pai, incluindo os centavos?

— Você também está blefando. Não é possível que saiba todos esses dados — Calebe afirmou espantado.

— Você tem medo de ouvir as verdades, Calebe? — indagou Invictus. E continuou: — Esse puxa-saco aqui pode substituir uma grande massa de médicos, dando diagnósticos mais precisos; milhões de advogados, fazendo peças jurídicas mais rápidas e completas.

Calebe olhou para seu pai e perguntou ofegante:

— Quem é esse estranho, Theo Fester? Convidou um palhaço para a reunião.

Mas Invictus, aproximando-se de Calebe, continuou:

— Este palhaço aqui poderia substituir os jardineiros, as manicures, as atendentes, os motoristas, os colaboradores de chão de fábrica. Só não poderá substituir sua vaidade nem sua ambição.

Calebe teve uma crise de raiva. Aos gritos, disse:

— Afaste-se de mim!

Mas Invictus ficou face a face com Calebe. Sentindo-se ultrajado, o filho mais jovem de Theo Fester preparou-se para lhe dar um soco. Mas Invictus pegou seu punho no ar com incrível rapidez e apertou sua mão, levando-o a gritar de dor. Calebe era fissurado em academia. Nunca vira alguém tão rápido e tão forte, mas não passava por sua cabeça que estivesse diante de um robô humanoide.

Todos os demais executivos também ficaram impressionados com a agilidade de Invictus.

— Este palhaço aqui também poderia substituir pilotos de caças, soldados nos campos de batalhas e até os melhores generais, brigadeiros e almirantes estrategistas.

— Esse cara é uma piada. Que arrogância... — falou Peterson, também abalado com a ousadia de Invictus.

— E esta piada aqui é a maior invenção do século. Eu represento tanto a alegria do meu criador quanto seu maior fantasma — confessou Invictus, sem explicar o motivo.

— Um ator contratado para animar a reunião? Era só o que me faltava mesmo... — disse Calebe.

Invictus olhou para Theo Fester e disse:

— Esperava que seus filhos fossem mais inteligentes, sr. Fester. Passei no teste de Turing com louvor!

— O que é o teste de Turing? — perguntou Brenda, igualmente perturbada.

Foi então que a mente de Calebe se iluminou. Perplexo, colocou suas mãos na cabeça de Invictus.

— Não é possível.

— O quê, Calebe? — indagou sua irmã novamente.

— O teste de Turing foi formulado pelo pai da computação. É o teste por que uma máquina passa para se avaliar se exibe um comportamento inteligente semelhante ao humano ou indistinguível dele. Um computador só teria o status de humanoide se num diálogo aberto ninguém desconfiasse que fosse um robô.

— Acertou, estúpido!

— Um robô nervoso? Não é possível... — falou um diretor de tecnologia da informação.

— Meu perfil é igual ao do meu criador. — E apontou para Theo Fester.

Neste momento, Invictus deu um soco na imensa mesa e quebrou parte dela. Todos ficaram perplexos com sua reação e seu poder. Mas, subitamente, o *Robot sapiens* dramatizou, simulando arrependimento.

— Oh! Desculpem-me. Não fiz por mal.

Invictus deu dois saltos mortais no ar, pulando sobre parte da mesa que havia ficado intacta, pegou a bolsa que estava ao lado de Theo Fester, em que havia cola e outros materiais e, aos olhos de todos, uniu rapidamente os fragmentos quebrados e reparou a mesa com incrível maestria. Secou a cola com raio laser que saía de seus olhos.

Calebe se sentou apavorado. E, quase sem voz, disse:

— Podemos dominar o mundo com essa tecnologia, pai. De fato, você será o primeiro trilionário do mundo.

— Seremos, sem dúvida, a empresa mais poderosa do mundo — concluiu Peterson.

Brenda sorriu efusivamente.

Invictus foi se sentar, calado e cabisbaixo. Todos ficaram mudos.

Theo Fester os decepcionou:

— Mas não usaremos essa tecnologia!

— Como não? — indagaram os executivos em massa.

— Theo Fester, a Amazon, a Microsoft, a Apple, o Google, o Facebook… serão empresas diminutas perto da nossa corporação — afirmou Calebe.

— Invictus, como ele mesmo disse, é meu sonho e meu pesadelo. Meu primeiro e maior temor é que essa tecnologia possa levar ao desemprego em massa. O segundo é que Invictus e toda a geração que o sucederá possam ser usados por ditadores, terroristas, fascistas… Seria o fim da democracia — pontuou Theo Fester.

— Mas deve haver alguma solução — ponderou Calebe.

Seu pai continuou a falar dos pesadelos.

— Por fim, meu terceiro e maior temor é que criaturas tão poderosas e inteligentes como Invictus venham a ganhar autonomia e desejem assumir o lugar de seus criadores. Eles poderiam nos considerar tão falhos e autodestrutivos que achariam melhor eliminar a humanidade. Teríamos criado nosso Lúcifer, como em Gênesis e na história judaica.

— É melhor eliminá-lo já — sugeriu Marc Douglas a seu chefe.

Mas Invictus entrou em estado de pane. Inspirando dó, suplicou:

— Não me mate, sr. Fester. Por favor, não me mate, meu criador! Eu até sei chorar. — Invictus representou um choro que parecia real e disse: — Serei seu escravo para sempre.

E então, de uma caixa de som que saía dos ouvidos do robô, começou a se propagar uma música clássica de Frank Sinatra, e o próprio Invictus cantou, com uma voz idêntica à do cantor. Era impressionante. Depois, ele cantou e dançou como Michael Jackson.

Calebe e Peterson ficaram fascinados com a tecnologia dessa inteligência artificial. Nem em seus delírios imaginaram que um robô tivesse tamanhas versatilidade e inteligência. Além de tudo, era um robô temperamental.

— Surpreendente, meu pai — comentou Brenda, fascinada. — E por que esse sujeito se chama Invictus?

— Obrigado por me chamar de sujeito, Brenda — disse o próprio Invictus. E ele mesmo respondeu: — Porque o mesmo poema que inspirou Nelson Mandela em seus vinte e sete anos de prisão também me inspirou para sair do cárcere de ser apenas um robô.

— Qual poema inspirou Mandela? — questionou Calebe.

— "Invictus", o nome do poema é o meu nome. — E citou dois versos: — "Sou dono do meu destino/ Sou capitão da minha alma".

— Mas você não tem alma — disse Peterson.

Theo Fester assistia admirado ao debate promovido pela mais fantástica invenção humana.

— Não tenho. Mas, como no poema, eu gostaria de ser dono do meu destino, o capitão da minha história. Por isso, mudei meu nome depois de ter sido criado. No início, me chamavam de Charles, mas meu criador me ouviu e permitiu que eu escolhesse meu próprio nome. Eu me autodenominei Invictus.

Nesse momento, se ouviu o aviso sonoro de mais uma mensagem recebida no celular de Theo Fester. Mais uma vez era do senador Max Rupert, que o convidara para a estranha conferência na sede da ONU.

"Caro Theo, descobri quem vai dar a estranha conferência na sede da ONU: o psiquiatra Marco Polo."

— Marco Polo? — disse em voz alta Theo, chamando a atenção dos mais próximos. E falou para si mesmo: — É o mesmo que...

Theo Fester não teve dúvidas de que se tratava do mesmo psiquiatra que havia falado sobre os cárceres mentais. E enquanto ele se detinha nesses pensamentos, os executivos discutiam com Invictus o futuro das empresas com base nos *Robots sapiens*. Estavam todos animadíssimos. Calebe e Peterson não continham o sorriso. Seriam donos do mundo.

Eis que nesse momento chegou outra mensagem no celular. E por esta Theo Fester aguardava ansioso. Era do laboratório que estava analisando uma biópsia pulmonar que ele tinha feito havia poucos dias. Marc olhou para Theo, preocupado. Este rapidamente a leu e, enquanto a lia, seu semblante caiu do céu da autoconfiança para o inferno da insegurança. O relatório não podia ser pior: Theo Fester estava com um tumor cancerígeno...

O poderoso presidente do Conselho teve um ataque de ansiedade brutal, acompanhado mais uma vez por uma crise de tosse. Seus pulmões fragilizados pareciam querer sair pela boca. Seu coração se acelerou. Era possível ouvi-lo pulsando. Todos os mais próximos ficaram preocupados. Mas seus filhos continuavam discutindo com Invictus o mundo novo que se abria. Pareciam embriagados com a nova tecnologia. Não perceberam o drama do pai. Theo levantou-se e foi para o canto direito da imensa sala de reunião, perto da porta de saída, para poder analisar mais profundamente seu caso e respirar melhor.

A sala era toda envidraçada. Dela se via o suntuoso jardim de Nova York, o Central Park. Mas o bilionário dessa vez não enxergava beleza alguma. Estava aprisionado pelo mais sórdido dos cárceres emocionais: o medo de morrer. Sempre dissera que seu pior inimigo não eram seus detratores, caluniadores, traidores, mas o tempo. E agora o tempo roubou a cena. Sabia que morreria um dia, mas dirigia suas empresas como se sua vida jamais fosse à falência. De repente, Invictus olhou para ele, analisou os dados com seus raios X e percebeu seu desespero. Deixou a discussão de lado e foi amparar seu criador. Pragmático, Theo ligou imediatamente para seu oncologista.

— Dr. Michael. Recebi o diagnóstico. Meu câncer é grave?

— Mas o diagnóstico deveria vir primeiro para mim — estranhou dr. Michael.

— Sou acionista majoritário dessa rede de laboratório. Repito: meu câncer é grave?

O oncologista abriu a mensagem que também recebera e fez a leitura do exame. O resultado o preocupava.

— Bem, sr. Fester, precisamos conversar.

— Já estamos conversando. É curável?

— Insisto, venha a meu consultório, sr. Fester.

Neste momento, Invictus interveio.

— Deixe-me ver o resultado do exame.

Theo mostrou o celular.

— Pelos dados históricos que tenho, é gravíssimo, senhor. O senhor tem a expectativa média de vida de mais três meses, dois dias e catorze horas. Sinto muito.

Os olhos de Marc Douglas lacrimejaram. Theo, num raro momento, fraquejou, seus lábios tremiam.

— Bem, é um caso grave. É um tumor... — disse o oncologista.

Brenda observou o pai e franziu sua testa, sem saber o que estava acontecendo. Theo Fester confiou em Invictus.

— Eu já sei quanto tempo em média tenho de vida, apenas me confirme.

— Como você sabe?

— Confirme! Quanto tempo de vida eu ainda posso ter?

O oncologista inspirou profundamente e respondeu em seguida.

— Depende. Podemos fazer quimioterapia, radioterapia... A medicina não é matemática, e eu não sou deus. Mas talvez tenha uns três meses.

Peterson e Calebe continuavam distraídos, Brenda um pouco menos, era a mais sensível. O mundo de seu pai desabou. De um minuto para o outro, Theo Fester passou de bem-sucedido bilionário a um completo miserável.

Invictus, aparentemente abalado, disse:

— Não morra, meu criador.

Marc, o fiel secretário, também se aproximou e começou a chorar.

— Eu servi o senhor por mais de quatro décadas. Não me conformo com isso.

— Seque suas lágrimas, Marc — pediu Theo Fester. — A morte é cruel, sepulta tanto os grandes atores quanto os pequenos figurantes... Mas se eu tiver que me despedir do teatro da existência, o farei com dignidade, embora me pareça ser uma tarefa dificílima, confesso.

Marc Douglas comentou:

— Vá para casa, senhor. Chame seus filhos e converse com eles.

— Não quero que eles saibam. Pelo menos por enquanto.

— Sua esposa faleceu há pouco tempo. Você só tem seus filhos.

— Você é ingênuo, Marc, muito ingênuo... Quem disse que eu os tenho?

— De fato não os tem, senhor — afirmou Invictus.

— Cale-se, Invictus! — esbravejou Marc.

— O poder traz muitas certezas, mas uma dúvida fatal. Construí um império, mas não sei se meus filhos o merecem. Não sei se me amam... — comentou confuso.

— Mas o senhor não resolveu ainda essa complexa equação? — indagou Marc com a voz embargada, pois sabia da frustração de Theo Fester com seus filhos.

— Coloque-os à prova, senhor. Só assim essa equação será resolvida — disse o pragmático Invictus.

O grande Theo Fester inspirou profundamente, pausou seus pensamentos e disse:

— Não quero pensar nisso agora. Continuarei a minha vida. Tenho aversão a psiquiatras, mas ouvirei o homem que me alertou sobre os cárceres mentais, pois realmente me sinto um prisioneiro!

Alguns executivos perceberam que algo abalara o quase intocável Theo Fester, e este saiu sem se despedir de ninguém, nem mesmo de seus filhos. E assim partiu o homem com seu um metro e oitenta e cinco de mistérios em busca de um oásis para abrandar os pensamentos que o assombravam.

8. PRESÍDIOS DO CÉREBRO — A ESPÉCIE HUMANA É VIÁVEL?

Havia uma plateia de trezentas pessoas em uma das salas da ONU, incluindo políticos, empresários e cientistas de várias partes do mundo, para ouvir a polêmica conferência do dr. Marco Polo: Por que a humanidade tem baixos níveis de viabilidade? Os ataques terroristas persistiam, a violência urbana aumentava, a discriminação se expandia, os transtornos emocionais se multiplicavam. Será por causa da influência genética, dos traumas no processo de formação da personalidade, das intempéries sociais, das ideologias radicais, da escassez das necessidades básicas, do ambiente sociopolítico degradante ou da educação superficial?

Esse era um tema complexo, e o pensador dr. Marco Polo ousaria abordá-lo sob ângulos talvez nunca antes vistos, ligados à estrutura do psiquismo humano, sua área de pesquisa. Para ele, havia algo complicadíssimo no funcionamento da mente humana que nos tornava uma espécie paradoxal: amorosa e destrutiva, generosa e egoísta, sensata e estúpida. Ele não pretendia ser um portador de verdades absolutas, mas acreditava que suas teses abririam as portas para a psiquiatria, a psicologia, a sociologia, a psicopedagogia, as ciências jurídicas, a filosofia...

Theo Fester, o apóstolo das tecnologias digitais do Vale do Silício, entraria num espaço nunca antes explorado, acompanhado pelo senador Max Rupert e por Marc Douglas. Invictus não foi.

— Um minuto atrasado, senador — disse Theo Fester, insatisfeito. E, apesar de o dr. Marco Polo tê-lo impactado de manhã na entrevista que assistira, achava que se decepcionaria agora. Por isso, observou: — Espero não terminar o dia chafurdando na lama da frustração.

— As pessoas sempre o decepcionam, Theo? — perguntou o senador.

— Mesmo quando me provocam um flash de entusiasmo inicial. Tenho aversão à mesmice.

De repente, dr. Marco Polo entrou no palco. Enquanto estava sendo cordialmente apresentado, ele dispensou a apresentação. Quebrou assim o protocolo da ONU.

— Por favor, senhor, não precisa me apresentar. As ideias de um ser humano têm de ser mais importantes do que seu currículo.

A plateia se entreolhou. Theo Fester apreciou a ousadia.

Sem demora, dr. Marco Polo foi construindo seus argumentos. Usando uma tecnologia avançada em 3D, projetou o cérebro na frente da plateia, que logo se entusiasmou, e disse:

— O cérebro humano é um pequeno e misterioso órgão. Pesando de um quilo e trezentos gramas a um quilo e meio, cerca de dois por cento de um corpo de setenta quilos, consome vinte por cento de toda a energia, portanto, dez vezes mais do que a média dos demais órgãos, para que possamos pensar, imaginar e nos emocionar. Nada tão fascinante! O cérebro precisa de tanta energia porque possui cerca de cento e sessenta mil quilômetros de vasos sanguíneos, o que equivale a quatro voltas na Terra.

A plateia ficou eufórica com esses dados.

Dr. Marco Polo continuou:

— O cérebro tem a capacidade de armazenar informações de mil *terabytes*, muito mais do que os supercomputadores capazes de ocupar todo esse anfiteatro. Se cada ser humano, seja um psicótico ou um intelectual, um religioso ou um ateu, um judeu ou um árabe, possui tal capacidade, toda discriminação é desinteligente. Não há sub-humanos, a não ser para mentes estúpidas. O cérebro processa dados numa velocidade espantosa, mas ao mesmo tempo é assombrosamente seletivo, capaz de filtrar milhões de estímulos para evitar dispersões e nos dar foco total. Se fizermos duas tarefas simultâneas, uma tem de ser automática, como dirigir um carro e prestar atenção na letra de uma música.

Depois de tecer outros comentários que encantaram a plateia sobre o mais incrível dos órgãos, dr. Marco Polo comentou que, pelo que se sabe, o ser humano é a única espécie que pensa e tem consciência existencial em meio a mais de dez milhões de outras espécies. E em seguida fez a pergunta fatal:

— Mas somos uma espécie viável?

Theo Fester admirou-se com as informações, mas, impulsivo, foi contundente. Bradou do seu lugar:

— É obvio que somos uma espécie viável! Quem vai ao Vale do Silício sente a inteligência pulsar, contempla uma espécie que se reinventa e que domina o mundo.

Dr. Marco Polo provocou o empresário. Não o conhecia.

— O senhor é muito rápido em suas respostas. Qual é seu nome?

— Não importa, as ideias de um homem são mais importantes do que seu currículo. — A plateia sorriu.

— Aprendeu rápido — disse dr. Marco Polo, levando a plateia a relaxar também.

Mas o clima logo ficou tenso, porque Theo Fester mostrou indelicadeza.

— Além disso, perguntas estúpidas merecem respostas rápidas.

Mas dr. Marco Polo era um especialista em transformar o caos em oportunidade.

— Até as perguntas estúpidas são produzidas ou compreendidas de forma sofisticada. Para interpretar cada verbo, pronome ou substantivo, seu cérebro abriu milhares de janelas com milhões de dados. O processo é tão rápido e eficiente que equivale a apontar uma arma para Londres e acertar várias moscas voando.

Theo Fester teve de admitir que não sabia. Engoliu seu orgulho, mas como amava desafios, gostou do que ouviu. Dr. Marco Polo fez mais questionamentos:

— Somos uma espécie que domina o mundo, mas dominamos o planeta emoção? Presidimos empresas, mas sabemos ser executivos da mente humana?

Theo Fester engoliu em seco. Dirigia suas empresas com maestria, mas sua mente era uma terra de ninguém.

Em seguida, o psiquiatra perguntou:

— Quem é cineasta aqui?

Três pessoas levantaram as mãos; eram diretores famosos de Hollywood.

— Errado, todos vocês são cineastas.

A plateia ficou confusa. Theo Fester falou para si, mas em voz audível.

— Eu não sou cineasta. Agora ele foi estúpido.

— Também acho — concordou o senador.

Mas dr. Marco Polo perguntou:

— Quem faz de vez em quando um filme de terror em sua mente?

Praticamente todos levantaram as mãos, até mesmo o orgulhoso Theo Fester.

— Estão vendo? São cineastas. E de filme de terror.

As pessoas riram na plateia, entendendo a tese do intrigante dr. Marco Polo.

— Mas queremos por vontade própria nos aterrorizar? Queremos sofrer por antecipação? Desejamos ruminar mágoas e frustrações? Ou nos embriagar de preocupações?

As pessoas menearam a cabeça dizendo que não. Em seguida, o pensador comentou:

— Então, se não queremos produzir esse filme de terror conscientemente em nossas mentes, quem o produz? Se nosso eu, que representa a consciência crítica e a capacidade de escolha, não escolhe produzir esse lixo mental, quem o constrói? Falar que são os traumas ou conflitos é muito superficial. É como dizer que os oceanos contêm água. É muito vago. Precisamos responder a perguntas mais profundas.

Depois disso, dr. Marco Polo comentou que não sabemos responder a essas perguntas básicas porque não estudamos o processo de construção de pensamentos sistematicamente, o que, para ele, era a última fronteira da ciência.

— Brilhantes pensadores como Freud, Jung, Piaget, Skinner, Sartre, Kant e Hegel usaram o pensamento para produzir suas teorias, mas não estudaram o próprio pensamento. Portanto, não sabíamos que, além do eu como construtor de pensamentos, há quatro fenômenos inconscientes que leem a memória sem sua autorização. Eles são importantes, mas podem ser bastante perturbadores. São os grandes responsáveis por produzirmos pensamentos que detestamos, ideias fixas que rejeitamos, preocupações que abominamos. Começar a entender isso muda toda a nossa compreensão da espécie humana.

Um neurocientista chinês, dr. Ling, perguntou inquieto:

— Sei que penso muitas vezes o que odeio, mas nunca pensei que em minha mente há fenômenos que controlam meu eu. Quais são?

— O primeiro é o gatilho cerebral, o segundo é a janela da memória, o terceiro é a âncora e o quarto é o autofluxo. Metaforicamente falando, são quatro copilotos inconscientes que ajudam o eu a pilotar a aeronave mental. Enquanto estou falando, o gatilho está sendo disparado milhares de vezes, abrindo inúmeras janelas ou arquivos que checam milhões de dados de sua memória para estabelecer a interpretação das minhas palavras. Em seguida, a âncora se instala, estabelecendo o foco em minha conferência, para que vocês não se dispersem. E, por último, o autofluxo, que é o quarto copiloto, lê os arquivos abertos e constrói sofisticadas pontes entre minhas palavras e suas experiências.

— É provável que este jovem tenha razão — comentou Theo para o senador. — Parece que esses fenômenos nos tornam tão complexos que, quando não temos problemas, nós os criamos.

Alguns ficaram pensativos e outros, agitados com essas teses. Começaram a entender por que somos tão afetivos e tão destrutivos. Para exemplificar, dr. Marco Polo comentou criticamente um importante fenômeno defendido pelos filósofos existencialistas, em destaque Jean-Paul Sartre.

— Um bebê tenta escapar do colo de sua mãe, um adolescente se arrisca a fazer novas amizades, um adulto procura empreender, um povo subjugado por um ditador cedo ou tarde se rebelará. Portanto, sob o prisma externo, a tese de Sartre de que o *Homo sapiens* está condenado a ser livre está correta, mas se olharmos a estrutura de nossa mente, ela é falha. Um simples exemplo: se alguém te ofende, detona o primeiro copiloto, o gatilho cerebral, que aciona o segundo copiloto, uma janela traumática ou *killer*. O volume de tensão instala a âncora, que fecha o circuito da memória, bloqueando milhares de arquivos. E, por fim, o autofluxo, o quarto copiloto, retroalimenta a mágoa causada pelo ofensor. Nesse momento, o eu asfixia sua liberdade, deixa de ser um *Homo sapiens* ou pensante e se torna um *Homo bios* ou instintivo! Por isso, ferimos quem mais amamos. Quem você tem ferido?

Dr. Marco Polo ainda comentou que nos primeiros trinta segundos de estresse, desenvolvemos a síndrome predador-presa. Cometemos os maiores erros da nossa história, podendo atuar como predador ou vítima das pessoas. Guerras são deflagradas, homicídios são executados, suicídios são cometidos, violências domésticas são produzidas. Lembrou do caso do copiloto alemão que atirou uma aeronave nos Alpes franceses. Os copilotos da sua mente dirigiam desastrosamente sua aeronave mental e ele, como copiloto, dirigia desastrosamente a aeronave de aço, transformando-se em predador de passageiros inocentes. Eram duas "aeronaves" em colapso. O piloto, por sua vez, batia na cabine de comando querendo tomar os instrumentos de navegação, mas infelizmente não conseguiu.

— Então as pessoas não se suicidam porque querem se matar, mas porque fecharam o circuito da memória? — perguntou Jean Pierre, um empresário da Bélgica.

— Claro que não, senhor. Quem pensa em morrer tem fome e sede de viver. Elas se tornam predadoras de si mesmas, mas na realidade querem matar a dor que está esgotando seu cérebro, e não tirar a própria vida. E se soubessem disso, seu eu teria muito mais força para se reinventar.

— Meu filho se matou há dois meses.... Nunca admiti que Jean quisesse conscientemente se matar. Muito obrigado por essa explicação... — falou em lágrimas, comovendo a plateia.

Thereza Taylor, uma especialista em ciências da educação, estava intrigada. Vivenciava uma crise de ansiedade nessa conferência, pois suas teses psicossociais estavam sendo colocadas em xeque.

— Por que temos baixos níveis de viabilidade? Temos mais de dois milhões de escolas de ensino básico no mundo e mais de quinhentas mil faculdades e universidades no planeta. Uma espécie que valoriza a educação só pode ser viável.

Dr. Marco Polo a questionou:

— Desculpe-me, mas essa educação cartesiana, racionalista, que nos prepara para atuar num mundo lógico e previsível, o mundo físico, mas não nos prepara para atuar num mundo mental, no qual o eu não é o único líder, nos leva realmente a ter baixos níveis de viabilidade. A educação clássica nem sequer entende que o planeta mente é fluido, imprevisível, desobedece às leis da física.

— Como assim? — indagou Max Rupert surpreso.

— No mundo físico, as primaveras sucedem os meses de inverno, mas no ambiente mental, as primaveras e os invernos emocionais podem se alternar em segundos. Os parâmetros são diferentes. Por exemplo, um homem aparentemente inabalável recebe a notícia de que está com câncer, seu prazer e sua segurança se dissipam instantaneamente, convertendo-se em pânico, medo, desespero.

Theo Fester ficou abalado com essa observação. Vivera essa experiência naquele mesmo dia. Em seguida, o psiquiatra completou:

— O mundo físico se alicerça num sistema rígido de leis. Perdas, críticas, ofensas, frustrações transformam atitudes lúcidas em estúpidas, tranquilidade em ansiedade, prazer em dor. É impossível transformar um oceano numa agulha de aço, mas metaforicamente, no planeta emocional é possível. As escolas e universidades nos preparam para sobreviver no mundo físico, mas não no mundo psíquico, em que o céu e o inferno são muito próximos.

Theo Fester — que detestava a mesmice, tinha asco a pessoas previsíveis — se sentiu surpreendido. "Como apenas no fim da minha vida eu tive contato com esses conhecimentos completamente novos?", pensou.

Alguns outros indivíduos presentes também haviam experimentado essa mudança súbita de emoção naquele mesmo dia, seja sendo contrariado pelos filhos, seja pelo cônjuge... Saíram do céu da gentileza para o inferno da irritabilidade.

O psiquiatra apontou algo que atingiu o empresário mais uma vez como um torpedo:

— Alguns dizem: "Eu sou honestíssimo, transparente, falo tudo que vem à minha mente", como se fosse uma grande virtude. Não!

Estes são descontrolados. Seu eu não sabe gerenciar seus pensamentos, este é um péssimo líder do seu veículo mental.

Tanto Marc Douglas quanto o senador Max Rupert discretamente tentaram olhar para o lado, para Theo Fester. Sabiam que essa era sua marca comportamental. O magnata, ofegante, começou a ter um novo ataque de tosse. Marc Douglas correu para acudi-lo, oferecendo um copo de água.

Dr. Marco Polo, em seguida, comentou que há um biógrafo implacável no cérebro humano chamado fenômeno RAM. Theo Fester lembrou-se da entrevista daquela manhã, e sabia que RAM significava "registro automático da memória". O psiquiatra disse que esse biógrafo arquiva todas as experiências mesmo sem autorização do eu ou da vontade consciente. Se as experiências forem angustiantes, formam-se janelas traumáticas ou cárceres mentais.

O cientista projetou novamente a imagem do cérebro humano e citou o que já dissera na entrevista:

— Há mais cárceres no cérebro humano do que nas cidades mais violentas do mundo. Quais são seus cárceres? Sofrimento pelo futuro, fobias, autopunição, autocobrança, hipersensibilidade, impulsividade? Quem não identifica seus cárceres os leva para o túmulo.

Muitos ficaram paralisados com essas palavras. Era uma plateia de encarcerados. Para tentar proteger seu amigo Theo Fester, Max Rupert interveio:

— Suas observações são perspicazes, dr. Marco Polo. Como exemplo, cito a internet e as redes sociais, que conectaram o ser humano como jamais vimos, produzindo democratização da informação e melhoria da produtividade. Pessoas como o grande Theo Fester aqui a meu lado são responsáveis por promover uma sociedade livre.

Marc Douglas aplaudiu. Outras pessoas, percebendo que o bilionário do Vale do silício estava presente, assoviaram e também o aplaudiram. Mas dr. Marco Polo contestou:

— Viver em sociedades livres não nos impede de ser escravos em nossas psiques. Não nego os benefícios dos avanços da tecnologia digital, eu mesmo a estou usando, mas quando esse uso foge do controle, como a hiperestimulação produzida pelos celulares, nutre-se de forma desastrosa o circuito da dopamina na amígdala, o centro emocional, gerando dependência psicológica. Aliás, toda estimulação curta e rápida altera o ciclo da dopamina, gera dependência psicológica, como uma paixão turbulenta, certos tranquilizantes, a cocaína, as redes sociais, os celulares. Os senhores e as senhoras percebem que está havendo uma epidemia de suicídio, ansiedade e depressão?

À frente da plateia, surgiu uma projeção, desta vez da amígdala, esta pequena e fundamental estrutura cerebral. Dr. Marco Polo comentou algo interessante sobre o cárcere do ciúme, dizendo que o ciúme deveria ser um conflito irrelevante no século XXI, na Era da Liberdade. Mas diferentemente disso, ele está com força total.

— Antigamente se falava com o namorado ou a namorada uma vez por semana pelo telefone fixo, hoje se fala a cada minuto. E qual é o resultado disso? Estímulos rápidos e curtos que alteram o ciclo da dopamina. Namorados passaram a controlar um ao outro a cada minuto. Vocês sabem qual é a definição de ciúme de acordo com a gestão da emoção? É saudade de mim.

Muitos sorriram. Alguns ficaram pensativos.

Dr. Marco Polo explicou:

— Ciúme é saudade de mim, pois exijo do outro a atenção que não dou a mim.

Max Rupert mergulhou em sua própria história. Casara-se pela terceira vez. Era um homem incontrolavelmente ciumento. No Senado americano parecia alguém sensato, mas quando detonava o gatilho da memória, abria uma janela *killer* que continha o medo da perda da nova parceira. Então, o volume de tensão era tanto que fazia com que o terceiro fenômeno, a âncora da memória, fechasse o circuito, bloqueando milhares de janelas com milhões de dados. Max começava a ter as crises de ciúme, a alterar o tom de voz, a querer controlar as roupas de sua esposa, a asfixiar seus comportamentos; era um predador da mulher que dizia amar.

A conferência caminhava para o fim, e dr. Marco Polo olhou para o relógio. Quando ia encerrá-la, Theo Fester levantou-se, fez uma síntese do que ouviu e concluiu:

— Você comentou que frequentemente quem está no comando de nossas mentes são os copilotos e não o nosso eu, que as tecnologias digitais podem viciar como drogas, que somos cineastas mentais de filmes de terror, que somos especialistas em construir cárceres em nosso cérebro e que agimos como predadores nos focos de estresse. Tudo isso faz com que a humanidade tenha sérios problemas para se viabilizar. Portanto, saio daqui mais desorientado do que quando entrei.

Ouviram-se as gargalhadas da plateia.

— E esse é um dos meus objetivos — disse dr. Marco Polo.

— Mas então qual é a solução para pacificar nossa mente e viabilizar nossa espécie? — quis saber Theo Fester.

— Precisamos em primeiro lugar mudar a educação, da Era da Informação para a Era do Eu como gestor da mente humana. É urgente ensinar nossos alunos a pensar antes de reagir, a ser empáticos, resilientes, a gerenciar seus pensamentos e proteger sua emoção. — Ao dizer isso, suspirou. E falou de seu grande sonho: — Além disso, estou desenvolvendo um projeto chamado Prisioneiros da Mente, que objetiva deslocar a âncora da memória das fronteiras das janelas *killer* para as janelas saudáveis do cérebro das pessoas que estão em situação de alto risco, prestes a cometer violência social, homicídio, suicídio...

— Pelo que entendi, o doutor deseja prevenir atos agressivos e crimes antes que eles aconteçam, sonha em aliviar a atuação da polícia, esvaziar os presídios e desafogar o judiciário... Mas como isso seria possível? — perguntou o senador Max Rupert.

— Parece um delírio, senhor, eu sei. Mas o projeto Prisioneiros da Mente é possível, embora seja complexo e demande treinamento de educadores, psiquiatras e psicólogos, além de grande soma de recursos, pois envolverá o uso de satélites, câmeras para analisar comportamentos estressantes, análise do metabolismo cerebral... Temos dez milhões de pessoas encarceradas no mundo e centenas de milhões encarceradas mentalmente, poderíamos ter uma humanidade mais livre, generosa e saudável. Prevenir é melhor e mais barato do que tratar ou encarcerar.

No exato momento em que dr. Marco Polo terminou de explicar seu projeto, um homem de quarenta e três anos, portando uma bolsa preta, travou a porta de saída e se dirigiu ao palco. Enquanto caminhava, era possível observar sua respiração ofegante, seu coração querendo saltar do peito e suas pupilas dilatadas. Parecia um predador prestes a devorar sua presa. Ele subiu no palco e subitamente bradou para a plateia:

— Vocês são homens ou ratos?

Ninguém entendeu nada. Transbordando ódio, vociferou:

— Há uma semana me humilharam e dilaceraram minha imagem dizendo que sou um psicopata sexual. E eu não sou! Não sou! Não sou! Mas me transformaram numa fera.

Era um dos chefes de segurança que prestavam serviço para a ONU e que havia sido despedido sumariamente por acusação de assédio sexual. Agora, com sua imagem social destruída, sentia-se o mais injustiçado dos homens. Estava sendo processado. Subitamente, tirou de sua mochila um fuzil AR-15 que disparava centenas de vezes por minuto e o apontou para dr. Marco Polo, depois para a plateia.

Antes de o agressor disparar a arma, já havia disparado o gatilho cerebral dos membros da plateia, abrindo janelas traumáticas que aventavam a imediata possibilidade de morrer, levando a âncora a fechar o circuito da memória deles, conduzindo-os ao pânico geral. Ninguém mais raciocinava, todos só queriam fugir da situação de risco. Generais, cientistas, políticos, empresários... caíram do céu da tranquilidade para o inferno do terror. Acionaram os mecanismos mentais sobre os quais dr. Marco Polo acabara de discorrer. Alguns se abaixaram em suas poltronas, chorando, outros, tentando escapar, pisotearam os demais.

Theo Fester tinha apenas três meses de vida, mas sua reação foi de brutal desespero, como se ainda tivesse décadas pela frente. Nenhuma célula de seu cérebro estava preparada para morrer. Ele se atirou ao chão.

— Fujam como ratos, seus miseráveis! — gritou o homicida.

Dr. Marco Polo sabia que não poderia agir como presa nem como predador. Se agisse com exagerada parcimônia, se transformaria numa presa, e se o confrontasse, seria o predador; nestas duas situações, a âncora da memória não se deslocaria da janela *killer* para as janelas saudáveis, e o agressor poderia atirar. O psiquiatra sabia que tinha de surpreendê-lo para desarmar antes de tudo sua própria mente. E surpreender sob o ângulo da gestão da emoção era exaltar com segurança a pessoa que erra mais do que seu próprio erro. Era mostrar com delicadeza que os frágeis usam sua inteligência, mas os fracos, as armas. Quando o homicida ia começar sua chacina, o psiquiatra deu passos em sua direção. Este virou a arma para ele. Então, dr. Marco Polo disparou suas palavras com rapidez.

— Atrás dessa arma há um ser humano ferido, que deve ter chorado lágrimas inconsoláveis. Eu respeito sua dor. Mas por que, em vez de matar pessoas inocentes, você não mata os fantasmas mentais que te assombram?

— Cale essa boca senão você vai morrer! — exclamou ainda mais confuso o homem. Não queria pensar, mas a sugestão do dr. Marco Polo entrou nele como um vírus.

Esse era mais um caso de espetacularização do suicídio por meio do homicídio coletivo. Marco Polo tinha consciência de que não podia exagerar em nada.

— Você é forte, não apenas porque está portando essa arma, mas principalmente porque tem a mais poderosa das armas: sua inteligência. Por que não usa sua brilhante inteligência para se defender contra as injustiças?

— Não tem jeito. Já acabaram comigo — disse trêmulo o agressor.

— Não, não acabaram. Você não é um assassino nem um homem violento, apenas um humano profundamente machucado.

— Quem é você? — quis saber o agressor, começando a deslocar a âncora da memória e abrir o circuito cerebral.

— Eu sou alguém que aposta em você, que tem convicção de que você pode escrever os capítulos mais importantes de sua história nos momentos mais difíceis de sua vida. — E assim lhe deu o golpe fatal.

O ex-chefe de segurança estava separado, mas tinha um filho de dez anos que amava. Tinha seus amigos. Uma mãe de setenta anos que o admirava. Tinha seus erros também, e precisava pagar por eles, mas poderia se reinventar. Seus olhos começaram a lacrimejar. Marco Polo se aproximou dele e pegou a arma. Em seguida, os seguranças que já estavam completamente alertas o renderam.

Dr. Marco Polo orientou os seguranças:

— Não ajam com violência.

A plateia começou a se movimentar perplexa. Viram o projeto Prisioneiros da Mente ser executado em sua frente e começaram a aplaudir dr. Marco Polo, porém, com um sinal, ele recusou os aplausos.

— Não me aplaudam, não precisamos de celebridades na sociedade, mas de pessoas que sejam apaixonadas pela humanidade e ajudem a formar mentes livres e emocionalmente saudáveis.

O psiquiatra se retirou do recinto, deixando a plateia ainda atônita. Enquanto caminhava pelos corredores em direção à saída,

Theo Fester o alcançou e agarrou seu braço direito. Dr. Marco Polo se virou, e o empresário disparou:

— No fundo, você é um pessimista que fala de esperança! Diga-me, qual esperança pode haver para um ser humano que tem apenas três meses de vida?

Em vez de ter pena de Theo Fester, dr. Marco Polo também o surpreendeu:

— Três meses de vida pode ser uma eternidade diante da vida medíocre que a maioria dos seres humanos tem. Ah, e "medíocre" em grego quer dizer mediano. Pior do que morrer é estar morto enquanto vive, senhor.

As convicções do bilionário estavam sendo abaladas.

Quando dr. Marco Polo retomou seu caminho e estava a dez metros de distância, Theo Fester gritou:

— Existe uma tecnologia que pode ser útil a seu projeto Prisioneiros da Mente.

— Tecnologia? — indagou dr. Marco Polo, virando-se para encarar Theo Fester.

— Sim. O Invictus.

Conversaram muito brevemente, trocaram cartões e, sem outras explicações, deram as costas um para o outro. Theo Fester, um dos mais importantes empreendedores da história, e dr. Marco Polo, um dos mais argutos pensadores sobre a mente humana, eram dois atores que faziam a diferença no teatro da humanidade. Juntar esses dois egos em um projeto era uma tarefa dantesca, árdua e sujeita a chuvas e trovoadas. Eles tinham objetivos e sonhos diferentes, mas a dor que Theo atravessava e os cárceres que asfixiavam a humanidade serviriam, talvez, de argamassa para uni-los e ajustá-los. O resultado seria imprevisível.

9. *UMA FAMÍLIA QUE ERA UM GRUPO DE INIMIGOS*

Peterson, Calebe e Brenda amavam a ostentação, tinham a necessidade de ser o centro das atenções sociais, eram especialistas em gastos compulsivos e mais peritos ainda em eliminar quem os traía ou os criticava fortemente. Peterson foi responsável diretamente por despedir cinco jornalistas, dois de TV, dois de jornal impresso e um de um famoso site. Calebe ceifou três jornalistas, um de TV e dois de jornais digitais. Brenda, um pouco menos agressiva, não suportou quando uma jovem jornalista disse em uma revista de circulação nacional: "Brenda Fester esconde seu autoritarismo por trás de sua maquiagem social". Pediu a cabeça da mulher ao editor-chefe. Pagou caro, gastando milhões de dólares em marketing.

Theo Fester, embora fosse impulsivo, austero, detestasse conviver com pessoas conformistas e que usassem desculpas para esconder sua ineficiência, era financeiramente discreto e socialmente humilde. No dia seguinte ao da reunião anual, o patriarca, como fizera todo ano depois do evento, foi jantar com os três filhos. Ele pensou em contar que estava com um câncer terminal. Mas observando o comportamento deles, preferiu se calar.

Calebe, durante o jantar, insistiu em falar da tecnologia Invictus.

— Papai, o mundo precisa conhecer Invictus. Vamos constituir uma nova empresa e abrir o capital nas bolsas. Será a maior abertura de capital da história do Vale do Silício.

— Por acaso vocês três querem estar no topo da lista dos maiores bilionários do mundo? — perguntou Theo.

— Não, não é isso... — disse Peterson. — Mas é que...

— Vocês não sabem mentir. Esqueçam a tecnologia Invictus. Eu não abrirei nova empresa nem declararei essa nova tecnologia ao mundo. Não me sinto confortável, pelo menos por enquanto.

— Papai, se usar essa nova tecnologia, seu nome estará nos anais da história... Cedo ou tarde outra empresa a possuirá — disse Brenda.

Theo Fester advertiu seu clã:

— A existência humana é como uma noite aparentemente interminável, mas logo se dissipa aos primeiros raios solares do tempo. Sejam sempre humildes, tenham sempre consciência de sua pequenez. Como um fiel a um religioso, só aos contadores eu confesso meus bens particulares. Aprendam com seu pai sempre a ser discretos.

Vendo a resistência do pai, Peterson criticou.

— E você lá sabe viver a vida? Seu carro custa cem mil dólares.

— O que é viver a vida, Peterson? Ter um carro invejável ou ter uma vida invejável? Cativar os olhos dos passantes com o que eu tenho ou com o que eu sou? Você tem vivido uma vida que vale a pena, meu filho? Tem amigos ou bajuladores?

— Amigos, é claro.

— Se perdesse tudo que tem, sobraria algum deles?

Peterson e os demais filhos sempre se intimidaram diante da inteligência e da sagacidade do pai. Theo Fester talvez fosse o primeiro amante da filosofia a ser um empreendedor do Vale do Silício. Ele lia e debatia consigo os grandes pensadores da história. Seus filhos não compreendiam o paradoxal pai, um homem que gostava de ganhar dinheiro como raros, e, ao mesmo tempo, desprendido do poder como poucos.

Brenda tomou a palavra:

— Observe a si mesmo, papai. Você hiberna socialmente como um urso em sua caverna. Não participa de festas, não gosta de encontrar líderes políticos nem celebridades da música e do cinema que frequentemente se reúnem na minha casa.

Theo Fester era um crítico voraz da superficialidade que reinava nas relações interpessoais.

— O que seus convidados têm a me dar, Brenda? Melhorariam meu apetite pela filosofia? Estimulariam um mergulho dentro de mim mesmo e um pensamento mais profundo sobre a complexidade da vida e por onde caminha a humanidade? Eles me tornariam mais sábio? Nas raras festas a que fui em sua casa, fui rodeado de celebridades suplicando-me consultoria para melhorar seu desempenho profissional e seus negócios. Se hiberno socialmente é porque penso, e por pensar não suporto mentes superficiais. Prefiro manter uma conversa substancial com o mais humilde trabalhador do que ouvir conversas vazias de celebridades.

Brenda engoliu em seco e se calou. Calebe, cujo nome quer dizer "cão", vociferou colocando-se contra o pai. Seus irmãos poderiam se curvar diante dele, mas ele era o único capaz de enfrentá-lo de igual para igual. Ele achava que os negócios da família, em destaque a área digital que dirigia, poderiam ser acelerados se o pai não fosse tão esquisito e se relacionasse com os ícones de São Francisco.

— Você é muito excêntrico, pai! Sabe que nossos negócios dependem de relacionamentos, e mesmo assim não participa sequer das reuniões com os líderes do Vale do Silício, os homens mais poderosos do planeta!

— Ninguém é tão poderoso como você pensa, Calebe. Cremos falsamente que somos deuses por dirigirmos megacorporações e sermos cortejados por reis e presidentes. Mas somos todos dependentes. Dependemos do cuidado de nossos pais, dos alimentos dos agricultores, do ensinamento dos professores, dos prestadores de serviços diversos. Nascemos pelas mãos de estranhos e seremos enterrados pelas mãos dos amigos, se os tivermos. O orgulho é uma estupidez, meu filho.

Theo Fester, depois de dizer essas palavras, teve mais uma crise de tosse. Seus filhos olharam para aquele homem debilitado e perceberam por instantes que o tempo passou e eles já não o conheciam tão bem. Conheciam suas críticas, seu raciocínio rápido, sua capacidade de se reinventar, o líder agregador e o investidor ousado, mas não conheciam sua essência. E o magnata, como se estivesse querendo dar uma das suas últimas lições de vida, comentou:

— O poder corrompe. A consciência de nossa pequenez nos une. Excetuando a miséria extrema, você encontra mais solidariedade entre os que têm pouco do que entre os que têm muito. Esvaziem seu ego, meus filhos. Sejam garimpeiros de ouro, mas também de ideias. Qual foi o último livro de filosofia que vocês leram?

— Nunca li esse tipo de livro. Isso é perda de tempo — afirmou Calebe.

— Muitos consideram os Estados Unidos hegemônicos, dominadores, mas não entendem que a Inglaterra demorou oitocentos anos da sua fundação até seu Shakespeare, a França, igualmente oitocentos anos da sua fundação até seu Montaigne. Enquanto nos Estados Unidos temos pouco mais de quinhentos anos de fundação. Tivemos de lavrar nossas minas, sulcar a terra, produzir tecnologias digitais, mas agora é tempo de ter uma filosofia madura. Caso contrário, nos autodestruiremos.

Em vez de enaltecer a cultura de seu pai, Calebe disse com dose de arrogância:

— Bobagem, meu pai. Está vendo este relógio?

— Sim — respondeu Theo.

— Ele custa cem mil dólares. Um filósofo, ainda que trabalhe a vida toda, não reunirá recursos para ter um desses.

— Sinto muito, Calebe, por você pensar assim. Pois um filósofo, com um relógio caindo aos pedaços, poderá extrair dele o que seu relógio de ouro e diamante jamais lhe dará.

— Ah, é? O quê? — questionou Calebe com deboche.

— Sabedoria. Poderá entender que a vida é brevíssima para se viver, mas longuíssima para se errar. Quem é rico, você ou ele? Quem promove o exibicionismo social ou vive profundamente?

— Eu não sou exibicionista! — afirmou Calebe em tom mais alto.

Peterson entrou na conversa e, como sempre fizera, criticou severamente o irmão mais novo.

— Como não? Você tem uma coleção de mais de cinquenta relógios, o mais barato deve custar cinquenta mil dólares. Se isso não for exibicionismo, não sei o que mais o seria. E Brenda também não fica pra trás. Todo mês faz uma festa faraônica em sua mansão para uma corja de bajuladores, entre atores, músicos, modelos, ao custo de duzentos mil dólares cada uma! Tudo isso para impressionar jornalistas, youtubers e seus seguidores nas redes sociais.

— Parem com essa discussão — disse Theo Fester. Mas a verdade é que ele nunca conseguira frear as discussões entre seus filhos, pelo menos não apenas com brandura.

Brenda se contorceu de raiva na poltrona. Partiu para o ataque contra o irmão mais velho.

— A indústria da moda exige essa visibilidade social! É meu trabalho — assegurou em voz alta. — E deixe de ser hipócrita, Peterson. Você não ama festas nem relógios caros, porém seus brinquedinhos são muito mais caros. Você comprou um novo iate há três meses por cinquenta milhões de dólares. Lembra-se disso?

— Comprei para o grupo. Comprei para o papai se divertir.

— Você é um hipócrita, Peterson. Só você usa o iate, e o usa em suas orgias com políticos e prostitutas de luxo — disse Calebe. — Tenho nojo de você...

As pessoas no restaurante começaram a ficar desconfortáveis com a discussão familiar. Alguns deixaram de comer para ficar ouvindo o que dizia aquela família que esquecia seus freios sociais quando discutia.

— Você é um palhaço, seu moleque. Ninguém te suporta! — explodiu Peterson.

— E você é um executivo paquidérmico, louco, estúpido. Se não fosse eu para ganhar dinheiro para o grupo, você não passaria de um riquinho frustrado — disse categoricamente Calebe.

Theo Fester mais uma vez sentia que seus filhos estavam profundamente doentes. Não suportava mais aquilo.

— Parem! Parem! Parem já! Eu preferiria ter três filhos sem recursos financeiros que se amassem a ter filhos ricos que se digladiam. Vocês me envergonham. São indignos do poder que têm, indignos da minha biografia.

Peterson se levantou e disse:

— Eu faço tudo por nossas empresas e não sou reconhecido.

— Espere um pouco, Peterson — disse Theo Fester, percebendo que o filho mais velho agia como dono do conglomerado. — Nossas empresas ou minhas empresas? Eu ainda estou vivo. Veja! E ainda não transmiti herança alguma a vocês.

Silêncio geral.

Peterson suspirou profundamente e sentou-se. Em seguida, tocou num assunto delicado, sobre o qual Theo Fester não gostava de falar.

— Planejamento tributário é fundamental, papai. É importante transmitir os bens em vida. Você sabe que o imposto sobre a herança nos Estados Unidos é altíssimo.

O magnata olhou para o filho mais velho e indagou:

— Está achando que vou morrer logo, Peterson?

Calebe, esperto que era, se esquivou das críticas ferinas ao irmão e partiu para uma aparente defesa.

— Não, papai. Não é isso que o Peterson estava querendo dizer. Todos nós queremos que você viva por no mínimo mais uns cinquenta anos...

— Mais uns cinquenta anos? É isso que vocês querem que eu viva?

— Sem dúvida, papai. Mas Peterson tem razão. O governo é um sócio implacável. Resolver essa questão em vida é vital.

— Vital para quem? Para o futuro de vocês? O que você acha, Brenda? — indagou o pai especulando a opinião da filha.

— É vital também para o futuro de seus dois netos.

Saíram do inferno dos atritos para o céu da defesa mútua. Na realidade, Brenda não estava preocupada com Kate, nem Peterson estava preocupado com Thomas; ambos estavam apreensivos com o próprio bolso. Sonhavam em ser bilionários, e quem sabe com a tecnologia Invictus seriam os executivos mais ricos do planeta.

— Abrandaram seus ânimos. Parabéns! O dinheiro faz milagres — disse o pai, meneando a cabeça mais descontente do que seus filhos imaginavam.

Theo Fester os treinou para competir, aumentar a produtividade, ser eficiente e ganhar muito dinheiro. Mas eles não aprenderam a dar um ombro para chorar e o outro para apoiar. Eram analfabetos na linguagem da emoção, mentes difíceis e rígidas, regadas com doses de arrogância.

Três dias depois desse jantar, Theo pediu para Marc enviar pessoalmente uma mensagem para cada filho. Eles continuavam não sabendo do diagnóstico de câncer pulmonar. A mensagem foi escrita numa placa de prata. Os filhos estranharam aquela forma de se comunicar, pois o pai nunca antes havia enviado mensageiro, sempre falara diretamente o que precisava ser dito, doesse a quem doesse, e consideraram mais estranho ainda o conteúdo da mensagem, pois palavras amáveis como aquelas o pai jamais havia dito a eles.

"Queridos filhos Peterson, Brenda e Calebe, não sou o homem mais rico do mundo, mas tenho os maiores tesouros que um ser humano pode conquistar nesta breve existência: vocês, meus filhos, e meus netos. Quero me reunir com os três num lugar isolado, paradisíaco, no centro de uma floresta. Quero conhecê-los por dentro, conhecer sua essência."

O encontro seria realizado em uma semana. Peterson, cuja emoção parecia um bloco de granito, franziu a testa e perguntou para o secretário:

— Será que meu pai está deprimido ou com sentimento de culpa?

— Não sei, só sei que seu pai é um homem notável, senhor.

— Para mim ele é um banqueiro ambulante, só sabe cobrar. E quando empresta, seus juros são caríssimos — falou Peterson usando metáforas.

Marc discordou:

— Seus juros são muito mais caros, Peterson. Você não conhece seu pai. Ele também é um homem notável emocionalmente, embora tenha dificuldade de demonstrar.

— E vê se não conta o que falei dele. Talvez meu pai enfim reconheça meu valor.

Quando Marc entregou a mensagem para Brenda, seus olhos lacrimejaram, e ela comentou:

— Sonho que meu pai expresse seus sentimentos. Sei que ele é um bom homem, humano e sensível, mas parece que vive fugindo de si próprio.

Marc concordou:

— Tem razão, Brenda. Talvez tenha chegado o momento de vocês cruzarem as fronteiras da emoção um do outro.

Calebe, sempre mais ansioso e mais pragmático, reagiu mais friamente que os irmãos mais velhos:

— Meu pai ficou louco? Não sinto que sou seu maior tesouro! Seus bilhões de dólares é que o são! — afirmou convicto. — Além disso, não tenho tempo para ir a esse estranho encontro, ainda mais numa floresta. Sou um líder do Vale do Silício, tenho pavor de floresta.

O secretário ficou decepcionado com a insensibilidade do filho mais novo de Theo Fester, justamente com quem o pai mais se identificava. Por isso, resolveu dar-lhe um susto:

— Será que você só sabe receber ordens? Se ele ordenasse, você iria, mas como ele está pedindo com amor, você está se recusando a ir. Ele me pediu para ligar para ele se algum filho recusasse o convite.

Na verdade, Theo Fester não imaginava que um filho pudesse recusar um convite afável como este. Marc começou a digitar no celular. Calebe o interrompeu:

— Pare, Marc! Onde está seu bom humor? Não percebeu que estou brincando? Eu morreria pelo meu pai, você sabe disso.

Horas depois, os filhos, que raramente falavam sobre os dramas familiares, de tão chocados com o convite, fizeram uma videoconferência para falar do assunto.

— Peterson, Calebe, nosso pai nos chamou de "queridos", "meu tesouro"! O que está acontecendo? Ele está com uma tosse estranha. Será que está doente? — indagou Brenda.

— Surto psicótico é o mais provável — falou Calebe.

— Ou sentimento de culpa por ainda não ter feito a transmissão de seus bens para nós — sugeriu Peterson.

— Como vocês são cruéis! — rebateu Brenda.

— Eu sou cruel ou você que é estupidamente romântica Brenda? — questionou Calebe.

— Ei, vamos parar com essa discussão! Será que não conseguimos conversar cinco minutos sobre problemas pessoais como pessoas civilizadas? — ponderou Peterson e deu sua opinião: — Talvez o papai esteja com uma doença grave ou mal de Alzheimer.

— Com o raciocínio que ele demonstrou dias atrás na reunião anual, é impossível que esteja com Alzheimer — afirmou Calebe.

— Mais tolo é seu diagnóstico de que o papai está surtando, garoto.

— Não me chame de "garoto"! Ganho dez vezes mais dinheiro que você com seu banco jurássico.

— Olha o respeito, garoto! — gritou Peterson, morrendo de raiva e inveja do irmão mais novo. E acrescentou: — Suas *startups* bombaram porque Theo Fester te orientou. E, além disso, o dinheiro que você investe é emprestado por mim, pelo banco que dirijo.

— Opa! Não seja injusto, Peterson. Os investimentos feitos no Vale do Silício também vieram dos resultados das empresas que eu dirijo — afirmou Brenda.

— Querem saber de uma coisa? Não suporto mais a inveja que vocês têm de mim — disse Calebe, desligando o aparelho da videoconferência.

Era sempre a mesma coisa, os três irmãos não conseguiam ter uma conversa civilizada por mais de alguns minutos.

— Esse garoto não é um ser humano, é uma anomalia — disse Peterson.

— Nosso pai criou um sociopata — afirmou Brenda.

— Mas você protege esse sociopata, Brenda. Tem medo de falar para ele a verdade — disse rispidamente Peterson.

Brenda ficou irada.

— Não seja estúpido. Acabei de dizer que vocês dois foram cruéis. Você sempre ficou nesse mundinho financeiro e nunca foi um irmão de verdade para Calebe. E quer saber? Nem para mim! — acusou raivosamente Brenda.

Quando Peterson e Brenda iam desligar o aparelho sem se despedir, Calebe apareceu na tela, bufando de raiva. Ele era um especialista em tecnologia digital. Fingiu que saiu da conferência, mas ficou antenado no que os irmãos falavam sobre ele.

— Do que vocês me chamaram? Anomalia? Sociopata? Vocês é que são monstros! Eu luto para ganhar dinheiro para vocês e seus filhos, seus loucos! Quando o papai dividir a herança, vocês empobrecerão e eu me tornarei um dos homens mais poderosos do mundo. Mas não serei como Theo Fester, que empregou quem o ofendeu, vocês virão de joelhos suplicar ajuda!

Peterson e Brenda engoliram em seco. Sabiam que Calebe era capaz de tudo. Os filhos do magnata viviam em pé de guerra. Amavam dinheiro, amavam mais ainda suas opiniões, mas se odiavam mutuamente. Tinham a necessidade ansiosa de ser o centro das atenções. Os três desligaram o aparelho de videoconferência sem se despedir. A família de um dos homens mais ricos do mundo estava falida. Theo Fester sabia, não apenas agora que estava às portas da morte, mas desde os últimos anos, que havia falhado como formador de mentes livres e pacíficas. Teve sucesso financeiro, mas também um dramático insucesso emocional. Mendigava o pão da tranquilidade. Se reinventar no fim da vida parecia algo impossível! Conseguiria?

10. OS SEGREDOS DO GRANDE LÍDER

Finalmente chegou o dia do misterioso encontro. Era o início de um feriado prolongado. Logo que cada um dos filhos de Theo Fester, em seu próprio helicóptero, desembarcava, um pequeno grupo de assistentes ia recebê-lo. Todos ficaram deslumbrados já no imenso jardim do palacete, chamado de Castelo da Floresta. Localizava-se no centro dos Estados Unidos. Eles não conheciam o local, e não sabiam se o pai o alugara ou comprara.

O Castelo da Floresta tinha grandes colunas na entrada principal, e uma densa floresta o circundava. Algumas árvores ultrapassavam os quarenta metros de altura. Sophia era a líder encarregada de recebê-los. Quem chegava primeiro esperava os outros numa sala confortável, que tinha um quadro enorme do cérebro humano. Havia uma pergunta no quadro: quantos cárceres existem em seu mundo?

Depois que os três chegaram, Sophia delicadamente os conduziu para seus aposentos. Após a discussão na videoconferência, os irmãos mal se olhavam. Durante o trajeto, Brenda tentou quebrar o clima pesado.

— Quem é você?

— Sou Sophia. Seu pai me pediu que não desse nenhuma outra informação. Ele estará aguardando vocês em duas horas na sala de jantar. — Dito isso, lhes deu as costas.

Espantados com tanto mistério, os conflitantes irmãos se entreolharam rapidamente. Era um entardecer saturado de nuvens. O ribombar dos trovões prenunciavam uma grande tempestade.

Logo depois de se instalarem e tomarem um refrescante banho, se dirigiram para a imensa sala de jantar do enigmático Castelo da Floresta. Era um espaço enorme, com pinturas clássicas nas paredes. Vários abajures antigos com centenas de pequenas lâmpadas enfeitavam o ambiente. No meio do espaço havia apenas uma mesa enorme de mogno para vinte e duas pessoas. Theo Fester estava sentado numa ponta, fazendo anotações. Sophia estava a seu lado, em pé, observando-o. Quando Theo os viu, foi recebê-los com distinta amabilidade, uma atitude que os surpreendeu tanto quanto a mensagem na placa de prata. Beijou-os no rosto.

— Meus filhos. Meus filhos. Sentem-se.

Em seguida, o viram tendo uma crise de tosse. Brenda e Peterson tentaram amparar o pai.

— Papai, você tem cuidado da saúde? — indagou Brenda preocupada.

— Tenho, minha filha. Obrigado por sua preocupação.

— Quer que eu lhe traga um copo de água? — perguntou Calebe generosamente.

— Não é necessário, meu filho. Eu tenho aqui a meu lado.

Tão logo ele se recuperou, Theo dirigiu-se à cabeceira da mesa. Calebe sentou-se na outra cabeceira, mas Sophia lhe disse que aquele lugar pertencia a Peterson. Brenda e Calebe sentaram-se ao seu lado. Theo bateu um sino e apareceu um estranho, que ficou de pé, ao seu lado direito, enquanto Sophia ficou do seu lado esquerdo. O estranho os cumprimentou rapidamente, apenas meneando a cabeça. Nele não havia sorriso, mas também não se via arrogância.

Havia papel e caneta sobre a mesa, indicando que poderiam fazer anotações. Como a mesa era enorme, havia uma distância significativa entre Theo Fester e seus filhos. Brenda ficou apreensiva, não sabia por que tanto mistério. Calebe, vítima de uma atroz síndrome do pensamento acelerado, roía as unhas. Peterson estava com a testa franzida.

— Talvez algum de vocês pense que eu esteja surtando, outro acredite que seja sentimento de culpa, e outro até desconfie de mal de Alzheimer... — Ao dizer essas palavras, Theo teve uma nova crise de tosse.

Os filhos enrubesceram, suaram e tiveram taquicardia. Enquanto o pai tossia e era socorrido por Sophia, os irmãos se entreolharam desnorteados. Calebe mandou uma mensagem para Peterson e Brenda, deletando-a logo em seguida:

"Será que ele ouviu nossa discussão sobre seu estado?"

Eles leram a mensagem e a deletaram rapidamente.

Recuperando-se da crise, Theo Fester prosseguiu:

— Para o conhecimento de vocês, estou perfeitamente lúcido. A meu lado há dois notáveis médicos, dr. Marco Polo e dra. Sophia. Na presença deles, vou lhes fazer uma grande revelação... Mas quero que vocês fiquem em seus lugares.

Theo Fester fez uma pausa, percebeu que sua voz sairia embargada, algo raro para um homem tão seguro, e comentou:

— Eu tenho três meses de vida.

— O quê? — indagou Brenda, perplexa, com sua expressão já anunciando o choro.

— Pai, como assim? — questionou Peterson, com os olhos começando a lacrimejar.

— Não é possível! — bradou Calebe, levando as mãos à cabeça em desespero. — Eu não posso perdê-lo, pai, você ainda tem muito o que me ensinar... — E não conseguiu mais conter os soluços.

O pragmático Theo Fester ligou um aparelho e um telão surgiu ao lado direito da mesa, projetando o diagnóstico de câncer no pulmão. Ele mostrou seus dois pulmões com vários tumores, e afirmou:

— Tenho metástases por todo o corpo e, pelo que pesquisei, os tumores cancerígenos são produzidos por células egoístas, que ambicionam ser eternamente jovens. Elas se multiplicam sem nenhum controle, violando o corpo que as hospeda, almejando todo o nutriente só para si — disse o culto bilionário.

Brenda chorava copiosamente. Seus dois irmãos ainda estavam abalados, mas já secavam as lágrimas. Theo, como um filósofo da biologia, continuou sua explanação:

— As células cancerígenas são estúpidas, só pensam em ganhar, acumular, crescer, mas por fim, ao matar seu hospedeiro, se autodestroem. Agora que fecharei meus olhos para a vida, tenho pensando se não sou uma dessas células cancerígenas.

Seus filhos reagiram imediatamente. Saíram em defesa do comportamento do pai.

— Longe disso, meu pai. Você é um empresário extremamente eficiente e preocupado com os lucros das empresas para que elas se eternizem, para que cumpram sua função social, que é gerar empregos — disse Peterson.

— Você é admirável, meu pai — elogiou Brenda emocionada. — Até mesmo quando pensa em fazer cortes nas empresas que dirijo. Eu sei que essa tarefa não é fácil, mas é vital para sua sustentabilidade. Você me ensinou que se as empresas falirem, não apenas o proprietário sofre, mas todo um corpo social.

— Temos nossas diferenças, mas eu... eu... também te admiro e... te amo — disse Calebe comovido, o filho que mais espelhava seu pai, caindo mais uma vez no choro. Dr. Marco Polo e dra. Sophia observavam atentamente o comportamento dos filhos de Theo. O psiquiatra ficou com os olhos marejados. Dra. Sophia enxugou seu rosto sensibilizada. Uma das experiências mais tristes da existência humana é os filhos se despedirem de seus pais.

Em seguida, Theo Fester tocou mais profundamente seus filhos. Também confessou com intensa emoção:

— Eu sei que tenho muitos defeitos. Em alguns aspectos, fui um pai muito abaixo da média.

— Não, não, não... — disse Calebe abalado. Não diga isso, pai, não diga... Você foi o melhor pai do mundo.

— Você nos ensinou tudo, até a cuidar de nossos negócios. Você foi o melhor — admitiu Peterson.

— Sim, você foi um pai e um empreendedor extraordinário — confirmou Brenda.

Nunca ninguém viu o racional Theo Fester chorar. Nem quando sua esposa, amável Rebeca, falecera. Theo lembrou-se de um episódio: "Você não vai chorar a perda de Rebeca, Theo?", dissera Marc. Ele respondera: "Eu amei Rebeca, mas a vida é um contrato de risco cruel. Cedo ou tarde irá à falência, mas no meu contrato não há cláusulas para derramar lágrimas. Sofro, mas não tenho tempo para chorar e nem sei chorar!".

Depois dessa breve recordação, Theo olhou emocionado para os filhos e, orgulhoso, caiu em lágrimas pela primeira vez.

— Ser chamado de "admirável", "extraordinário" e de "o melhor pai do mundo" foi o melhor presente que vocês me deram até hoje.

Os três filhos abraçaram e beijaram o pai. Foi um momento único, daqueles em que pessoas traumatizadas esquecem suas diferenças e valorizam suas essências. Theo tocou o rosto de cada um e disse:

— Nossas histórias poderiam ter menos críticas e mais abraços. Uma pena que a morte é cruel.

Em seguida, o pai estendeu o braço direito e pediu para os filhos voltarem a seus lugares. Assim que se acomodaram, o megaempresário começou a revelar outra parte do mistério da reunião naquele lugar exótico.

— Bem, depois desse momento único em minha vida, vou contar o segundo grande motivo pelo qual estamos reunidos. Dr. Marco Polo é um famoso psiquiatra e pesquisador, um cientista voltado para o futuro da humanidade. E esta era uma preocupação que só eventualmente passava pela minha cabeça. Dra. Sophia é sua assistente e, como ele, é psiquiatra e uma brilhante pesquisadora.

Peterson, Brenda e Calebe se entreolharam.

— Pensávamos que os dois eram oncologistas — confessou Brenda.

— Tenho meus oncologistas, mas como estou às portas da morte, quero que vocês ouçam as ideias revolucionárias do dr. Marco Polo. Para ele, a humanidade tem graves problemas de viabilidade.

— Como assim? — disse Calebe.

— Não são apenas conflitos emocionais, uso de drogas, injustiças sociais, radicalismos religiosos e falta de ética ou de formação acadêmica, mas problemas na estrutura da própria mente humana — explicou Theo.

— Problemas na estrutura da mente humana? Nunca ouvi falar disso... — comentou o racional Peterson.

Theo Fester pediu para dr. Marco Polo fazer sua explanação.

— A mente humana é metaforicamente uma grande aeronave. Não apenas temos um piloto, o eu, que representa a capacidade de escolha, o livre-arbítrio e a autonomia, mas também temos quatro copilotos que ajudam a conduzir a aeronave mental. — E projetando o cérebro humano na frente deles, começou a explicar que, enquanto eles o ouviam, o primeiro copiloto, o gatilho da memória, disparava milhares de vezes, abrindo milhares de janelas ou arquivos mentais para acessar inúmeros dados e assim promover a compreensão de cada verbo, substantivo... que ele falava.

"O gatilho, como primeiro copiloto, dispara e aciona o segundo copiloto, a janela ou arquivo da memória. Se a janela for *killer*, ou traumática, que contém inveja, ciúmes, raiva, ódio, vingança ou algum tipo fobia, o volume de tensão faz com que o terceiro copiloto, a âncora, fixe-se perigosamente nela, fechando o circuito da memória e bloqueando milhares de arquivos com milhões de dados. Nesse caso, o quarto copiloto, o autofluxo, se fixa de forma doentia nessa janela. É por isso que uma pessoa que está numa briga não consegue sair dela, ou tem um ataque de pânico, de raiva ou uma crise de ciúme... Ela não consegue raciocinar ou retornar à lucidez com rapidez. Quando fecha o circuito numa janela *killer*, o eu destrói o livre-arbítrio, a livre decisão. Esse fenômeno gera desde a traição de Judas ao suicídio dele."

Os filhos de Theo Fester ficaram perplexos com essa explicação. Eram leigos no conhecimento do planeta mente. Seu pai, iluminado, completou inteligentemente:

— O problema estrutural que dr. Marco Polo estudou gera a chamada síndrome predador-presa. Uma síndrome que produz milhões de atos violentos na humanidade diariamente, que nutre guerras, suicídios, homicídios, violência contra crianças, mulheres, minorias. Gera inclusive a luta entre irmãos.

Brenda engoliu em seco, e em seguida, indagou:

— Mas um ser humano bom pode ter atitudes violentas?

— Sim, se seu eu não aprender a gerir sua mente, sim — afirmou dr. Marco Polo.

— Quando se fecha o circuito da memória, o ser humano deixa de ser *Homo sapiens*, um ser pensante, e age como *Homo bios*, um ser instintivo, funcionando como predador, seja do próprio filho, dos pais, do cônjuge, de amigos, seja de colaboradores — completou dra. Sophia, já dando *play* num vídeo que mostrava por onde caminha a humanidade. Havia imagens de pais dizendo para os filhos: "Você só me decepciona!", e de filhos dizendo para os pais: "Você é louco, seu velho!". Professores gritando com alunos: "Você nunca vai ser nada nessa vida". Executivos humilhando colaboradores: "Esta empresa é minha, seu parasita. Está despedido!". As cenas eram comuns, mas naquele contexto, chocantes.

— Vejam — disse dra. Sophia. — Esses agressores são pais, executivos ou jovens bem-comportados fora dos focos de estresse, mas quando contrariados agem instintivamente, como animais predadores, elevando o tom de voz, agredindo, humilhando e condenando.

— Eu fui um predador... — confessou o pai com sentimento de culpa, dando algumas tossidas. — Despedi pessoas impulsivamente, fui intolerante com colaboradores mais lentos, implacável e crítico demais com vocês.

— Sossegue, pai. Você está piorando — disse Calebe preocupado. — Já disse que você foi e é o melhor pai do mundo.

Foi então que o bilionário preparou o terreno para dar a grande notícia:

— Já que, apesar dos meus defeitos, vocês demonstraram me amar pelo que sou e não pelo que tenho, vou falar o outro motivo que me levou a chamá-los aqui.

Os filhos relaxaram e prestaram atenção no pai, compenetrados.

— Resisti até hoje em fazer a doação da minha herança. Sinto que chegou o momento. Eu o farei alguns dias depois de sair deste lugar.

Eles se entreolharam felizes.

Theo Fester completou:

— Sinto que no fim de minha vida, preciso investir num projeto para melhorar o futuro da humanidade. E esse projeto se chama Prisioneiros da Mente, um projeto do dr. Marco Polo, que objetiva deslocar a âncora da memória das fronteiras das janelas traumáticas, para as áreas das janelas *light*, ou saudáveis.

Os filhos aplaudiram o pai com entusiasmo.

— Nunca vimos o senhor tecer argumentos psicológicos complexos como esses — comentou Peterson, interrompendo o pai.

— Mas eu mudei, meu filho — afirmou Theo. — Tenho estudado muito o cérebro humano ultimamente.

— Mas qual é o objetivo desse projeto? — questionou Brenda.

— É ousadíssimo e vai envolver uma equipe de psiquiatras e neurocientistas que se apropriarão em tempo real de dados dos seres humanos que pretendem praticar qualquer tipo de violência ou autoviolência.

— Mas que dados são esses? Como serão coletados sem invasão de privacidade? — indagou o filho mais rápido em raciocinar, Calebe.

— Eis a questão. Os dados serão coletados por satélites, desde a velocidade da caminhada do indivíduo até seu tipo de marcha. Também serão coletadas informações de câmeras e de microchips em terra.

— O quê? Vocês pretendem coletar dados por meio de microchips implantados no solo?

— É uma possibilidade — disse dr. Marco Polo. — E respondendo à pergunta da Brenda, o objetivo é a prevenção de violência e automutilação, como suicídios, antes que se materializem como um comportamento.

Os irmãos ficaram fascinados.

Theo quis testar a emoção deles, quis começar o projeto com os próprios filhos.

— Vocês são seres humanos admiráveis?

— Claro que somos, papai. Nós três já ganhamos diversos prêmios como melhores executivos de nossa geração — afirmou Peterson.

— Mas vocês se preocupam com o futuro da humanidade? — questionou Theo.

Eles pararam para refletir, e Brenda tomando a frente e disse:

— Nós três investimos em entidades filantrópicas, o Calebe menos, mas creio que seja porque ele é o mais novo, e logo se dedicará a isso. Somos preocupados com o futuro da humanidade, sim.

— Já que declaram ser preocupados com a humanidade, eu pergunto: o quanto de dinheiro do nosso grupo deveríamos doar para o projeto?

Com a mera sugestão de terem de mexer no próprio bolso, os três já começaram a sentir desconforto. Fagulhas de egoísmo começaram a incendiar sua emoção. Peterson imediatamente mandou uma mensagem para os dois irmãos: "Esse dr. Marco Polo parece ser muito inteligente, mas também um aproveitador, quer lucrar com nosso dinheiro. Delete".

Eles leram e deletaram a mensagem para não sobrarem rastros de seus pensamentos. Estavam constantemente preocupados com a imagem social, seja diante da imprensa, seja diante do próprio pai.

Theo Fester percebeu que os filhos estavam trocando mensagens, entretanto, não viu mal nisso, e deixou o barco correr, também passando os olhos em seu próprio celular.

"Será que esse cientista está querendo tirar proveito da fragilidade do papai?", digitou Brenda.

Eles leram sua indagação e imediatamente a deletaram também.

Calebe ficou furioso com a ingenuidade da irmã, e digitou: "Não seja tola, Brenda. É óbvio que esse dr. Marco Polo está querendo aplicar um golpe. Vamos propor a doação de incentivos fiscais da empresa neste ano". Enviou, e disse a Theo Fester:

— Bravo, meu pai. Que tal doarmos os incentivos fiscais da empresa no próximo ano fiscal?

Theo Fester reagiu indignado:

— Só isso, Calebe? Este é o pensamento de vocês três?

Preocupado, Peterson digitou rapidamente: "Esse psiquiatra é muito inteligente. Vai jogar o papai contra nós. Vamos doar um milhão de dólares e acabar com isso".

Brenda aumentou a oferta por outra mensagem: "Teremos ainda bilhões de dólares com a doação da herança. Vamos doar três milhões, pois o projeto dele é complexo e impactante. Vamos agradar o papai no fim de sua vida".

"Três milhões é muito", digitou Peterson. "Melhor deixar o papai fazer a doação que quiser, ele sempre foi mão-fechada mesmo."

"Brilhante ideia. Papai é um muquirana, mesmo morrendo não sairão grandes somas do seu bolso", enviou Calebe.

Todos, portanto, concordaram com a ideia.

Coube a Peterson falar.

— Papai, estamos impressionados com seu bom coração. Sabemos que você sempre foi generoso, por isso achamos que é melhor você mesmo decidir o quanto doar para o nobre projeto Prisioneiros da Mente. Sua decisão será a nossa decisão.

— Muito obrigado pela confiança, pelo amor e pelo carinho. Vocês estão mudados! Sempre discutiram tanto que, quando os três opinavam em algum assunto, sempre havia quatro opiniões — disse o pai bem-humorado. — E como vocês me chamaram de melhor pai do mundo, de ser humano extraordinário e admirável, eu vou doar noventa e nove por cento do meu grupo para o projeto.

Peterson deu um salto da cadeira.

— O quê? Você está ficando louco? Quer dizer, está... está tendo um surto filantrópico?

Calebe gritou:

— Você só pode estar brincando, Theo Fester! Está dizendo que vai doar noventa e nove por cento dos nossos bens?

— Exatamente — disse o bilionário tranquilamente.

— Como se fôssemos filhos bastar...

— Não, Calebe, vocês não são filhos bastardos. São meus filhos legítimos. E eu os preparei para se virarem sozinhos. Vocês não ganharam aquelas premiações de melhores executivos?

Brenda estava engasgada. Só conseguiu balbuciar:

— Não estou... entendendo...

O pai levantou-se, foi até seus filhos e falou com firmeza:

— Vocês teceram elogios notáveis a mim. Vocês me enganaram. Foi tudo um teatro?

— Não. É tudo verdade... — tentou se expressar Brenda, temerosa.

Theo Fester fez as contas:

— Minha fortuna é de trinta bilhões de dólares. Portanto, um por cento será trezentos milhões de dólares, ou seja, cada um de vocês receberá cem milhões de dólares. Alegrem-se! Vocês receberão uma quantia que 99,99 por cento dos norte-americanos jamais conseguirão ter. Ainda serão ricos.

— Mas, pai, fomos criados com um padrão de vida, eu, por exemplo, não poderei ter um iate — disse Peterson atordoado.

— Você poderá alugar um — sugeriu o pai.

— E meus relógios? — reclamou Calebe.

— Tenha um ou dois, venda o resto — recomendou o pai.

— E minhas festas para meus amigos? Isso é importante para mim.

— Estou morrendo, Brenda, estar vivo já é uma festa. E se você tiver amigos reais que possa contar com uma mão, se dê por satisfeita, pois a maioria não tem nenhum.

Eles olharam para os psiquiatras e queriam comê-los vivos. Saíram do céu da comoção para serem predadores vorazes. Pareciam leões diante de duas gazelas. Estavam chocados, perplexos.

Theo Fester achou que já era hora de se despedir:

— Dr. Marco Polo e dra. Sophia, muito obrigado por estarem aqui. Vocês estão cansados. Vamos todos dormir, e amanhã conversamos. Hoje é sexta-feira, e pretendo ficar ainda mais dois dias com meus filhos.

Theo Fester teve outra crise de tosse, mas os filhos, conversando entre si, não deram atenção à angústia respiratória do pai.

Dr. Marco Polo foi até os irmãos para cumprimentá-los, entretanto, eles se recusaram a lhe dar a mão. Peterson ainda balbuciou:

— Charlatão.

Calebe disse em tom baixo e raivoso, como uma serpente:

— Eu os encontrarei e os processarei.

Brenda, exausta com tudo aquilo, apenas disse:

— Vamos dormir.

Os psiquiatras se retiraram. Brenda beijou o pai antes de ir para o quarto. Theo Fester ficou esperando pelo beijo dos outros dois filhos, mas eles apenas acenaram rapidamente com a mão e lhe deram as costas.

11. UNIDOS PELO MEDO DA PERDA

Brenda, Peterson e Calebe não conseguiram dormir. Rolaram de um lado para o outro a noite toda.

Peterson, durante a madrugada, teve um pesadelo. Um sonho relacionado a um acontecimento que ocorrera havia um mês. Esse fato se deu na reunião de cúpula com dois novos diretores do banco de seu pai. Um deles, Jerry, de trinta e cinco anos, cometeu a petulância de discordar do presidente:

— Desculpe-me, sr. Peterson, mas investir na dívida pública de países emergentes da América Latina não é um bom negócio na atualidade, pois os papéis ainda estão em alta e uma nova crise pode abater esses países.

Theo Fester gostava de debates, de ser contrariado com inteligência, o que ele detestava era a passividade. Peterson não. Quando contrariado, ficava raivoso. E se a contrariedade fosse pública, se transformava numa fera. Mordia a garganta de quem o fazia, quer dizer, humilhava sem piedade, como se fosse um inimigo a ser abatido. Sentia-se mais um deus do que o presidente de uma instituição financeira.

— Quem é você para discordar de mim? Há quanto tempo está na empresa?

— Há seis meses, senhor — disse Jerry, temeroso.

— Detesto pessoas estúpidas que não sabem o que falam. Está despedido.

No pesadelo, Peterson encontrava esse jovem executivo nas ruas. E este gritava para Peterson:

— Seu pobretão! Cadê sua arrogância agora?

Acordou assustado.

Calebe também teve um sonho ruim. Estava em uma belíssima joalheria comprando um relógio de duzentos mil dólares. Mas seu cartão fora recusado. Não havia dinheiro no débito. Irado, bateu na mesa da loja.

— Essa merda não funciona.

— Sinto muito, o senhor não pode levar o relógio — disse a vendedora.

— Quem é você para dizer que não posso levá-lo? Tenho dinheiro para comprar toda essa joalheria.

— Não eleve o tom de voz. O senhor está me maltratando — disse a vendedora, já apertando um botão que conectava a joalheria diretamente com a polícia.

Os policiais vieram e o prenderam.

Algemado, gritava:

— Eu sou Calebe Fester. Vou processar vocês. Vocês vão perder a farda. — E entrou no carro de polícia.

Acordou. Seu coração parecia querer sair pela boca.

Brenda também teve um sonho aflitivo: enquanto estava em uma de suas festas, sendo fotografada por dezenas de câmeras, chegaram oficiais da Justiça com uma ordem de despejo. Foi uma humilhação. Todos os convivas saíram sem se despedir. Perdera os bajuladores. E, no fim, seu namorado também a deixara.

Ela acordou com batidas na porta. Ainda havia lágrimas em seus olhos. Eram seus dois irmãos.

— Não consegui dormir. Tive pesadelos a noite toda — comentou Peterson.

— Também tive pesadelos horríveis. Fui preso. Vejam o que o papai está fazendo conosco.

— O papai não nos ama, essa é a verdade. Eu sabia que um dia ele iria nos sabotar — disse Brenda.

— Espere — disse Calebe preocupado. E começou a vasculhar por todo o quarto de Brenda. Virou cama, estofado, cristaleira, mas não encontrou escuta. Olhou no teto, mas não havia câmeras. — Bem, acho que o lugar é seguro. Não há câmeras nem aparelhos de escuta.

— Não é justo, eu trabalhei a vida toda para ele e agora sou tratado como um bastardo — disse Peterson.

Calebe acrescentou, angustiado:

— E eu que ganhei mais dinheiro que vocês...

— Pare de fazer essa conta — interrompeu Peterson com raiva. — Não percebe que estamos no mesmo iate e afundando?

Calebe então disse:

— Eu sei, eu sei. Só queria dizer que ele não reconhece meu valor. Nunca reconheceu. Eu ainda pensava que era seu pupilo, mas ele me atirou no lixo.

— E eu que pensava que era sua filha do coração. Agora vem um estranho com sua lábia fácil e furta descaradamente nossa fortuna.

Subitamente, Peterson pegou o celular e acordou o diretor jurídico do grupo.

— Esperem. Vou ligar para o dr. Willian.

Dr. Willian atendeu ao telefone meio sonolento. Peterson, ansioso, foi direto:

— Dr. Willian, quais são os critérios para interditar uma pessoa judicialmente?

— Que pessoa?

— Depois te falo. Quais são os critérios? — perguntou, irado.

— A pessoa tem de estar fora da realidade, perder os parâmetros lógicos, ter grandes lapsos de memória, atitudes ininteligíveis e extravagantes.

— É isso. Meu pai está tendo atitudes extravagantes.

— Seu pai? Você está brincando? Nunca vi alguém tão lúcido! Seu pai já fez teste. O Q.I. dele é de 152. É um gênio.

Os três ou desconheciam ou não se lembravam dessa informação.

— Eu acho que ele está com mal de Alzheimer — disse Peterson.

Calebe, roendo as unhas, disse:

— Coloque no viva-voz. Quero ouvir a conversa!

Dr. Willian jogou um balde de água fria nas expectativas dos filhos de Theo Fester.

— Peterson, se seu pai fizer um teste de sanidade, ele se sairá melhor do que quem o avaliará. A memória dele é melhor do que as nossas juntas. Não viram sua atuação na semana passada, na última reunião? Ele continua sendo o mesmo.

Peterson teve um ataque de raiva.

— Mas ele quer doar noventa e nove por cento de sua fortuna para um projeto social. Isso não é insanidade?

Dr. Willian engoliu em seco.

— O quê?

— Ele quer nos matar de fome, dr. Willian.

— Matar de fome? Como assim? — indagou dr. Willian.

— Ele quer deixar apenas cem milhões de dólares para cada um de nós — informou o filho mais jovem.

— Cem milhões de dólares é muito...

— É muito pouco! — disseram os três em conjunto, como se estivessem num coral harmônico, bloqueando a fala do diretor jurídico.

— Pelo nosso padrão, é muito pouco sim, dr. Willian — reafirmou Brenda. — Ele nos acostumou com festas, aeronaves, joias e agora considera tudo isso supérfluo. É injusto!

— Desculpe-me pela honestidade, Brenda, mas não foi seu pai que acostumou vocês com essa vida. Ele é muito simples, come até cachorro-quente de rua! Mas eu entendo vocês. Perto da grande fortuna de seu pai, cem milhões de dólares pode ser uma ninharia. E acho legítimo vocês lutarem por seus direitos...

— Você sabia que ele tem apenas três meses de vida? — perguntou Calebe.

— Três meses? Não é possível! — O diretor jurídico do grupo, que conhecia Theo Fester havia mais de duas décadas, conhecia seu radicalismo e admirava seu empreendedorismo, sua inteligência e sua honestidade, ficou perplexo.

— Sim, ele confessou aqui que está com câncer em estágio avançado — confirmou Peterson. — Mas, por favor, dr. Willian, isso é segredo de Estado.

— É uma grande pena. Seu pai é um grande homem, foi um grande... mestre para mim — disse com a voz embargada.

— E o que vamos fazer? — indagou Calebe, ansioso, levando as mãos à cabeça em desespero.

— Ele ainda não me procurou para fazer o trâmite jurídico da doação. Então, vocês têm a oportunidade de tentar reverter essa decisão, muito embora suas atitudes sejam sempre bem pensadas e raramente reconsideradas. Tentem conquistá-lo.

— Mas ele é uma pedra de gelo — afirmou Peterson.

— Não concordo. Por trás desse homem rígido, há um ser humano sensível, ainda mais nessa situação que está vivenciando. Vocês precisam descobri-lo, agradar-lhe. Sejam os filhos mais incríveis do mundo. Não sejam três inimigos. Juntos vocês são poderosos.

— Boa ideia — disse Brenda. — Temos dois dias para construir uma estratégia.

Os filhos de Theo Fester nunca foram unidos enquanto o pai estava bem de saúde, mas resolveram se unir na ausência dela. Não porque o pai estava às portas da morte, mas porque a saúde financeira deles estava em jogo. Não se uniram pelo amor, mas pela dor em seus bolsos.

12. FILHOS AGRADAVELMENTE FALSOS

Os irmãos Fester conversaram um longo tempo sobre como fariam para conquistar o pai, que tipo de comportamento teriam. Em um ponto, Peterson, Brenda e Calebe concordavam plenamente: não poderiam brigar entre si como sempre fizeram. Teriam de emocionar o pai, teriam de agir como irmãos amáveis, que se respeitavam, que apoiavam uns aos outros e exaltavam o pai.

Como dormiram pouco, estavam fatigados, com olheiras e frequentemente bocejando. Mas os três estavam bem cedo na sala do café da manhã. Sabiam que Theo Fester sempre tomava sua primeira refeição no mesmo horário. Porém, ele não aparecia...

— O papai é britânico, sempre toma seu café da manhã às sete horas. São sete e quinze. O que será que está acontecendo? Por que ainda não apareceu?

O mordomo Ross, que estava a postos na suntuosa sala, perguntou:

— Os senhores querem que eu sirva o café da manhã?

— Não — disse Brenda. — Vamos esperar pelo papai.

— Acho que ele ficaria feliz com isso — comentou Ross. — Parece que vocês acordam tarde demais.

Os irmãos se entreolharam. Calebe, furioso com o mordomo, como sempre faz com seus colaboradores, o humilhou.

— Quem é você, seu... seu motorista fardado... para dizer que acordamos tarde?

— Desculpe-me, senhor. Foi seu pai quem me disse. Ele comentou ainda que faz vinte anos que não toma café da manhã com vocês. Vou me desculpar por esse atrevimento também com o sr. Fester.

— Não, não, não... Não é necessário — interveio Peterson, chutando Calebe por detrás da mesa. — De fato acordamos tarde porque trabalhamos até de madrugada.

Brenda tomou a frente e disse:

— Vou ver o que está acontecendo com o papai.

— Desculpe-me, senhora, mas ele pediu para ninguém o importunar, nem mesmo os senhores, seus filhos. Ele está meditando.

— Meditando? — questionaram os três perplexos.

— Meu pai não é de meditar, a não ser quando conta dinheiro — afirmou Peterson rápida e impulsivamente.

— Seu pai só se preocupa com dinheiro, senhor? — indagou Ross atônito. — Mas ele demonstra ser tão altruísta.

Brenda foi quem chutou Peterson agora. Tentando corrigir o irmão, falou em mandarim, língua da qual os três tinham um conhecimento razoável:

— Seu louco! Pode haver escuta nesta sala, no teto, debaixo da mesa...

Peterson tentou remediar a situação:

— Meu pai é um especialista em contar dinheiro porque é um grande filantropo.

— Que impressionante! O que ele faz?

Brenda ficou muda, nunca soubera que o pai havia investido fortemente em filantropia, sabia apenas de doações esporádicas.

Calebe, ao ver que o mordomo estava ultrapassando os limites, não se aguentou.

— Você não acha que, para um simples empregado, pergunta demais?

— Ah, senhor, mais uma vez peço-lhe desculpas. Sou um homem que não controla a língua. Mas é que filhos que amam seu pai normalmente exaltam seus feitos sociais, e vocês são dramaticamente discretos.

Brenda falou em mandarim:

— Você está louco, Calebe? Esse mordomo pode ser um psiquiatra ou um psicólogo nos avaliando! O papai pode estar investigando nosso comportamento para aumentar nossa herança.

— Não, senhora. Eu não sou um psiquiatra — disse o mordomo em mandarim, congelando os três.

— Você também fala mandarim? — perguntou ela perplexa.

O mordomo balançou a cabeça, dizendo que sim, e completou:

— Sim, sou um pequeno poliglota. Falo dez línguas: mandarim, japonês, coreano, italiano, francês, alemão, espanhol, russo, polonês e, obviamente, nossa língua pátria, o inglês. — Abriu um discreto sorriso e prosseguiu: — Deem-me licença, senhores. Vou esperar o sr. Fester terminar a meditação.

Depois dessas últimas palavras, o mordomo se retirou, deixando os irmãos sem voz.

— O que está acontecendo aqui? — perguntou Peterson em tom baixo, tentando olhar para o teto, para encontrar alguma câmera escondida.

— Será que caímos em alguma armadilha? — disse no mesmo tom baixo o sempre histérico Calebe. Falar baixo não fazia parte da sua história. Depois disso, olhou freneticamente debaixo da mesa para encontrar alguma escuta oculta.

Uma hora se passou e nada. Os três irmãos estavam impacientes. Peterson estralava os dedos, Calebe roía as unhas.

— A ansiedade de vocês me angustia. Pare de estalar os dedos, Peterson — ordenou Calebe.

— E você que fica roendo as unhas? Você é descontrolado demais.

E iniciou-se um novo desentendimento.

— Eu não aguento vocês. Toda a nossa estratégia está indo... — ia dizendo Brenda quando a porta da grande sala rangeu. Seu pai bradou feliz:

— Meus filhos, que alegria! Vocês estão me esperando!

Imediatamente, eles camuflaram o humor: sorriram, tocaram o ombro uns dos outros e foram ao encontro do pai.

— Como não esperar um pai que foi o mestre dos mestres de vida para todos nós? — perguntou retoricamente Peterson, com notável afeto.

— Mais do que um mestre de vida, foi um mestre de sabedoria — disse Brenda.

— Eu não conseguiria te descrever como meus irmãos, pai. Só posso simplesmente dizer que sem você, meu céu não teria estrelas...

Theo Fester não cabia dentro de si:

— Estou tão surpreso com o comportamento de vocês que só há duas opções: ou estão vivendo um personagem, ou fui um cego em não explorar a grandeza dos meus filhos.

Eles engoliram em seco. O pai perguntou:

— Sabem qual hipótese é a verdadeira? A segunda.

Brenda comentou, emocionada e quase sem voz:

— Aprendemos a ser transparentes como você, meu pai.

— Desculpem-me por não os ter beijado mais, não ter dialogado profundamente com vocês. Eu não conheço meus filhos, e essa é minha maior dor neste fim de vida.

Calebe abraçou os dois irmãos e subitamente disse:

— Então vamos nos conhecer nestes dois dias.

— Vamos! — bradou o pai feliz.

— Vamos! — os três repetiram.

E assim, familiares que viviam em pé de guerra, entrincheirados em suas verdades, especialistas em criticar uns aos outros, resolveram recolher as armas e ter um momento de trégua.

13. SONHOS FILANTRÓPICOS FALSOS

Naquele sábado ensolarado, Theo Fester e os três filhos foram percorrer os imensos jardins do misterioso Castelo da Floresta. O pai caminhava lentamente, apoiado em uma bengala. Do lado direito estava seu primogênito, Peterson, do lado esquerdo estava Brenda, e dois passos à frente estava seu filho mais novo, Calebe. Os membros do clã Fester, uma das maiores fortunas do mundo, especialistas em atirar pedras, dessa vez fingiam removê-las, simulavam ser garimpeiros emocionais nos solos de suas mentes. Theo Fester, apesar de seu caráter férreo, duríssimo, era de uma reflexão extraordinária. Fez uma pausa na caminhada, deu um suspiro e comentou:

— Esse simples passeio me faz repensar meu papel como ser humano e como pai. Sou um bilionário ou um miserável? — indagou para si e para seus filhos.

— Por que essa pergunta, papai? — questionou Brenda rapidamente, tentando aliviar seu sentimento de culpa.

— Querida Brenda, quando somos saudáveis, passamos a vida toda ejetados para fora, trabalhando e construindo como se fôssemos imortais. Mas às portas da morte somos ejetados para dentro.

É inevitável pensar em nossas dívidas emocionais. Pela primeira vez passeei com vocês depois que cresceram. Pela primeira vez não falamos de resultados financeiros, compra de novas empresas, lançamentos de novos produtos!

Os filhos penetraram nas camadas mais profundas do silêncio.

— Tem razão, papai. Também nós erramos. Só lhe trazíamos problemas, só sabíamos falar de trabalho. Tivemos tempo para muitas coisas, mas não para nós mesmos — reconheceu Brenda.

— E quem não tem tempo para aquilo que mais ama é rico ou miserável?

— Sob esse ângulo, talvez sejamos mais pobres do que os colaboradores mais simples das agências bancárias ou do chão de nossas fábricas — expressou Peterson, reflexivo.

O filho mais velho de Theo Fester não era dado a esse tipo de reflexão, mas, movido por interesses particulares e comovido pelo estado terminal do pai, começou a repensar a vida. Calebe era do contra. Impulsivo como o pai, era difícil controlá-lo, mesmo quando precisava desesperadamente melhorar seu marketing pessoal.

— Não concordo, Peterson. Você está fazendo "petersongia" à pobreza. Ansiedade e inveja fazem parte da personalidade dos colaboradores mais humildes — afirmou Calebe.

— Isso é óbvio, Calebe, mas estou dizendo em tese, sob determinados ângulos... Precisamos nos reinventar como família — disse Peterson, dando um sinal sutil para que seu irmão mais novo se calasse.

— A frágil harmonia entre vocês já se quebrou. Perder uma disputa, seja qual for, o perturba, Calebe? — perguntou o pai.

— Não, é que...

— A palavra "não" é a mais utilizada em seu dicionário existencial — observou o pai contundentemente.

— Não, não sou assim... É que acabei de ver uma pesquisa que diz que as pessoas preferem ganhar cinquenta mil dólares em vez de sessenta mil dólares anuais desde que seus colegas ganhem menos do que elas. Mas não querem ganhar oitenta mil dólares, se seus amigos ganharem mais do que elas, cem mil dólares ou mais. Ilógico? Sim! A felicidade é comparativa.

Vendo sua análise, Theo Fester questionou o intrépido filho.

— Você é feliz, Calebe?

— Muito feliz — afirmou rapidamente Calebe.

— E você compara a sua felicidade a quê?

— Não, eu não comparo com ninguém... Ou melhor, comparo com as pessoas que trabalham para mim.

Brenda e Peterson queriam tapar a boca dele. Ele, como sempre, maculava sua imagem diante do pai. O problema agora era ainda mais grave, pois estava comprometendo a estratégia dos três de cativá-lo.

— Mas o que é ser feliz? — indagou Theo Fester. — E como você sabe que quem trabalha para você é menos feliz que você? Você se lembra do que houve no dia 20 de julho do ano passado? Assediou uma jovem de vinte e três anos de idade que trabalhava para você. Mas como ela não se interessou por você, criticou-a publicamente. Você acha que sua reação de expô-la publicamente demonstra que você é mais feliz que ela?

— Mas eu não toquei nela. Nem a pressionei a fazer sexo comigo, nada disso. Apenas a convidei para um jantar.

— Claro, se tivesse feito isso você nunca mais pisaria em minhas empresas. Mas você a despediu injustamente. Eu fiz você pedir desculpas e readmiti-la.

— Mas você também já despediu sumariamente seus executivos.

— Veja, Calebe, você pode demitir alguém por incompetência ou inabilidade numa função, mas nunca por caprichos emocionais. E, se não souber a diferença, entregue seu cargo.

Calebe se calou.

— Você tem usado cocaína? — quis saber o pai.

— Não mude de assunto! — disse o filho, esbravejando com arrogância.

Theo Fester respirou pausadamente e emendou, num tom de voz ameno:

— Meu filho, eu me importo com você. Só quero saber se está bem resolvido ou se sua felicidade precisa de artifícios.

— Drogas fazem parte do meu passado. Minhas drogas hoje são minhas *startups* — dissimulou Calebe, não mencionando suas eventuais recaídas.

— Suas *startups*?

— Não, quer dizer, do grupo Theo Fester — tentou se corrigir.

Calebe perdeu o controle a tal ponto que Brenda teve de intervir. Mas não foi delicada.

— Calebe, cale-se!

— Por que eu tenho de me calar? E quem é você para me dar essa ordem? Não sabe que o papai sempre me acusa de tudo?

Peterson, tomado de raiva pela impulsividade do irmão, comentou:

— Papai, o Calebe está muito mudado. Ele é um jovem inteligentíssimo.

— Sou mesmo, quase como o senhor, pai.

— E está cada vez mais bem-humorado — afirmou Brenda.

Calebe abriu um sorriso ao ouvir os raríssimos elogios dos dois irmãos.

— Parabéns, Peterson e Brenda. Pela primeira vez defenderam seu irmão na minha frente. Espero que não estejam sendo políticos.

— Nunca sou político, pai, sempre fui transparente como o senhor — afirmou Peterson, orgulhoso de si mesmo. Achava que ganharia ponto com o pai com essa afirmação. Mas o caldo emocional entornou.

— Você é transparente como eu, Peterson? Dia 15 de maio do ano passado, você disse para o governador da Califórnia que nosso banco tinha cinco bilhões para investir em projetos de infraestrutura do estado, quando sabia que o caixa estava completamente comprometido com o financiamento de dez mil casas e apartamentos. Lembra-se? Dia 29 de setembro, você teve a petulância de dizer para sua esposa que eu te enviara para Paris para uma reunião emergencial de negócios, quando, na realidade, ficou três dias em meu iate com políticos e empresários, sabe-se lá fazendo o quê. Não seja hipócrita. Não me fale de transparência.

— Mas todo ser humano tem suas falhas — tentou se defender Peterson, engolindo em seco.

Brenda e Calebe o fuzilaram com o olhar.

— Eu sei que todos falhamos, e uma dessas falhas é maquiar nossas mentiras. Mas já que você se julga honesto e Calebe se considera inteligentíssimo, resgatem algo relaxante que ocorreu em nossa história familiar.

Os dois ficaram mudos por alguns momentos. A estratégia deles estava se desfazendo como a neblina na ensolarada manhã. Não podiam dissimular ou contar histórias inverídicas, pois a memória do pai, como o diretor jurídico do grupo havia afirmado, era melhor do que a deles. Jogariam no lixo a possibilidade de encantar seu pai e reverter a distribuição da herança. Bilhões de dólares dependiam de alguns passos num jardim. Peterson e Calebe começaram a suar frio, mergulharam no passado, mas nada lhes vinha à mente. Brenda tomou a frente.

— Deixe-me contar uma história.

— Está protegendo seus irmãos, Brenda?

— Não, não, não, é que... Bem, para ser honesta, estou sim. É que eles ficam inibidos em sua presença.

— Por quê? Minha mente aprisiona o raciocínio dos meus filhos?

— Honestamente dizendo, sim. Não aprendemos a ser família... — disse ela, verdadeiramente emocionada. — O senhor nos ensinou muitas coisas, mas não a falar de nós mesmos.

Theo Fester olhou bem nos olhos de sua filha e indagou com firmeza:

— Como tem coragem de dizer tais palavras?

Os dois irmãos ficaram desesperados.

— Brenda é descontrolada — atacou Calebe.

— Silêncio, Calebe! — falou o pai. E, para a surpresa deles, afirmou: — Não estou magoado com sua irmã. Sua tese é verdadeira, embora doloridíssima.

— Você mesmo raramente falou de seu passado, suas perdas, seus fracassos, suas crises. Nunca sequer tínhamos visto você chorar.

Theo Fester ficou abalado, continuou caminhando a passos lentos nos jardins. Seus filhos o acompanhavam em completo silêncio. Parecia que a sensibilidade de Brenda foi mágica, como um bisturi que dissecou um dos segredos dos Fester. Subitamente, como se quisesse aliviar sua tensão, Theo Fester se distraiu com algumas rosas. Abriu suavemente suas pétalas e aspirou seu perfume.

— Nossa família tornou-se um grupo de estranhos. Ensinei vocês a serem negociadores, a empreenderem e a entenderem que ninguém é digno de pódio se não correr riscos para alcançá-lo. Mas não os ensinei a se humanizarem, a falarem de si mesmos. Falhei, desculpem-me — disse o pai, vertendo lágrimas.

— Mas, papai, já afirmamos que o senhor foi...

— Por favor, Brenda, não seque minhas lágrimas. Um ser humano que tem medo das próprias lágrimas nunca reescreverá sua história. Sempre tive medo delas...

O clima foi melhorando aos poucos. Eles continuavam caminhando em silêncio. Era quase inacreditável que o clã dos Fester tivesse assuntos variados para conversar o dia todo, política, economia, mercados, mas fosse incapaz de falar sobre as coisas simples da vida. Theo Fester olhou para o imenso palacete, reflexivo. De repente, ele perguntou:

— Quais são seus maiores sonhos?

Brenda não demorou muito para responder.

— Ver o senhor saudável e feliz, papai...

— Esse também é o nosso grande sonho — disseram os dois irmãos em sintonia.

— Mas temos de aceitar as surpresas da vida, filha. Como disse dr. Marco Polo, três meses podem ser uma eternidade perante a vida medíocre que muitos vivem.

— Dr. Marco Polo... — Calebe repetiu baixinho, meneando a cabeça.

— Mas me falem, que sonhos controlam vocês?

— Bem, eu gostaria de ter muito dinheiro para ajudar os sem-teto nos Estados Unidos — afirmou Calebe. Na verdade, falou a esmo. Não sabia que os Estados Unidos tinham centenas de milhares de pessoas desabrigadas. Achava que esse fenômeno era uma particularidade dos países pobres ou em desenvolvimento.

— Sério, Calebe? Pensei que você só se preocupasse em ficar em hotéis cinco estrelas. Nunca imaginei que se preocupasse com os miseráveis dos Estados Unidos — disse seu pai.

— Eu gostaria de ajudar os pacientes com câncer. Investir em um instituto para as crianças que são afetadas por essa doença e não têm recurso adequado para o tratamento — contou Peterson.

— Você nunca me disse que se preocupava com a dor dos outros — estranhou o pai.

— Mesmo antes de sua doença, já pensava em como dar um sentido maior à minha vida, papai.

Brenda comentou:

— Eu gostaria de ter muitos recursos para poder ajudar refugiados na Europa. Fico angustiada em ver pessoas sem casa, sem pátria, arrancadas de sua cultura, morando com seus filhos de forma indigna em países que não os recebem com carinho.

Theo Fester parou, olhou bem nos olhos de Brenda e abriu um sorriso.

— Pensei que você só se preocupasse com suas festas faraônicas, minha filha. — E, em seguida, passou os olhos por cada um de seus filhos e completou: — Acho que não os conheço. Jamais imaginei que tivessem esses sonhos. Parabéns.

Theo Fester deu um abraço carinhoso em cada um. Ficou comovido, sensibilizado, seus olhos novamente lacrimejaram. Depois disso, teve uma crise de tosse e foi amparado pelos três. Assim que se restabeleceu, foram todos para a sala de almoço. Os filhos se entreolharam com discrição e sentiram que finalmente tinham conseguido cativar o pai. Só não sabiam que as palavras podem se tornar as maiores armadilhas que um ser humano constrói para si mesmo.

14. PALÁCIO DO TERROR

Durante o almoço, os três filhos mostraram uma gentileza fenomenal para com o pai. Em vez de esperar o mordomo Ross servi-lo, eles mesmos o serviam, com sorrisos estampados no rosto. Pareciam os filhos mais amáveis do mundo. Um disputava com o outro como agradar melhor ao debilitado pai.

— Que suco o senhor quer, meu pai? — indagou Peterson.

— De laranja, por favor.

— Salada primeiro, papai? — perguntou Calebe.

— Sim, por favor — disse Theo Fester. Subitamente, derrubou seu garfo.

— Não se preocupe, pai — disse Calebe.

— Um pai extraordinário, que a vida inteira serviu seus filhos e que foi e ainda é um dos empreendedores mais notáveis no mudo, que emprega mais de trinta mil colaboradores em suas empresas, pode derrubar talheres, copos e pratos o quanto quiser — comentou Calebe bajulando o pai.

— Papai, quer que lhe parta o peito de frango e lhe dê à boca? — ofereceu afetivamente Brenda.

— Não, por favor, sirvam-se vocês. Ainda consigo me virar.

Calebe, para descontrair, contou algumas histórias que agradariam ao pai:

— Certa vez, um professor de economia perguntou para seus alunos: "Qual é a diferença entre um empreendedor e um conformista?". Muitas foram as respostas. Mas o professor deu a sua versão: "Os conformistas criticam as aventuras e loucuras do empreendedor, mas quando este sobe no pódio, aqueles se tornam sua plateia".

Peterson arriscou contar umas piadas, embora fosse desajeitado. Brenda dava risadas, e o pai igualmente sorria e demonstrava um relaxamento incomum na presença deles. Ross, o mordomo, espreitava intrigado os filhos de Theo Fester. Queria saber o que se passava realmente na cabeça deles. Foi um almoço perfeito. Como Theo Fester estava debilitado, pediu licença e se recolheu para descansar.

No período da tarde, os três estavam livres para descansar. Os irmãos, que raramente procuravam um ao outro, se reuniram no imenso quarto de Brenda, com suas cortinas esvoaçantes e uma vista magnífica de uma floresta virgem. Acreditavam que a estratégia de cativar o pai estava funcionando.

Calebe, o mais ousado e mais orgulhoso dos irmãos, cantou vitória:

— Viramos o jogo!

— Bem, depois de uns contratempos, tivemos um fim de manhã espetacular e um almoço magnífico — afirmou Peterson.

— Mas ainda não tenho certeza se fizemos o papai mudar de ideia — disse Brenda, desconfiada.

— Deixe de ser pessimista e aplauda este gênio — disse Calebe, apontando o dedo indicador para si.

— Gênio por quê, Calebe? Nossa! Que ego inflado! — disse Brenda, criticando o irmão mais novo.

Calebe olhou debaixo da mesa, abriu as portas dos armários embutidos, olhou atrás das cortinas, enfim, procurou em muitos lugares por câmeras escondidas, mas nada encontrou. De repente, se aproximou dos irmãos e lhes mostrou por que eles deviam se curvar à sua inteligência.

— Ego inflado porque sou mesmo um gênio. Eu mudei o estado emocional de Theo Fester. Eu falei da minha veia filantrópica ao comentar sobre minha vocação para ajudar os sem-teto nos Estados Unidos.

— Você enganou o papai? — questionou Brenda.

— Ele está idoso, às portas da morte, vale tudo para alegrá-lo.

— Inclusive mentir para ele? — repreendeu Brenda.

Calebe ficou enraivecido:

— Caramba! Não era essa a nossa estratégia? Eu não estou entendendo sua indignação. Além disso, você, a filhinha do coração, mentiu mais ainda para ele.

— Não desconfie das minhas intenções, Calebe — rebateu Brenda.

— Não é desconfiança, é constatação. Para quem ama caviar e champanhe franceses, é muita hipocrisia dizer que se preocupa com os refugiados na Europa.

Ela se calou. Em seguida, Peterson quis tomar para si o troféu de honestidade entre seus irmãos.

— Meus planos para cuidar de pacientes com câncer não foram uma dissimulação.

— Olhe só quem fala: o mais cínico dos banqueiros. Cobra juros caríssimos dos clientes, asfixia sua capacidade de pagamento e depois fala em salvar pacientes com câncer — criticou Calebe.

E assim, um começou a levantar a voz para o outro. Não conseguiam se livrar de seus cárceres mentais. Percebendo o que estava acontecendo, Brenda deu um grito e interveio:

— Vamos parar! Por que sempre nos digladiamos? Será que somos viciados em atritos? Será que não conseguimos dar uma trégua nem quando nossa estratégia está começando a funcionar? Se somos incapazes de nos amar, sejamos espertos pelo menos para não perder bilhões de dólares.

Eles finalmente se calaram. Peterson tomou a frente:

— Precisamos nos unir. Precisamos seguir com nossa estratégia no jantar.

Depois dessa discussão, cada um foi para seu quarto. À noite, foram para a sala de jantar. Algumas garçonetes colocavam os pratos num aparador de vidro. Os irmãos Fester esperavam ansiosos por seu pai, que estava demorando a aparecer.

Ross, o elegante mordomo, apareceu subitamente com Marc Douglas, o fiel secretário de Theo Fester.

— Marc! Você aqui? — espantou-se Brenda.

— Eu estava o tempo todo aqui. Mas o sr. Fester pediu para eu ficar no meu quarto por um tempo. Ele queria ficar a sós com vocês. Agora venho transmitir um recado dele: ele pede desculpas, mas infelizmente não virá para o jantar.

— Por quê? Ele está com crise de tosse, febre, algum tipo de dor? — indagou Brenda, preocupada.

— Não. Apenas um pouco fraco por causa dos medicamentos que está tomando — respondeu Marc.

— É muito triste ver nosso pai debilitado desse jeito. Eu seria capaz de doar meus órgãos para ele — disse Calebe mostrando notável afetividade.

No fundo, o que ele queria mesmo era que tanto Marc Douglas quanto Ross enviassem essa "mensagem" para o pai.

— O senhor é um excelente filho, sr. Calebe — afirmou o mordomo.

— Sei que sou um bom filho, mas queria fazer mais. Minha dívida com meu pai é impagável — exagerou Calebe.

— A minha é igualmente impagável. Meu pai é insubstituível — afirmou Peterson.

— Não apenas insubstituível, mas também inesquecível — concluiu Brenda.

— Ele parece-me muito feliz com os senhores — disse Marc.

— Você acha? Por que teve essa impressão? — quis saber Peterson.

O secretário deu um longo suspiro e disse aos irmãos Fester:

— Ele comentou que estava surpreso com vocês.

O mordomo Ross completou:

— Ele comentou que a preocupação de vocês com a dor dos outros o comoveu.

— Nós o cativamos! Eu sabia! — Calebe bateu na mesa. Estava tão eufórico que não percebeu o que fizera. Mas, vendo o espanto de Marc Douglas e Ross, tentou conter sua euforia, substituindo-a por uma fala mansa e olhos cheios de lágrimas: — Os filhos sempre devem ser a alegria dos pais, cativando-os.

— Ainda mais neste momento delicadíssimo que nosso pai atravessa — disse Peterson, secando os olhos. — Desculpem-me, mas pensar na situação do papai me fez perder o apetite.

— Eu compreendo — expressou Ross. — O pai de vocês os ama demais. Ele nos disse que formou sucessores, não herdeiros.

— Como assim? — indagou Brenda, confusa.

Marc Douglas respondeu pelo mordomo:

— Para seu pai, herdeiros são torradores de herança, enquanto sucessores constroem o próprio legado; herdeiros querem tudo rápido e pronto, sucessores pensam em médio e longo prazo; herdeiros são imperadores, enquanto sucessores se curvam em agradecimento.

— Puxa, meu pai reconheceu que somos sucessores? — questionou Calebe, profundamente feliz.

— Sim, reconheceu com todas as letras, mesmo para mim que sou um estranho para ele — afirmou Ross.

Marc Douglas e Ross se despediram dos irmãos Fester. E estes se entreolhavam eufóricos. Pareciam não se conter. Calebe olhou para Brenda e disse:

— Está vendo, Brenda, como você é pessimista? Minha genialidade cativou o papai. Ele nos considera seus sucessores, não torradores de sua herança.

Brenda estava intrigada com esses termos.

— Esperem um pouco. Será que ao nos considerar "sucessores", capazes de construir seu próprio legado, não ganha mais força sua vontade de reduzir ao máximo nossa herança?

— Não estou entendendo — disse Calebe, com uma pequena crise de tosse.

— Brenda pode ter razão — comentou Peterson, colocando as mãos na cabeça. — Se somos sucessores, podemos partir do zero. Aos olhos do papai, podemos construir nossas próprias histórias.

— Vocês estão delirando — disse Calebe, batendo na mesa. No fundo, tentava se convencer do contrário. — Ao dizer que somos seus sucessores, o papai quer dizer que finalmente somos merecedores de sua fortuna. Que temos capacidade de geri-la e expandi-la.

Ao chegar cada um a seu quarto, ouvia-se uma canção belíssima: "We are free", na bela voz de Andrea Bocelli.

Depois que a música cessou, ouviu-se a voz do pai que emanava do teto. Eles ficaram angustiados com a possibilidade de que seus diálogos tivessem sido gravados. Mas a fala do pai era de conforto, não de reprovação.

— Queridos filhos, vocês são meu orgulho. Estou muito feliz com o comportamento de vocês. Demonstram uma generosidade fenomenal e uma capacidade de se preocupar com a humanidade brilhante. Parabéns.

E só.

Não se passou um minuto até eles se reunirem novamente no quarto de Brenda. Mas permaneceram mudos por alguns segundos. Tinham medo de falar.

Calebe digitou uma mensagem: "Eu não vi alto-falante, nem câmera, nem ponto de gravação... Como ouvimos essa mensagem? Delete".

Brenda já estava com dor de cabeça. Digitou: "Estou com medo. Será que ouviram a gente falar sobre a estratégia?".

"Estamos ficando paranoicos. Se tivessem gravado, Marc Douglas e Ross não teriam trazido boas notícias do papai em relação ao nosso comportamento, e o papai não teria enviado essa mensagem de áudio nos parabenizando", digitou Peterson.

"Vocês também foram recebidos no quarto com a música 'We are free'?", indagou Brenda por escrito.

"Sim", digitaram os dois.

"E o que acham que ele quis nos dizer com essa música?", insistiu Brenda.

"*My God*", digitou Peterson, angustiado. "Essa música fala dos sonhos e da construção de um legado apesar das adversidades. Será que o papai está nos preparando para nos deserdar mesmo?"

"Será que ele nos trouxe a este estranho Castelo da Floresta para nos preparar para ficar na miséria?", digitou Calebe.

Nesse exato momento, a mesma música voltou a tocar. Eles não sabiam se riam ou se choravam. Prestaram atenção na letra e ficaram mais perturbados ainda.

"Não é possível! Tem de haver alto-falantes nesse quarto!", digitou o filho mais novo.

Os três começaram a vasculhar o quarto, desesperados à procura de alto-falantes, câmeras e pontos; olharam embaixo do tapete, atrás da cama... Mas não encontraram nada. Respiraram um pouco aliviados e voltaram a conversar.

— Acho que estamos ficando loucos — disse Brenda.

— Não é por menos! — exclamou Peterson. — Esse palacete é cheio de mistérios. Parece uma câmara de terror.

Calebe engoliu em seco e disse:

— Na noite passada, ouvi uivos de lobos e correntes sendo arrastadas pelos corredores.

— Pare com isso, Calebe. Estou ficando com medo — advertiu Brenda.

— É sério! — afirmou o irmão mais novo. E depois abriu um sorriso. Não se sabia se ele estava falando sério ou brincando.

— Eu tive pesadelos horríveis na noite passada. Em um deles, eu estava fazendo palhaçadas nas ruas de Nova York para ganhar alguns trocados. Morava na rua, comia restos de comida. E quando acordei, senti odor fétido em meu quarto, como se tivesse dormido sob um amontoado de lixo. Sentei na cama e, em seguida, passou o péssimo odor, mas eis que vi muitos objetos atirados ao chão.

— Vocês estão me deixando apavorada! — exclamou Brenda apreensiva. — Mas eu também tive diversos pesadelos. Em um, estava numa festa, mas não era nenhuma dessas que dou em minha casa. Era na casa de uma pessoa estranha. Mas eu não era uma convidada. Era uma garçonete. Servia bebidas. E de repente a bandeja caía. As taças de champanhe estilhaçaram. Fui maltratada pelo anfitrião. Acordei assustada. Quando fui ao banheiro, eis que vi taças quebradas e uma bandeja atirada ao chão.

— Estranho — disseram os dois irmãos.

— É melhor dormirmos, e hoje vou tomar um calmante para ver se durmo melhor — disse Brenda.

— Dê-me um comprimido também — pediu Calebe.

— Eu também quero — solicitou Peterson.

E, assim, os irmãos Fester tomaram indutores de sono. Esta era a primeira geração da família que crescera milionária, e ainda assim queria mais, sonhava em pôr as mãos na fortuna bilionária do pai. Não se sabia se a ambição deles e o medo de perderem a fortuna estavam aprisionando-os mentalmente, levando-os a ter sonambulismo e reações noturnas bizarras, ou se realmente o Castelo da Floresta guardava segredos assombrosos.

15. EXCELENTE AVÔ, PÉSSIMO PAI

Theo Fester conseguiu dar muito mais lições de vida para seus netos Kate e Thomas do que para seus três filhos. No dia anterior ao que Theo convidara Brenda, Peterson e Calebe para o misterioso Castelo da Floresta, ele tivera um diálogo inteligente e regado a afetividade com seus netos. Ele estava na casa de Brenda com Kate.

O avô fixou os olhos na neta e perguntou:

— Você me ama pelo que sou ou pelo que tenho, Kate? Seja sincera, por favor.

— Claro que é pelo que você tem! Você é muito rico! Hahahaha! — divertiu-se a neta, brincando com o avô. Ela era vidrada nele.

— Eu sabia, menina, que não sou nada para você — brincou ele, também sorrindo.

Mas Kate sentiu necessidade de ser sincera:

— Eu te amaria ainda que você fosse miserável. Você é o meu melhor avô, Theo Fester.

— Ahhh... Agora está melhor.

— É obvio, só tenho um avô! — mais uma vez ela disse, bem-humorada.

Sorrindo, ele confessou:

— Sinceramente, sei que não sou o melhor avô do mundo, mas você é a melhor coisa que aconteceu na minha vida.

— E o Thomas? — perguntou Kate sobre seu primo, o filho de Peterson.

— O Thomas também. Ele também é uma fonte de alegria para mim.

De repente, Thomas saiu de trás de um pilar da imensa sala da casa de Brenda. Ele havia chegado sem ninguém notar.

— Ah, bom, sr. Fester! Pensei que diria que sou uma fonte de dor de cabeça.

— Thomas, meu neto preferido!

— Claro, sou seu único neto! — E foi ao encontro do avô, dando-lhe um abraço demorado e um beijo no rosto. Fez o mesmo com sua prima Kate.

Os dois netos estavam na frente de Theo Fester, sedentos para ouvi-lo, uma atitude bastante diferente daquela dos três filhos do magnata, que estavam sempre apressados.

— Seus pais me temem, mas não bebem da minha sabedoria. Ser idoso nesta sociedade digital que eu ajudei a criar e que está em constante transformação não é ser quadrado, mas ser carta fora do baralho, objeto de descarte.

— Você se sente culpado por quase todos serem viciados em celular e outros aparelhos digitais? — perguntou Thomas.

— Sinceramente, eu me sinto sim. Eu alertei Steve Jobs sobre os riscos de os aparelhos viciarem. Ele parou, pensou e indagou: "Será, Theo?". Na ocasião, ele comentou que não dava celulares aos próprios filhos. Mas os problemas não são os aparelhos digitais que democratizam o acesso às informações e aumentam a produtividade das empresas, o problema são os aplicativos de redes sociais.

— Como assim, vovô? — Kate quis entender melhor.

— Os aplicativos de redes sociais, segundo dr. Marco Polo, um cientista que conheci há pouco, mexem com o ciclo de prazer e frustação, alterando os níveis de dopamina, um neurotransmissor cerebral.

— Não entendi nada — comentou Thomas.

— Antigamente, você tinha uma frustração ou um prazer importante a cada uma ou duas semanas, hoje, a cada hora ou minuto.

— Puxa! É verdade. Quando eu posto algo em minhas redes sociais, se não houver certo número de curtidas, fico angustiada. Se o número for grande, fico alegre — afirmou Kate.

— Eu também. Quando alguém faz uma crítica em meu Instagram, fico puto da vida, ainda que mais de cem tenham curtido — confessou Thomas.

— Essa flutuação entre o prazer e a dor gera a dependência psicológica; é o mesmo mecanismo acionado pela cocaína. A ausência da droga e a ausência do celular produzem sintomas de abstinência, um sofrimento que clama pelo uso.

— Credo, vovô! Eu não uso drogas! Se bem que há uma semana perdi meu celular e, logo que percebi, comecei a ficar angustiado, deprimido, irritado, com um grande vazio no peito. Parecia que nada fazia sentido para mim — relatou Thomas.

— Eu também já fiquei assim, Thomas — comentou Kate. — Parece que estamos todos doentes.

Theo se preocupou com o futuro dos jovens.

— Antigamente, precisávamos de um aparelho do tamanho desta sala para ter o poder que seus celulares têm. Mas o mundo real, concreto, não é digital, não está dentro dos celulares, ele pulsa no ambiente social. Não vivam uma vida medíocre ou artificial. Vocês precisam deixar um legado.

— Como assim deixar um legado, vovô? — perguntou Thomas.

— Milhões de pessoas vivem simplesmente por estar vivas, são zumbis digitais. Precisam estar às portas da morte para acordar.

— Ah... Entendi. Elas não têm um sentido na vida... — deduziu Kate.

— Exatamente.

— E qual é o sentido da sua vida, vovô? — perguntou Thomas.

O avô olhou bem nos olhos de seus netos e disse honestamente:

— Tenho me questionado sobre isso. Fiz algumas coisas interessantes, inspirei e treinei centenas de empreendedores, dei emprego para dezenas de milhares de colaboradores, ajudei algumas instituições, mas poderia ter feito mais.

— Um empresário com tanto sucesso como você, vovô, tem do que se arrepender? Se pudesse retornar no tempo, faria coisas diferentes? — perguntou Thomas com inteligência.

— Um homem que não reconhece suas loucuras e não se arrepende delas não é digno da sua maturidade. Todo ser humano passa por turbulências na vida. A alguns faltam alimentos na mesa, a outros, alegrias na mente. Eu estou no segundo caso. Uns lutam para sobreviver, outros são ricos e abastados como eu, mas mendigam o pão da tranquilidade...

— Puxa, vovô, você é um sábio. Não consigo imaginar que erros você possa ter cometido — disse Thomas.

— Fui um viciado em trabalhar e ganhar dinheiro, mas me esqueci de mim mesmo. Por dentro, sou mais jovem emocionalmente do que milhões de jovens que circulam por aí, mas meu corpo envelheceu. Minha musculatura está flácida, minha pele, desidratada, meu coração está fatigado. Eu queria ter mais tempo para reparar meus erros comigo mesmo e com seus pais e seu tio Calebe...

— Você é um excelente avô — disse Kate, tentando confortá-lo.

— Talvez eu seja um excelente avô, mas fui um péssimo pai, como frequentemente ocorre com empresários de sucesso. — E, em seguida, teve uma crise de tosse.

— Mas você ainda tem uma vida pela frente para mudar, vovô — disse Thomas, sem saber que o avô estava morrendo.

— O tempo é cruel, meus netos. Você se esconde dele, mas ele te encontra. Você viaja para os confins da terra, mas ele te acompanha. Você tenta se disfarçar, alguns aplicam botox, outros fazem cirurgias plásticas, mas ele denuncia você em suas entranhas. Não adianta digladiar com o tempo, como se estivesse no Coliseu romano. Temos de tê-lo como nosso aliado, temos de reconhecer que somos seres humanos mortais. Assim, nossas dívidas emocionais serão suportáveis. Entenderam?

Thomas e Kate ainda não entendiam direito, mas mergulhavam pouco a pouco no oceano das experiências do poderoso avô. Este procurava transferir para seus netos aquilo que o dinheiro não podia comprar, o capital de suas experiências. Por isso, falava de suas lágrimas para que eles aprendessem a chorar as deles.

16. GRANDE DECEPÇÃO

De madrugada, o sono de Brenda, Peterson e Calebe foi novamente perturbador. Apreensivos, não conseguiram liberar quantidades razoáveis da molécula de ouro cerebral que induz e estabiliza o sono: a melatonina. Acordavam assombrados por palavras que ecoavam no ar, como "pobres", "mendigos", "cuidado com o terremoto", "não sobreviverão". Mesmo sob o efeito de calmante, tiveram um sono entrecortado, acordaram algumas vezes assustados como se estivessem ouvindo vozes.

— Quem está falando comigo? — gritou Brenda em estado de pânico.

— Socorro, me ajudem! — gritou angustiado o mais velho dos irmãos, Peterson. Teve um pesadelo como se o quarto tivesse desabado. Viu-se debaixo dos escombros sem poder se mover ou respirar. Despertou ofegante.

Calebe cobriu o rosto com o travesseiro. Queria estar em qualquer lugar do mundo, mas não naquele palácio do terror. De repente, ouviu uma voz, que parecia ser do dr. Marco Polo, chamando-o:

— Calebe, Calebe, Calebe.

— Quem está aí? — disse, tirando o travesseiro do rosto. A voz passou a sentenciar:

— Será seu fim! Morrerá pobre! — E ouviam-se gargalhadas.

Calebe deu um salto e começou a vasculhar o quarto, olhar debaixo da cama, atrás da cortina, para ver de onde saíam aquelas palavras macabras. Porém, mais uma vez não encontrou nada. Talvez o estresse estivesse deixando-o paranoico.

Ele era o mais amedrontado dos filhos, mas como se autoproclamava o mais empreendedor e inteligente, não procurou seus irmãos. Tinha medo de mostrar sua fragilidade.

Os irmãos Fester ficaram intrigados. As vozes eram tão nítidas que eles não tinham certeza se elas emanavam de algum aparelho ou se eram sussurradas pelo planeta mente. Como dr. Marco Polo enfatizava, o ser humano é tão criativo que, quando não tem fantasmas reais que o assombrem, ele os cria. O medo de empobrecer, que nunca havia asfixiado a mente do poderoso clã dos Fester, começou a perturbá-los.

Às três da madrugada, para piorar o drama de Calebe, alguém bateu na porta fortemente. Calebe deu um salto na cama. Temeroso, gritou:

— Quem está aí?

Mas ninguém respondeu. As batidas continuaram. O coração parecia que ia sair pela boca. Ele se aproximou da porta devagar e novamente indagou:

— Quem, quem... está aí?

O portador de um vozeirão respondeu:

— Sou eu, senhor, Ross.

Mais aliviado, mas não menos intrigado, ele abriu a porta do quarto.

— Trouxe o chá que o senhor pediu.

— Chá que eu pedi? Não pedi chá nenhum.

— Estranho, mas fui despertado pela cozinheira de plantão dizendo que o senhor estava muito nervoso e que queria se acalmar.

— Eu nem sabia que havia uma cozinheira de plantão! Será que não foi um dos meus irmãos?

— Não sei. Talvez tenha sido uma recomendação prescrita pelo dr. Marco Polo.

— Dr. Marco Polo, o psiquiatra?

— Sim, mas estou apenas especulando, senhor, pois não apenas seu pai, mas dr. Marco Polo também nos recomendou expressamente para cuidar de seu bem-estar.

— Muito estranho. Mas deixe o chá, vou tomá-lo.

O mordomo saiu. Era possível ouvir as batidas do coração de Calebe. Nervoso, colocou um sachê de açúcar na xícara, mexeu rapidamente com a colher e, quando ia tomar o primeiro gole, lhe ocorreu algo terrível: "Dr. Marco Polo deve ter envenenado o chá". Apreensivo, rapidamente jogou-o na pia do banheiro. De manhã, encontrou os dois irmãos no corredor. Estavam com olheiras, indicando uma péssima noite de sono. Calebe, um tanto intimidado, provocou curioso:

— Dormiram bem?

Brenda e Peterson rapidamente disseram:

— Sim, dormimos.

Não sabiam dar o ombro para apoiar-se mutuamente. Todavia, Calebe, observando seus rostos, comentou:

— Seus mentirosos! Estão com uma péssima aparência!

— E você por acaso teve uma boa noite de sono? — quis saber Peterson.

— Não. Mas acho que estão tramando nosso assassinato!

— O que você está dizendo? — indagou Brenda, perplexa.

— Também acho — afirmou Peterson.

— E dr. Marco Polo está por trás dessa conspiração — completou Calebe.

— É isso mesmo — afirmou Peterson.

— Mas o que aconteceu? — perguntou Brenda, curiosa.

Peterson foi o primeiro a fazer seu relato.

— Aquele esguio e tenebroso mordomo, Ross, apareceu subitamente sem que eu o chamasse. Disse que eu pedira um suco de morango. Mentira. Não havia pedido nada. Então, sugeriu que talvez tenha sido dr. Marco Polo que havia recomendado.

— Aconteceu a mesma coisa comigo. Trouxe-me um chá. Mas não tomei, achei que pudesse estar envenenado — disse Calebe.

— Eu também não tomei — confessou Peterson, temeroso. — Tive medo de estar envenenado e joguei o suco na pia do banheiro. Parecia que havia sangue no copo.

— Que horror! — exclamou Brenda. — Ele me trouxe um suco de laranja, e eu tomei.

De repente, Brenda começou a passar mal. Virou os olhos, começou a babar e a colocar a língua de fora. Os dois irmãos ficaram desesperados.

— Brenda! Brenda! — gritaram, pensando que sua irmã estivesse morrendo.

Mas ela não aguentou mais e começou a rir. Estava pregando-lhes uma peça, como sempre fizera quando eram meninos.

— Você é louca, garota! Quase nos mata de susto! — disse Peterson, em franco ataque de nervos.

— Calma! Estava apenas relembrando nossas brincadeiras de criança.

— Você é mulher. Não oferece risco a dr. Marco Polo — disse Calebe, chafurdado em seu machismo. — Mas certamente eu e Peterson somos seus grandes obstáculos. Estamos no epicentro de uma conspiração.

— Tenho certeza disso — afirmou Peterson. Levou-os até seu quarto e concluiu: — Caiu um pouco do suco de morango no carpete. Vejam, há uma pequena fenda na parede, um metro à frente, e tem um rato morto lá dentro. Ele deve ter lambido o suco e só conseguiu dar alguns passos e se esconder. Esse médico é um monstro. Quer nos matar para ficar com toda a fortuna do papai. — Calebe e Brenda foram olhar a fenda. Havia algo lá, mas não era possível dizer se realmente era um rato morto.

— E parece que muitos estão envolvidos. Inclusive o mordomo. Ele tem uma cara de Frankenstein — afirmou Calebe.

E por falar no suposto diabo, eis que ele aparece subitamente por trás deles:

— Precisando de algo, senhores?

Levaram um susto.

— Ross! — disse Brenda, aflita. — Por que não bateu na porta antes de entrar?

— Porque ela estava aberta.

— Já estamos indo para o café da manhã — disse ela, tentando se livrar dele rapidamente. — Tudo neste Castelo da Floresta é muito estranho mesmo — ela confirmou.

Depois desse episódio, os três caminharam pelos longos corredores até chegarem à grande sala central. No trajeto, começaram a ver os quadros de forma diferente, como também parte da conspiração.

— Vejam. Até os quadros são estranhos. Têm enforcados, guerras, armas. Não há alegria — interpretou Peterson.

— Parece que tudo foi detalhadamente arranjado para nos intimidar. Para aceitarmos a proposta do papai sem questionar. Como não estamos cedendo, o plano B, de nos assassinar, está em andamento.

E, assim, os filhos de Theo Fester, que se achavam imortais, passavam por cima das pessoas que se opunham a eles com facilidade, foram atropelados por seus terrores. Eles entraram na grande sala e viram o pai sentado à cabeceira da mesa, como da primeira vez. Os três se aproximaram e mostraram notável gentileza. Beijaram o pai no rosto e o deixaram feliz.

— Já estávamos com saudade, papai — disse Calebe.

— Eu também, meu filho.

— Como passou a noite, papai? — perguntou Brenda.

Calebe observou os olhares de Ross e das duas garçonetes. Eles pareciam agitados, inquietos, tentando esconder algo.

— Tive algumas crises de tosse — comentou o pai. — Mas tirando essas crises, foi uma noite agradável. E como dormiram vocês?

— Muito bem. Este Castelo da Floresta é tão especial que de madrugada Ross me serviu um chá — abordou Calebe, não querendo mostrar intimidação e, ao mesmo tempo, querendo sondar seu pai sobre o comportamento do misterioso mordomo.

— Ross é mesmo muito competente.

— O senhor o conhece há muito tempo?

— Não. Há poucos dias.

— Há poucos dias? — questionou Calebe.

— Sim, mas ele foi muito bem recomendado pelo dr. Marco Polo.

— Dr. Marco Polo? — perguntaram assustados.

— Sim. Por quê? Algum problema?

— Não, nada... É que me parece que esse psiquiatra está interferindo muito em nossas vidas — disse Calebe.

Theo Fester teve outra crise de tosse. Dessa vez, engasgou com o leite que estava bebendo. Brenda correu até o pai e colocou uma toalha para que ele vomitasse sobre ela. Foi um grande susto, Theo respirou profundamente e, em seguida, disse:

— Acho que não vou durar muito tempo, meus filhos. Tenho a sensação de que não durarei mais que poucos dias.

— Não diga isso, papai. O senhor ainda enterrará muita gente — disse Peterson, tentando animá-lo.

— Quanto ao dr. Marco Polo, o senhor tem alguma coisa contra ele, sr. Calebe? — questionou Ross.

Calebe não suportou o atrevimento do mordomo. Num rompante de raiva, como era típico de seu comportamento quando era contrariado, atacou o mordomo.

— Quem é você para se dirigir a mim sem que eu permita?

O pai, já recuperado, elevou o tom de voz com Calebe:

— Por acaso você é um rei tirânico ou um ditador? Para dirigir a voz a você é preciso permissão?

Peterson chutou Calebe debaixo da mesa.

— Calebe não quis dizer isso. Ele está esgotado, pois teve uma crise alérgica à noite.

— Mas ele disse que dormiu muito bem — pontuou o pai.

— Força de expressão, papai. Estava tão insone que pedi para o Ross me levar um chá. Lembra-se?

— Teve pesadelos, Calebe? — quis saber o pai.

— Bem... Não — negou Calebe.

Neste momento, Ross serviu uma torta de maçã para Calebe e disse:

— Poderia comer um pedaço para ver se está boa?

— Tenho alergia a maçãs.

— Eu também — afirmou Peterson, com medo de que estivesse envenenada.

— E você, Brenda, teve algum pesadelo?

Brenda ficou em silêncio por um momento, mas resolveu ser honesta.

— Tive. Relacionado ao medo... de empobrecer, medo... do futuro, papai.

— Do futuro? O futuro é um contrato sem cláusulas. O medo é a mais legítima das fobias humanas. Mas não se preocupe. Com o dinheiro que você vai herdar, não terá preocupações com os fantasmas do futuro, a não ser com os da sua mente — disse o pai, com um leve sorriso no rosto.

Calebe abriu um largo sorriso. Interpretou as palavras do pai como se ele fosse aumentar o valor da herança que receberiam. Finalmente, Theo Fester lhes daria o que mereciam.

— Meu adorável pai, obrigada pela herança que nos dará. Sua compreensão é fascinante.

— Obrigado, papai. Você é muito generoso. Seu amor vale mais do que todo o ouro do mundo — disse Peterson, mas foi cutucado por Calebe para que seu pai não o interpretasse mal. Tentou se corrigir. — Certamente, com nossos recursos, executaremos os sonhos de que lhes falamos.

— O amor de um pai não vale mais que ouro, Calebe? — questionou o pai, que percebera que ele havia cutucado o irmão.

— Claro que vale, papai. Sinto orgulho de ser seu filho — afirmou, constrangido.

— Muito obrigado. Em vez de lhes dar o dinheiro que eu prometera, vou fazer um ajuste.

Brenda abriu um sorriso confiante e disse:

— Puxa, papai, você é incrível.

Mas o pai fez o mundo deles desabar novamente.

— Já que meu amor é tão valioso para meus filhos, vou tirar dez por cento do que tinha prometido a vocês para dar a todos os empregados que trabalham comigo há mais de dez anos, como Marc Douglas e outros.

— Es-pe-pe-re... um pouco — gaguejou Calebe. — Vamos receber menos do que os cem milhões de dólares?

— Quase cem. Receberão agora noventa milhões de dólares, Calebe. Como lhes disse, e vocês muito bem sabem, é uma fortuna incalculável para 99,99 por cento da população americana.

Peterson perdeu a cabeça. Bateu na mesa com as duas mãos.

— Que loucura é esta?

— Você quer nos ver mendigando nas ruas! — bradou Calebe, derrubando pratos e talheres.

Brenda não sabia o que fazer. Estava inconformada, mas tentou conter a reação agressiva e intempestiva dos irmãos.

Theo Fester engasgou mais uma vez, agora com a água que estava tentando beber para se acalmar diante da crise incontrolável dos filhos. Brenda foi socorrê-lo novamente, mas Calebe a segurou pelos braços. Ross foi quem o socorreu, dando tapinhas em suas costas. O poderoso empresário do Vale do Silício estava nos vales sórdidos da decepção. Depois de se recuperar, mesmo debilitado, bateu na mesa e deu um grito, como sempre fazia.

— Aquietem essa ansiedade! — E os deixou perplexos. — Não perceberam que estou testando vocês?

Peterson e Calebe, que se julgavam tão espertos, reconhecidos entre os melhores empreendedores mundiais de sua geração, caíram na armadilha ingenuamente. E numa manobra inusitada, Calebe bradou:

— E quem disse que não somos nós que estamos te testando? Nossa reação é um espetáculo, uma encenação, papai. Ora! Não nos leve tão a sério. Estávamos apenas brincando. Estamos aqui todos reunidos, precisamos aproveitar esse momento de maneira leve.

E para mostrar que não estava num ataque de raiva, Calebe pegou Ross pelos braços e começou a dançar valsa com ele. Peterson também, mostrando flexibilidade, pegou uma empregada pelos braços e começou a dançar com ela. Brenda aplaudia-os, como se tudo tivesse combinado. Depois, se sentaram com o rosto suado.

Theo Fester ficou intrigado. Parecia que seus filhos haviam colocado sobre ele um cobertor que cobria o corpo, mas descobria os pés. Eis que Ross veio em defesa deles.

— Seus filhos são adoráveis, sr. Fester.

— Você acha?

— Está vendo, papai, mesmo Ross, que parece que nunca dançou na vida, sabe que estamos brincando e reconhece nosso valor — comentou Calebe.

Contrariando mais uma vez o julgamento de Calebe, Ross pegou a empregada e dançou um tango com perfeição. Em seguida, afirmou:

— Já fui professor de dança, senhor.

— Surpreendente — disse Brenda.

— E vocês são grandes artistas, aliás, grandes atores — continuou Ross.

— Concordo. São grandes atores — expressou o pai.

Em seguida, o magnata fez um sinal para Ross levá-lo para seu quarto. Theo dessa vez não deu um beijo em seus filhos. Parecia muito decepcionado. Peterson arriscou ser gentil, mas sem sair do lugar.

— Muito obrigado, papai.

Todos os empregados saíram da grande sala. Ficaram os três filhos num estado emocional indescritível, paralisados fisicamente, congelados emocionalmente. Não sabiam se riam ou se choravam. Depois de um longo período de silêncio, Calebe disse angustiado:

— Estou sendo torturado. Meu corpo está moído.

— Eu me sinto um prisioneiro confinado numa solitária — afirmou Peterson.

— Nem sei definir meus sentimentos. Acho que fui atropelada. Minha cabeça parece que vai estourar.

— Theo Fester quer nos devorar. Não age como pai — afirmou Peterson.

— Ele está às portas da morte e quer nos levar junto — disse Calebe, em sintonia com seu irmão mais velho.

— Será que alguém é tão mau assim? — comentou Brenda, duvidando do amor do pai.

Depois desse breve e dramático diálogo, os três deixaram o cômodo, e cada um foi para seu quarto. Cérebros esgotados irrigavam o corpo deles com sintomas psicossomáticos. Brenda, além das dores de cabeça, sentia falta de ar. De repente, deu um grito, viu uma aranha percorrendo a parede do quarto. Ela não tinha um medo comum de aranhas, tinha aracnofobia. Parecia que as aranhas iriam atacá-la, envenená-la, sufocá-la. Em seguida, teve uma crise de bulimia, revirou a gaveta da cômoda para pegar os doces que havia escondido assim que chegara ao Castelo da Floresta. Comeu chocolates, bolachas e diversas outras guloseimas compulsivamente. Assim que ingeriu o último pedacinho, correu para o banheiro e provocou vômito.

Ela atirou dezenas de objetos até matar o pobre inseto. Enquanto tentava eliminá-lo, recordou-se de um episódio terrível. Quatro anos atrás fora sequestrada. Quatro homens fortemente armados e encapuzados a renderam. Enquanto era levada para o cativeiro, entrou em estado de desespero, não por causa do sequestro ou dos sequestradores, mas pela possibilidade de o cativeiro ser imundo, estar saturado de aranhas.

— No meu cativeiro tem aranhas? — perguntou.

Os sequestradores não entenderam.

Ela insistiu:

— O local para onde vocês estão me levando é imundo?

— O que está acontecendo, mulher? — gritou o chefe dos sequestradores.

— Tenho pavor de aranhas.

— Mas deveria ter medo de nós — ele afirmou.

Calebe, por sua vez, sempre fora hipocondríaco. Tinha medo de doenças. Sua hipocondria foi turbinada pelos últimos eventos familiares. Media sua pulsação, colocava a mão sobre o peito para ver se estava com taquicardia. Encontrava-se constantemente em estado de alerta, como se estivesse próximo de ser devorado por algo ou alguém.

Peterson tentou fechar seus olhos e repousar. Mas não conseguiu, estava tão abalado e deprimido que começou a ouvir vozes.

— Estúpido! Idiota! — Em seguida, ouviu gargalhadas fantasmagóricas.

Todo ser humano tem fantasmas nos porões de sua mente, nos solos do seu inconsciente, mas muitos estão hibernando. A temperatura da ansiedade dos três irmãos estava aumentando, despertando seus demônios mentais. Suas estratégias não estavam funcionando, levando-os a descobrir que não eram tão espertos como imaginavam.

Calebe, considerado por muitos um dos maiores empreendedores mundiais, sentia-se uma frágil presa diante das garras do pai. Abriu os olhos, assustado e ofegante, e sentou-se na cama. De repente, eis que passou pela mente da presa o plano macabro, dramático, inimaginável...

17. PLANO MAQUIAVÉLICO

Calebe esfregava as mãos no rosto sem parar, demonstrando um tique nervoso incontrolável. Continuava ofegante, rubro, com altos níveis de adrenalina circulando em seu sangue. O coração parecia querer saltar do peito. Sob um ataque de ansiedade, mandou uma mensagem para os irmãos irem a seu quarto imediatamente.

"Venham a meu quarto agora."

"O que aconteceu?", indagou Brenda.

"Agora!"

Os sinais de aflição do outrora intocável irmão mais novo eram tão intensos que eles foram ao seu encontro imediatamente. Chegando ao quarto, foram recebidos por um sinal de silêncio de Calebe. Com a certeza de que sua voz estava sendo ouvida, ele digitou uma mensagem:

"Este lugar certamente tem muitas escutas escondidas. Precisamos urgentemente ir a um lugar neutro."

Brenda fez um gesto com as mãos dizendo: "Por quê?".

Calebe digitou sucintamente: "Tenho um plano".

Andando na ponta dos pés, eles procuraram um espaço novo dentro daquele misterioso Castelo da Floresta. Percorreram o imenso corredor e abriram uma porta, que rangeu como nos filmes de terror, de modo que ficaram assustados. Ligaram a luz, e o lugar era estranho.

Parecia um laboratório neurológico. Havia pendurados na parede vários desenhos detalhados do corpo humano. Um dos quadros era o corpo retalhado de um ser humano, uma famosa gravura de Leonardo da Vinci. O lugar era imponente, repleto de tecnologia de ponta, supercomputadores. Em outro quadro, via-se em detalhes o corpo de Invictus, peça por peça. Os irmãos Fester ficaram impressionados com o lugar.

Havia ainda um enorme quadro que mostrava a anatomia do cérebro humano. Nele havia as inscrições: "No cérebro humano há mais cárceres do que nas cidades mais violentas do mundo. Qual é o seu cárcere?". Esse quadro parecia uma advertência para o observador.

No centro da sala havia uma belíssima e longa mesa de mármore travertino com alguns computadores sobre ela. No lado esquerdo dessa mesa havia, dentro de vidros transparentes, cérebros embebidos em formol, de vários tamanhos. Atrás dessa mesa havia uma foto. Calebe aproximou-se dela e vislumbrou-a indignado. Era a foto de dr. Marco Polo com o braço direito sobre os ombros da dra. Sophia. Os dois sorriam. Calebe não se aguentou. Disse raivosamente:

— Eu sabia! Eu sabia! Aqui é o quartel-general do falso filantropo! Desse predador de mentes debilitadas! Desse usurpador de heranças alheias.

— Do que você está falando, Calebe? — indagou Brenda, que estava distante da foto.

— Essa foto é do dr. Marco Polo. Este é seu laboratório. Ele enganou o papai e o trouxe aqui.

— Esse sujeito é um homem-bomba — afirmou Peterson, que morria de inveja de Calebe, mas que no deserto emocional se uniu a ele.

— Será que o dr. Marco Polo é tão ruim assim? — questionou Brenda. — Eu procurei investigá-lo na internet, vi muitos trabalhos importantes. E uma frase em que elogiou as mulheres e me fascinou: "As mulheres são mais pacifistas que os homens. Se fossem generais, quase não haveria guerras, pois elas não teriam coragem de enviar seus filhos para os campos de batalhas".

— Santa ingenuidade, Brenda. Os maiores sociopatas são inteligentíssimos, escondem a monstruosidade em seu trabalho e em sua falsa ética — afirmou sem titubear Calebe.

— Como vocês podem provar que ele planejou tudo?

— Que provas mais precisamos? Olhe este laboratório! Olhe o que está escrito abaixo da figura daquele imenso cérebro: "No cérebro humano há mais cárceres do que nas cidades mais violentas do mundo. Qual é o seu cárcere?". Não consegue interpretar, Brenda? Ele aprisionou o cérebro do papai. Ele seduziu, chantageou, iludiu nosso pai — concluiu Calebe, categoricamente.

— Mas nosso pai nunca foi chantageado ou iludido por ninguém. Seu raciocínio é rápido e ferino, ninguém o vence — comentou Brenda.

— Não seja tola, Brenda — disse Calebe. — Ele sempre foi manipulável. Só precisava da estratégia certa.

— Mas então por que sua estratégia não está funcionando? — rebateu a irmã.

— Por causa desse demônio chamado Marco Polo. Muitos querem roubar cofres, mas esse cretino do dr. Marco Polo é muito mais inteligente, quer roubar cérebros. Que esperteza!

— O velho está morrendo — completou Peterson. — É fácil dominar o cérebro de um moribundo.

De repente, Brenda olhou para um cérebro e viu uma folha de papel com uma mensagem escrita à mão e assinada. Ele leu a mensagem.

— "Três meses de vida pode ser uma eternidade diante da vida medíocre que muitos seres humanos têm. De dr. Marco Polo para Theo Fester."

— Está vendo? — disse Calebe interpretando a mensagem à sua maneira. — Ele seduziu o papai com o filantropismo barato. Deu sentido aos poucos dias de vida do papai, dizendo que seus imensos pecados e sua avareza seriam redimidos se ele desse sua fortuna para prevenir a violência na humanidade.

— Esse sociopata é realmente esperto. Dopou o cérebro de nosso pai para ir contra nós, seus filhos legítimos, seus filhos queridos — afirmou emocionado Peterson.

— Vamos alertar o papai — disse Brenda.

— Santa ingenuidade, Brenda. O papai não pensa mais, não tem mais raciocínio crítico.

— Gastarei os milhões de dólares que receberei da minha mísera herança denunciando, perseguindo e processando esse crápula — disse Peterson, que saiu dos limites da comoção, invadindo os do ódio.

Calebe anunciou:

— Eu tenho um plano.

— Plano? Que plano? Tudo tem ido por água abaixo — concluiu sua irmã.

— Quando papai põe algo na cabeça, ninguém consegue dissuadi-lo — afirmou seu irmão mais velho. — Que plano poderia funcionar contra isso?

Enquanto eles olhavam para Calebe, este inspirou profundamente e disse em voz baixa:

— Matar o papai.

Brenda sentou-se no chão. Peterson perdeu a cor. Calebe também se sentou no chão e disse:

— Ele mesmo disse que talvez sobreviva por poucos dias — disse Calebe, friamente.

— Mas matar o próprio pai?! — Brenda falou, enquanto Peterson, quase congelado, ouvia o plano do irmão.

— O papai é que está nos matando vivos. É completamente injusto o que ele está fazendo conosco. E pensem vocês comigo: nós iríamos abreviar o sofrimento dele. Seria uma espécie de eutanásia por compaixão.

— Só que ele não quer morrer! Então seria um assassinato! — afirmou a irmã.

— Papai já está morto mentalmente, Brenda — manifestou-se Peterson, que começou a comprar a ideia.

— Não é um assassinato propriamente dito. Sua taxa de oxigênio pulmonar é tão pequena que basta diminuí-la um pouco e pronto...

— Ah, meu Deus! Eu não faria isso — disse a irmã, escandalizada. — Melhor provar que ele está esclerosado!

— Isso é impossível, mulher! Não há como fazê-lo cair em contradição, temos de silenciá-lo de outra forma — afirmou Calebe.

— Pense, Brenda, são bilhões de dólares em jogo — alertou Peterson.

— Mas não é o dinheiro, é a vida do papai — ela afirmou.

— Mas, Brenda... Lembre-se do seu magnífico projeto social de ajudar refugiados — disse Peterson. — Você poderá canalizar um, dois ou quem sabe até três bilhões de dólares para esse projeto. Eu também ajudaria as crianças com câncer, montaria centros de atendimento para os pobres.

Calebe entrou na ciranda filantrópica.

— Eu construiria mais de mil casas para os sem-teto de Los Angeles. Acabaria com esse drama na maior cidade do estado mais rico dos Estados Unidos — afirmou Calebe.

— Mas se o papai ainda não fez a doação e se ele morrer, o imposto sobre a fortuna em nosso país é alto. Comerá quarenta por cento da nossa herança — afirmou a irmã, começando a flertar com a ideia.

— É melhor perder quarenta por cento do que noventa por cento. E com nosso batalhão de advogados, quem sabe tenhamos argumentos jurídicos ou brechas na lei para pagar menos imposto?

— Temos de agir rápido — falou Peterson.

Brenda se levantou ainda cética, mas procurou buscar na memória nutrientes para sua decisão. Ela disse:

— Pensando bem, é bom evitar o sofrimento do papai. Além disso, ele não foi um bom pai. Não me lembro de nem uma vez em que ele me elogiou publicamente. Sempre só me criticou. Eu não me recordo de nada de bom em nossa infância.

— Papai também nunca foi um bom marido. Ele é um psicopata, nem sequer chorou na morte da mamãe — enfatizou Peterson.

E para completar o enterro do pai, Calebe afirmou categoricamente:

— O papai sempre amou muito mais o dinheiro e as empresas do que nossa família. E no fim da vida quer nos deserdar. Nada é tão injusto — disse Calebe.

— Isso realmente não é justo — Brenda comentou.

Brenda derramava lágrimas, mas já não achava a ideia tão absurda. E, assim, o que parecia impossível foi planejado às pressas.

— Temos de agir o mais rápido possível — orientou Calebe.

— Quando? — indagou Peterson.

— Agora — sentenciou Calebe.

— Eu não participarei diretamente — afirmou Brenda.

— Somos cúmplices. Ou participamos todos ou ninguém participa.

Os dois filhos mais velhos pararam, pensaram. Calebe deu o encorajamento final.

— Vamos terminar com o sofrimento do papai o mais rápido possível.

E, assim, os irmãos Fester resolveram entrar no quarto do patriarca para asfixiá-lo. Anularam os laços afetivos, arrancaram das páginas da sua história o respeito e a admiração que tinham pelo pai. O dinheiro e o poder nutriram predadores, falaram muito mais alto do que o amor... Todavia os mais eficientes predadores cometem erros.

18. PREDADORES PEGOS EM SUA PRÓPRIA ARMADILHA

Durante o almoço, os três filhos permaneciam calados. Não conseguiam engolir a comida. Tomados pelo sentimento de culpa, tampouco conseguiam olhar nos olhos do pai. Era difícil controlar os fantasmas que os assombravam nos porões da mente. Esperto, Theo Fester tentou entender o cálido silêncio dos filhos.

— Estão calados. Aconteceu algo, Brenda?

— Não, papai. Só estou um pouco indisposta.

— E vocês, Peterson e Calebe, o que nutre seu silêncio?

— Tive dificuldade pra dormir — afirmou Calebe. — Mas as melhores noites estão por vir.

— De fato, o sono é namorado da consciência. Quando se tem a consciência tranquila, o sono descansa em seus braços — afirmou o inteligente Theo Fester; ainda tinha um raciocínio mais complexo do que o de seus filhos, mesmo debilitado.

Peterson era muito conservador, diferentemente de Calebe e seu pai, que eram inovadores. Portador de tropofobia, ou seja, medo de mudanças, Peterson sempre teve crises quando ocorriam mudanças na direção do banco, na taxa de câmbio, nos juros governamentais. As mudanças que ocorreriam em sua família e em sua história financeira estavam levando seu cérebro ao limite. Ele iria se tornar um patricida. Deixaria de ser um executivo do banco que dirigia e se tornaria seu principal acionista. As últimas palavras do pai detonaram a percepção das mudanças bruscas que ocorreriam, nutrindo sua tropofobia, gerando sintomas psicossomáticos incontroláveis, sobretudo ânsia de vômito.

Ross lhe trouxe rapidamente uma lixeira para que pudesse esvaziar seu estômago num lugar apropriado. Depois de quatro episódios de vômitos, Peterson também começou a dissimular.

— Desculpe-me, papai. Algo no café da manhã não me caiu bem também.

Aquele que parecia o último almoço na presença do pai terminou num ambiente sepulcral, fúnebre. Os irmãos se recolheram em seus aposentos. Durante a tarde, eles ficaram isolados, não se falaram. A aracnofobia de Brenda se agudizou. Ela começou a ver aranhas que só estavam na mente dela. Tentava se cobrir com o edredom para se proteger. Estava tão tensa que quase delirava. À noite, os irmãos se reuniram novamente no suposto laboratório do dr. Marco Polo por alguns segundos.

— É agora ou nunca — disse Calebe.

E desse modo, os três irmãos foram sutilmente até o aposento de Theo Fester. Calebe, sempre tomando a iniciativa, abriu suavemente a porta do quarto, e ela rangeu um pouco, levando-os ao desespero. Cada estertor ecoava em suas mentes como o ribombar dos trovões. Calebe entrou na ponta dos pés, com extremo cuidado, evitando fazer qualquer tipo de barulho. Rubro, ofegante, prestes a cometer o maior sacrilégio de um ser humano, olhou para a face do pai e constatou que estava dormindo, respirando suavemente.

No exato momento em que Calebe fazia um sinal para Brenda e Peterson adentrarem, o imprevisível aconteceu: Theo Fester teve uma crise de tosse. Calebe e seus irmãos entraram em pânico. Os dois filhos mais velhos ficaram paralisados no espaço entre a porta e o corredor. A crise de tosse foi tão intensa que Theo acordou. Ao abrir os olhos, assustou-se com a presença de Calebe na cabeceira da cama.

— Calebe? Por que está aqui?

Ansioso, Calebe deu uma desculpa rapidamente.

— Perdoe-me, pai. Eu passava pelos corredores quando ouvi sua crise de tosse. Preocupado, vim ver se está tudo bem, se poderia ajudar.

— Ah, meu filho, muito obrigado — disse o pai, tendo em seguida mais uma sequência de tosse. Ao se recuperar, completou: — Sempre soube que você era um filho amoroso com o pai, e só não tinha oportunidade de demonstrar.

Calebe ficou abalado com essas palavras.

Theo Fester viu Brenda e Peterson.

— Filhos, que surpresa!

Peterson disse rapidamente:

— Estávamos insones. Caminhávamos juntos pelo corredor quando ouvimos sua crise.

— Mas por que não entraram juntos? — perguntou o pai.

— Medo de te acordar. Não queríamos que se assustasse — falou Brenda, temerosa.

Tentando ser gentil, Brenda ainda ofereceu:

— Quer tomar um pouco de água?

— Sim, por favor. E que horas são?

— Dez da noite.

— Por favor, Calebe, aproveite e pegue meu calmante que está no criado-mudo. Eu me esqueci de tomá-lo antes de vir para cama, por isso estou com dificuldade de dormir. Estou me sentindo muito fraco e debilitado.

— Sem problemas, papai. Tenha um bom sono. — E lhe deu o tranquilizante.

— Nunca imaginei que vocês se preocupassem tanto com minha saúde. Podem ir, e muito obrigado. Esse calmante é um santo remédio, produz um sono tão profundo que até consegue diminuir minhas crises noturnas de tosse.

E, assim, os três saíram do quarto enquanto o pai tomava água e engolia seu indutor de sono. Os três, em vez de irem para seus quartos, novamente foram para o laboratório de dr. Marco Polo, o único lugar em que se sentiam seguros para falar sobre o plano maquiavélico, sem medo.

— Não é possível. O papai parece que pressentiu nossa presença — disse Peterson.

— Vamos desistir — sugeriu Brenda.

— Desistir? O velho tomou calmante; facilitou nosso trabalho — completou Calebe, a estrela do Vale do Silício.

— Ele mesmo disse a Brenda que está debilitado. Tenha certeza de que tem poucos dias de vida e com forte angústia respiratória — concluiu Peterson, a estrela do mundo financeiro de Nova York.

— Silenciar seus pulmões é aliviar o sofrimento do papai, é como resolver uma equação lógica — arrematou Calebe.

— Bem... Só estamos sentenciando uma condenação que ele já tem. É um ato de amor — declarou Brenda, a estrela do mundo da moda.

Desse modo, meia hora depois, as três estrelas sociais foram novamente ao quarto do pai. A sede de poder os controlava. Olhavam de um lado para o outro como se estivessem sendo espreitados. Entraram mais uma vez sorrateiramente no quarto do pai. Perceberam que ele respirava com certo esforço, mas parecia estar num sono profundo. Estava com o corpo todo coberto, deitado de abdômen para cima, o rosto parcialmente escondido pelo edredom.

Foi quando Calebe de um lado e Peterson de outro se prepararam para asfixiar o próprio pai. A cena era terrível. Brenda estava na cabeceira da cama e fez o sinal da cruz. Não era religiosa, mas tinha fé à sua conveniência. Em seguida, ela pediu bem baixinho:

— Vamos fazer uma prece.

Os dois congelaram, sinalizaram que não.

Mas ela fechou os olhos e rogou:

— Que meu pai descanse em paz. Que seus sofrimentos terminem.

Os dois foram coagidos a abaixar os olhos em respeito. Theo deu uma tossidela após a prece. Eles ficaram apavorados, em estado de choque. Rapidamente, colocaram as mãos no pescoço do pai e começaram a asfixiá-lo. Em desespero, perceberam que algo estava errado. O pescoço do pai estava rígido. Não parecia normal. O corpo de Theo Fester, com uma força sobre-humana, se levantou apoiado em seus dois braços. Ele indagou com uma voz estranha:

— O que vocês estão fazendo aqui?

— Quem é você? — indagou Brenda. — Papai?

— Vocês estão querendo me matar?

De repente, o personagem tirou a máscara que simulava perfeitamente o rosto de Theo Fester e se revelou.

— Invictus? — disseram, assustados.

Nesse exato momento, cinco seguranças entraram rapidamente e os algemaram. Eis que começou a tocar novamente a música "We are free". Nada tão belo, nada tão aterrorizante. Eles não eram sonhadores, não eram livres, mas agora prisioneiros. Percorrer aqueles corredores ao som dessa música era transformar segundos em anos. Invictus ficou no quarto.

Durante o trajeto, Calebe bradou:

— O que está acontecendo? Eu quero falar com meu advogado.

Peterson também falava em tom enérgico:

— Quero falar com dr. Willian, meu advogado. Não somos criminosos.

Mas os seguranças não lhes deram ouvidos.

Brenda, mais sensível num ambiente inumano, em lágrimas, indagou:

— Quem são vocês?

Eles foram levados para a grande sala central e foram colocados sentados na mesa, na mesma disposição desde a primeira vez. Continuavam algemados. Dr. Marco Polo e dra. Sophia entraram na sala. Theo Fester ainda não se encontrava no ambiente.

Calebe, ao vê-los, esbravejou. Dirigindo-se a dr. Marco Polo, disse:

— Eu sabia! Eu sabia que você estava tramando contra nós.

Dr. Marco Polo fitou seus olhos e comentou:

— Errado! As piores armadilhas de um ser humano são confeccionadas por ele mesmo.

Depois disso, se manteve num silêncio gélido. Dra. Sophia também permaneceu calada.

De repente, entrou Theo Fester sem sua cadeira de rodas. Estava andando com certa dificuldade, como se estivesse derramando algumas lágrimas. Com a voz embargada, o bilionário disse:

— É muito triste saber que o dinheiro e o poder produzem muitos bajuladores, mas raros amigos. É dramático constatar que eles produziram filhos que me amam pelo que tenho e não pelo que sou.

— Pai, você não percebe? Você nos matou quando retirou nossa herança e a passou para esse crápula, esse aproveitador, esse sedutor de mentes... de mentes... — disse Calebe repetindo as últimas palavras, mas não completou a sentença.

— Dr. Marco Polo é um sedutor de que mentes, Calebe? Mentes insanas? Mentes frágeis? Mentes estúpidas? Com qual adjetivo você quer me caracterizar?

Calebe se calou e o pai completou seu pensamento.

— Dei o que tive de melhor para vocês: minha vida e minhas experiências. Além disso, um supersalário e participação nos resultados das minhas empresas. E o que recebo em troca? Um plano para me matarem?

— Não é verdade! Não queríamos te matar — tentou se defender Calebe. — Estávamos no quarto porque ouvimos outra crise de tosse.

— Sim. Corremos lá para socorrê-lo. Você não pode provar nada, nada... nada contra nós — afirmou Peterson.

— Ah... Como eu queria que vocês fossem transparentes! Como eu desejaria que vocês tivessem a consciência tranquila.

Brenda, entre soluços, disse:

— Não queríamos tirar sua vida. Queríamos te socorrer...

— Você pode ter vários defeitos, mas sempre foi minha filha do coração. Nunca imaginei que fossem capazes desse plano.

Theo Fester acionou um enorme telão que passou a projetar uma série de imagens em que seus filhos tramaram o assassinato dele. Calebe tinha razão, em todos os espaços havia minicâmeras de última geração escondidas. Este, por mais esperto que fosse, não as detectou. Primeiro, as imagens começaram pelo quarto do próprio Calebe. As câmeras o mostraram digitando para seus irmãos. Uma minicâmera deu um zoom e a mensagem na tela do celular ficou visível:

"Este lugar certamente tem muitas escutas escondidas. Precisamos urgentemente ir a um lugar neutro."

A câmera mostrou o comportamento de Brenda fazendo um gesto com as mãos, indagando: "Por quê?". Calebe digitou sucintamente: "Tenho um plano".

— Isso não prova nada! Eu digitei "Tenho um plano", pois desejava construir uma nova *startup* e queria que meus irmãos fossem meus sócios — disse Calebe, torcendo para que não houvesse câmeras no laboratório de dr. Marco Polo.

— É isso mesmo — corroborou Peterson.

Mas eis que o pior aconteceu. Theo Fester começou a passar imagens detalhadas do laboratório. Nas imagens, Calebe relatava o plano. Nesse momento, ele levou as mãos à cabeça e passou a esfregá-la sem parar. Começou a ter um ataque de pânico. Media sua pulsação e colocava a mão no peito, como se fosse morrer naquele exato momento.

Nas imagens, Brenda começou a dizer: "Mas matar o próprio pai?! [...] Ah, meu Deus! Eu não faria isso. Melhor provar que ele está esclerosado!". Mas Peterson tentou dissuadi-la da rejeição: "Pense, Brenda, são bilhões de dólares em jogo. [...] Lembre-se do seu magnífico projeto social de ajudar refugiados. Você poderá canalizar um, dois ou quem sabe até três bilhões de dólares para esse projeto. Eu também ajudaria as crianças com câncer, montaria centros de atendimento para os pobres".

Depois de passar essas imagens, Theo Fester disse aos três:

— Mate o pai, pegue o dinheiro dele e fomente seus sonhos filantrópicos. Meus filhos, eu não os conheço. Conheço a sala social de suas personalidades, mas não sua essência. No que vocês se transformaram? Quanta mentira! Quanta falsidade! Quanta dissimulação!

Depois de uma pausa, Theo Fester completou:

— Mas o que mais dói na minha alma é saber que vocês maquinaram contra mim afirmando que sou um péssimo pai. Nas suas mentes, sou um velho avarento, insensível, que merece morrer. Para vocês, sou tão frio que nem chorei na morte da mãe de vocês. Mas saibam que não chorei porque não aprendi a chorar, meu pai não me ensinou a demonstrar sentimentos. Mas não sou um psicopata, nunca fui insensível.

Calebe começou a bater fortemente as mãos na mesa num ataque de raiva, e elas começaram a sangrar. Brenda e Peterson também estavam descontrolados. Ficaram assustados ao se dar conta de até onde foram por causa da cobiça. Não conseguiam olhar para o pai. E agora seriam condenados e presos? Ficariam longe do pai nos derradeiros momentos em que ele fecharia os olhos para a vida? Seu pai guardaria outras surpresas? Nada naquela família era rotina. Chuvas e trovoadas se alternavam com momentos ensolarados. Raramente uma família tinha uma existência social e emocional tão complexa e complicada.

19. NEGANDO A PRÓPRIA HISTÓRIA

O clima no clã dos Fester atingiu o apogeu da frustração. Os três filhos queriam estar em qualquer lugar do mundo, mas não ali.

Subitamente entrou Ross, o mordomo. Theo Fester deixou os três boquiabertos ao revelar:

— Invictus!

Invictus tirou a máscara.

Dr. Marco Polo se manifestou novamente:

— Pensem nas consequências do que fizeram. Vocês não apenas poderão ser julgados e ir para o cárcere físico, mas, se não se reinventarem, serão aprisionados pelo resto da vida nesse cárcere mental.

— Não nos condene antes de sermos julgados, dr. Marco Polo — disse Peterson. — Eu quero um advogado.

— Estou aqui, Peterson — disse o diretor jurídico do grupo, dr. Willian, entrando na sala.

— O que está acontecendo aqui? Que armação é essa? — disse o filho mais velho.

— Tentativa de assassinato — afirmou Invictus. — As provas são irrefutáveis.

Calebe, o autor do plano, estava com a cabeça baixa e paralisado.

Theo Fester, apesar de destruído emocionalmente, ainda conseguiu ser amável. Em vez de puni-los, preferiu recordar uma história:

— Vocês disseram que amei mais meu dinheiro e minhas empresas do que vocês. Isso é verdade?

Silêncio.

— Filhos, sei que falhei, fui austero, impulsivo e crítico. Sei também que, em alguns momentos, traí o tempo com vocês por mais horas de trabalho. Tenho débitos impagáveis como pai. Mas sei também que tive momentos solenes com vocês, regados com o sublime amor, entretanto, vocês foram incapazes de recordar esses momentos.

Os irmãos não disseram nada, estavam paralisados.

— Lembro-me que certa vez estávamos hospedados na Alemanha, quando o Calebe tinha apenas cinco anos. Recorde-se, Brenda. Você tinha treze anos, e Peterson, quinze. Eu ia participar de uma conferência de um grupo de investidores e estava um pouco atrasado. Vocês dormiram até mais tarde...

Brenda começou a recordar emocionada. Theo Fester continuou:

— Mas eu os esperei para o café da manhã. Sua mãe, sempre mais afetiva do que eu, daquela vez ficou nervosa. Disse: "Você está atrasado para sua palestra. Deixe esses meninos". Eu falei para ela: "Eu trabalho demais, preciso dar mais atenção a eles". Logo vocês chegaram e, durante a refeição, Calebe, ao colocar suco de morango em seu copo, derrubou-o na toalha. Ao tentar pegar o copo, ele derrubou a jarra toda de suco sobre minha camisa branca. Recordam-se, filhos?

Calebe saiu pela primeira vez do estado de raiva para o choro.

— Sim — Brenda, sempre mais aberta, respondeu afirmativamente.

Theo Fester continuou a descrever aquele emocionante relato.

— Sua mãe deu uma bronca em você, Calebe: "Você é um desastrado!". Mas eu disse: "Rebeca, deixe o menino, eu também sou desastrado!". Mas sua mãe, preocupada, recomendou: "Você está completamente atrasado. E ainda terá de trocar de roupa". "Não vou trocar de roupa." "Esses empresários alemães vão comê-lo vivo." "Que me comam! Sou difícil de ser digerido..." Naquela época, eu não tinha o poder e a fama que tenho hoje. E fui com a camisa daquele modo falar para mais de duzentos empresários, banqueiros, membros do governo. Calebe estava com uma perna engessada, porque havia sofrido uma queda. E, para espanto de vocês, peguei-o no colo, apesar de ele já estar bem pesado naquela idade. Dei uma mão para você, Brenda, e disse: "Peterson, segure a mão de Brenda. Vocês irão comigo ao anfiteatro". Recordam-se?

Suspirando profundamente, Peterson confessou:

— Eu me lembro — disse o filho mais velho de Theo, agora também derramando lágrimas. E completou: — Fomos todos preocupados. O Calebe chorava muito, pensou que você bateria nele.

Theo acrescentou com ternura:

— Naquele dia, eu me atrasei vinte minutos, e estávamos na Alemanha, onde, assim como na Inglaterra, o atraso de um minuto é um escândalo. Quando acomodei vocês nas poltronas, imediatamente fui chamado ao palco. Todos me olhavam torto. Um empresário falou em voz audível: "Esses judeus acham-se donos do mundo, só porque são ricos. Veja esse atraso." Outro, a seu lado, disse: "Olhe a camisa dele toda manchada. É uma afronta aparecer nesses trajes de palhaço". Alguns deram risada. Mas olhei para a plateia e afirmei categoricamente: "Não foi um judeu que se atrasou, mas um pai. Nem muito menos foi um empresário ou um empreendedor, mas um simples pai. Imperfeito, sim, que tem dificuldade de expressar suas emoções, também, mas que é apaixonado por sua família. Fui chamado para falar de investimentos, mas meu maior investimento está representado nesta camisa manchada".

Os filhos de Theo Fester não queriam ouvir o término dessa história. Eles, ao tentarem matar o pai, procuraram antes anular sua grandeza, minimizar suas qualidades e maximizar seus defeitos. Theo Fester terminou seu relato, dizendo:

— Foi então que expliquei para os empresários alemães: "Meus filhos se atrasaram para o café da manhã. Fiquei irritado. Eu não me atraso em compromissos. Mas uma voz ecoou dentro de mim naquele momento e me fez uma pergunta: 'Quem é seu maior investimento, seus filhos ou suas empresas?'. Resolvi esperá-los e sacrifiquei vocês, desculpem-me por isso. E, para piorar as coisas, meu filho mais novo, Calebe, derrubou a jarra de suco em mim. Por isso, nesta conferência, não vou falar sobre técnicas de negociação nem sobre novas tecnologias ou sobre as características de um empreendedor de sucesso. Vou fazer a mesma pergunta para vocês: Quem é seu maior investimento? Aquilo pelo que vale a pena viver e lutar, as pessoas que amamos. Meus filhos são meu maior investimento. Podemos nos tornar multimilionários, mas se errarmos o alvo, seremos os mais pobres dos homens". E foi assim que terminei a conferência, deixando todos perplexos, pois a grande maioria errava o alvo.

Depois de Theo Fester relatar essa história, algo emocionante ocorreu: o bilionário chorou compulsivamente, como jamais tinha feito. Seus filhos jamais o haviam visto naquele estado. Dr. Marco Polo, dra. Sophia e dr. Willian também enxugavam os olhos. O esperto Invictus disse:

— Se eu tivesse emoção, choraria.

Os filhos de Theo Fester perceberam a loucura que cometeram.

— Como eu pude me esquecer daquele evento e de outros tantos, meu pai? Você foi ovacionado de pé naquela ocasião — comentou Brenda, quase sem voz.

— Desculpe-me, meu pai, eu estava cego, completamente irracional... — reconheceu Calebe.

Peterson colocou as mãos na cabeça, envergonhado.

— Perdoe-me, perdoe-me. Eu mereço ser condenado, mereço ser encarcerado.

Mas, para a surpresa de todos, Theo Fester, em vez de lhes dar as costas e partir para nunca mais olhar na cara de nenhum deles, pediu aos seguranças:

— Soltem as algemas.

— Por quê? — indagou Calebe.

— Vocês participaram de um experimento real, honesto, controlado pelo dr. Marco Polo, a meu pedido.

Os filhos ficaram abalados com essa afirmação. Não sabiam se riam ou choravam.

— Eu tinha convicção de que vocês passariam no teste de estresse. Mas me enganei. Em meus encontros particulares com dr. Marco Polo eu lhe garanti: "Sua teoria dos cárceres mentais não funcionará com meus filhos. Eles jamais seriam capazes de me negar, me ferir ou me trair, ainda que eu lhes tirasse quase todos os seus bens".

Dr. Marco Polo interveio e disse:

— Eu orientei o pai de vocês a não fazer esse teste de estresse emocional. Mas ele insistiu.

— Mentira — balbuciou baixo e raivosamente Calebe para os irmãos.

E o psiquiatra concluiu:

— Eu comentei também: "O senhor não conhece os cárceres mentais que estão dentro de cada ser humano, não apenas de seus filhos, mas de todos nós. Ainda que sejam pessoas boas, há o instinto de predador".

— Você nos testou, pai, nos colocou num laboratório emocional? Fomos ratos em seu laboratório? — indagou chocado Peterson.

— Ratos? Cale a boca, seu insolente. Está se esquecendo de sua tentativa de assassinato? — disse o magnata aos gritos. — Eu acreditava piamente que, por mais que vocês fossem competidores vorazes, que tivessem crises de ciúme um do outro, o amor por mim seria maior, incondicional. Acreditei que vocês apenas ficariam magoados, decepcionados, frustrados ou até mesmos irados... Mas não deixariam de amar. Estou perplexo. Vocês foram muito longe. Planejaram minha morte! A que ponto chegaram!

— Quem passaria nesse teste? — indagou Calebe.

— Qualquer filho que amasse seu pai mais pelo que ele é do que pelo que tem. Qualquer filho que não tivesse uma ambição cega! Qualquer filho que fosse mais humano e menos cego pelo dinheiro! — bradou Theo Fester, dando um soco na mesa.

Depois de uma pausa profunda, o megaempresário comentou, emocionado:

— Meu pai sobreviveu a vários campos de concentração, um ambiente destituído de solidariedade. Veio para os Estados Unidos e sentia-se completamente só. Casou-se, mas morria de ciúme da esposa. Minha mãe, por fim, não aguentou, partiu para sempre.

O sentimento de ter sido abandonado perseguiu Theo Fester a vida toda.

— Estou arrependido de ter feito esse teste, pois no fim da vida falhei em meu maior investimento. Descobri que sou um bilionário miserável. Vou morrer como um dos homens mais ricos de um cemitério, vou fechar meus olhos como um empresário que tem tudo que o dinheiro pode comprar, mas não tem aquilo que não tem preço: o amor dos filhos.

Dr. Marco Polo tentou aliviar a dor de Theo e, para a surpresa dos filhos, procurou atuar como advogado de defesa deles.

— Sr. Fester, não desista de seus filhos. Eles têm um lado notável que deve ser considerado.

Peterson, Brenda e Calebe olharam para o psiquiatra, espantados. Dr. Marco Polo, embora soubesse que eles haviam errado terrivelmente, que o que tinham feito era indesculpável, tentou amenizar a culpa dos três, citando a síndrome predador-presa.

— Lado notável, dr. Marco Polo? Você é cego, por acaso?

Dr. Marco Polo não se calou.

— Lembre-se, sr. Fester, da síndrome predador-presa e do funcionamento da mente humana. Pelo fato de não receberem mais a herança que sonhavam, ficaram frustrados. Embora o comportamento deles seja injustificável do ponto de vista ético, a frustração sistemática que sofreram detonou o primeiro copiloto do eu, o gatilho da memória. Este acionou o segundo copiloto, as janelas *killer*. Devido ao alto volume de tensão, essas janelas encarceram o terceiro copiloto, a âncora da memória, fechando o circuito dela. Portanto, milhares de janelas com milhões de dados, até mesmo as que financiam o amor pelo senhor, não foram acessadas.

Brenda olhou bem nos olhos do dr. Marco Polo e agradeceu, com um movimento da cabeça. Em seguida, comentou:

— Sim, pai, estávamos presos por esses cárceres mentais. O que fizemos foi odioso, horrível, talvez imperdoável, mas nós te amamos.

— É verdade! Fui um tolo — confessou Peterson.

— Sei que não mereço seu perdão nem pretendo aliviar meu crime, mas estava completamente cego — disse Calebe.

Theo Fester fitou os olhos do dr. Marco Polo.

— Eu pensei nisso enquanto analisava as imagens dos meus filhos no laboratório. Talvez você tenha razão em dizer que a espécie humana tem baixos níveis de viabilidade. É provável que no cérebro humano haja mais cárceres do que acreditamos existir. Mas é impossível esconder que eles tentaram me matar.

Depois de dizer isso, Theo Fester se sentou. Estava cansado, mentalmente esgotado. Depois de respirar lenta e profundamente, acrescentou, fitando os olhos de seus filhos:

— Vocês sabem que sou um amante da matemática. E na história da matemática há uma trágica passagem, pouco conhecida.

Theo Fester contou-lhes a história de um grande pensador da matemática, o austríaco Kurt Friedrich Gödel, amigo de Einstein.

Embora ele fosse extremamente racional para lidar com cálculos, era escravo dos cárceres mentais. Não foi preso em campos de concentração, mas tinha traumas nunca solucionados, incluindo ideias de perseguição e pavor de ser contaminado.

— Kurt Gödel não comia nada que não fosse preparado por sua esposa, pois tinha medo de ser envenenado. Anos mais tarde, quando sua esposa foi internada por seis meses, um dos homens mais lógicos do mundo reagiu de forma ilógica, parou de se alimentar, morrendo de complicações da inanição, pois não confiava em mais ninguém para preparar sua comida. A emoção venceu a razão, os cárceres mentais venceram a racionalidade.

Todos ficaram impressionados com esse relato. Calebe, para espanto de seu pai, como se estivesse aplaudindo o projeto do dr. Marco Polo, comentou:

— Por isso precisamos urgentemente de um projeto para abrandar a autoviolência humana.

Porém não era possível saber se ele estava sendo sincero ou tentando abrandar sua culpa.

— Calebe, você, falando, é inteligente; de boca fechada, é um sábio.

— Está pedindo que eu me cale? — perguntou Calebe, inseguro.

— É óbvio. — Em seguida, Theo Fester deu uma péssima notícia aos filhos. — Você e seus irmãos ouviram falar de mim, mas não me conhecem! Não sabem quem sou por dentro, o que penso e o que sinto em minha essência. Como eu havia oferecido um por cento dos meus bens, resolveram me matar. Agora, além de serem presos, serão completamente deserdados. Vocês terão apenas uma pequena quantia para contratar um advogado.

Os três levaram as mãos à cabeça desconsolados, profundamente abatidos. Tiveram a devida noção de que destruíram sua história financeira e sua reputação social.

— Entretanto, enquanto analisava as imagens do plano que fizeram e lembrava-me da maneira como vocês quiseram me ludibriar, me seduzir, me enganar, pensei em lhes propor um desafio. Eu não conseguiria perdoá-los sem uma contrapartida insondável.

— Outro desafio? Qual? — perguntou Brenda, animada e preocupada ao mesmo tempo.

— Se passarem no teste de estresse que vou propor a vocês, não apenas não darei queixa de vocês na polícia, como também restituirei quase a totalidade da herança. Terão noventa por cento de todos os meus bens. Os dez por cento restantes eu darei para projetos sociais, incluindo o intrigante projeto de dr. Marco Polo.

Os três se entreolharam felicíssimos, não cabiam dentro de si. Saíram do inferno emocional para o céu do júbilo. Fizeram as contas e concluíram que cada um ficaria bilionário, receberia pelo menos nove bilhões de dólares. E se conseguissem usar a tecnologia de Invictus, seriam os seres humanos mais ricos do mundo em poucos anos.

— Muito obrigado — disseram a uma só voz, segurando as mãos uns dos outros.

Entretanto, Calebe começou a cair em si. Começou a ter sensação de sufocamento. Sabia que seu pai era inteligentíssimo e surpreendente, até para colocá-los em riscos altíssimos. Ansioso, fez a pergunta fatal:

— Espere um pouco. Qual é o teste de estresse ao qual irá nos submeter? Se esse primeiro já foi tão terrível, e fomos reprovados, o que está por vir?

Peterson e Brenda engoliram em seco, começaram a ter taquicardia, falta de ar, cefaleia. Tinham convicção de que ele seria capaz de propor testes ainda mais dramáticos do que este dos últimos dias.

Theo Fester deu um sorriso, e não foi possível saber se era irônico ou alegre. Os três irmãos ficaram perturbados. Mas qualquer coisa seria melhor do que enfrentar as grades, a ruína financeira e a destruição do seu status social. Seu pai, um dos maiores empreendedores de todos os tempos, era um mestre em criar situações dramaticamente estressantes.

O próprio magnata havia passado por experiências emocionalmente fortes com o abandono da mãe, os terrores noturnos do pai decorrentes dos campos de concentração, as crises financeiras, a humilhação social, a prisão do pai. Pai e filho atravessaram vales socioemocionais indecifráveis. Mas Theo Fester dera muito a seus filhos, cometera o erro de supri-los excessivamente com tudo que não teve em sua infância. Formara mendigos emocionais, jovens que precisavam de muitos estímulos para sentir migalhas de prazer.

Agora, precisava dar aos filhos já adultos, com graves falhas na personalidade, as lições que não conseguira oferecer durante a formação da personalidade deles. Esperto, portador de um pensamento estratégico rápido e ferino, propôs aos filhos que queriam matá-lo o desafio que nenhum pai já havia proposto aos filhos. Os irmãos Fester não imaginavam que o mundo poderia desabar sobre suas cabeças.

20. *TRINTA DIAS DE INFERNO: OS INCRÍVEIS TESTES AOS QUAIS UM PAI SUBMETEU SEUS FILHOS*

Ao fim da vida, Theo Fester estava fazendo descobertas incríveis sobre o planeta emoção. Pela primeira vez, entendeu profundamente que a emoção desobedecia aos parâmetros lógicos, era rebelde com a matemática numérica, conduzia o ser humano a ter distorções surpreendentes da realidade. Descobriu que um simples trabalhador, ao comprar seu primeiro veículo usado, se sentia mais feliz e realizado do que um milionário que comprou um modelo novo cem vezes mais caro. Seus filhos, por perder parte da herança, sentiam um medo atroz do futuro, enquanto que um de seus milhares de colaboradores, ao conseguir economizar alguns trocados no fim do ano, podia experimentar doses elevadas de segurança muito mais do que eles.

Por achar que receberiam um por cento da herança, Peterson, Brenda e Calebe já se sentiram desprotegidos e desprivilegiados. Não teriam aviões, helicópteros, iates particulares nem festas faraônicas. Mas tudo ficou pior depois que foram pegos num ato criminoso. Seriam completamente deserdados. Não sabiam que mais de três bilhões de pessoas no planeta não tinham qualquer proteção. Recebiam menos de dois dólares por dia. Eram extremamente pobres.

— Vamos morrer de fome — disse Calebe baixinho para seus irmãos.

— Concordo. Ainda mais depois de cumprir uma pena e perder nosso prestígio social. Por que fui te ouvir? — perguntou retoricamente Peterson, com raiva de Calebe.

— Porque você é ambicioso como eu — afirmou Calebe, sem arredar pé.

Eles brigavam até mesmo naquele caos. O fato é que sentiram na pele o drama das pessoas que engrossavam a população carcerária. Seriam vítimas de preconceito, como os leprosos nos tempos de Cristo. Dificilmente alguém lhes daria uma segunda chance.

Theo Fester foi movido por jornadas desafiadoras a vida toda. No meio empresarial mundial, raramente alguém viveu tantos desafios quanto ele. Ele foi um *self-made man*, ninguém o ajudou ou apoiou.

Certa vez, o megaempresário do Vale do Silício disse:

— Quem apenas aproveita as oportunidades que aparecem será um empreendedor medíocre, que dependerá do fator sorte. Um empreendedor inigualável não depende da sorte, cria suas oportunidades. Para mim, o sucesso acorda antes do sol nascer.

Ele vivia o que apregoava: quem vence sem riscos sobe no pódio sem glórias. Falira cinco vezes até os trinta anos de idade. Mas não se curvava à dor e ao vexame. Reclamar, lamentar ou ter autopiedade eram formas estúpidas de gastar energia mental. Ousado, proclamava seu mantra: os melhores dias estão por vir! Era um especialista em se reinventar.

Quando Calebe perguntou qual era o desafio, ele se calou. Peterson seria o primeiro a receber os testes de estresse. Vítima de tropofobia, abarcado, portanto, pelo pavor de mudanças, o aplaudido presidente de banco estralou os dedos e indagou, trêmulo:

— Não deixe nossa mente em suspenso. Por favor, diga qual é o desafio que me dará?

O bilionário só estaria disposto a perdoar seus filhos se houvesse importantíssimas contrapartidas, caso contrário, criaria monstros e não seres humanos. As ideias do dr. Marco Polo que Theo aprendera nos últimos tempos mexeram com suas convicções como pai, educador, empreendedor e ator no teatro da humanidade. Convenceu-se de que precisava expor o predador que estava dentro deles, para que pudesse dominá-lo e educá-lo. Todavia sabia que o que ele proporia implicaria riscos de autodestruição. Suas contrapartidas poderiam ser insuportáveis. Mas em toda sua vida viveu sua máxima: quem vence sem riscos triunfa sem glórias.

Não estava sendo um pai inconsequente. Precisava resgatar os filhos, até mesmo para eles sentirem culpa ao longo da vida por terem tentado matá-lo. Theo Fester olhou fixamente nos olhos de seu filho mais velho e, para espanto dele e de todos que o ouviam, fez-lhe uma proposta inimaginável.

— Peterson, você sabe dirigir bancos, tem quase cinco mil colaboradores que o temem e o bajulam. E, como presidente da instituição, sabe como raros cobrar dívidas dos inadimplentes, mas nunca soube cobrar as dívidas que você mesmo contraiu no banco da sua emoção.

— Que dívidas são essas, meu pai?

— Você sabe. Mas, se não souber, seu caso é muito mais grave.

O filho mais velho começou a se interiorizar e a suar frio. Transgredia as regras sociais, mas não era um psicopata, conhecia suas dívidas emocionais dantescas, mas as escondia. Era conhecido como "o rei" em suas mais de quinhentas agências bancárias, um especialista em elevar o tom de voz e humilhar os colaboradores.

Também tinha enormes débitos em sua família. Era um perito em gritar com Bárbara, sua esposa, quando contrariado, um especialista em dissimular suas orgias. Em relação ao único filho, Thomas, suas dívidas eram maiores ainda. Nunca perguntou que fantasmas o assombravam. Dava-lhe broncas e muitos presentes para tentar neutralizar sua ausência. Na mesa do jantar, ficava o tempo todo no celular. Não sabia amar, apenas dar ordens. Era apto para dirigir empresa, mas péssimo para formar mentes livres.

Em seguida, seu pai completou:

— Como teve a ousadia de dizer para mim que iria usar o dinheiro de sua herança para cuidar de pacientes com câncer, este será seu teste de estresse.

Peterson sorriu. Achou a tarefa simples.

— Farei isso com prazer.

Mas perdeu o solo quando o pai colocou as condições.

— Ficará um período cuidando das crianças com câncer.

Peterson engoliu em seco. Seu pai continuou:

— Limpará vômitos dos adultos que estão em tratamento, ajudará a remover as fezes e as feridas dos pacientes terminais.

— Que loucura é essa? Limpar vômitos e fezes? — indignou-se, sem acreditar no que ouviu. Começou a sentir um zumbido no ouvido e a ter vertigem. — Quantas horas durará esse martírio?

— Não serão horas, serão trinta dias.

— Trinta dias de inferno! Será uma eternidade.

Theo Fester ficou impressionado com a insensibilidade do filho mais velho.

— Você está mais doente do que eu imaginava — disse.

O empresário olhou para dr. Marco Polo, decepcionado. Este tinha razão. Já o havia alertado sobre a ira de seus filhos, e o psiquiatra disse:

— Infelizmente, como milhões de pais, você provavelmente só conhece a sala de visitas da personalidade de seus filhos.

— Não interfira em nossa relação, seu aproveitador — advertiu irado Peterson.

Mas o pai chamou sua atenção severamente:

— Se você tivesse um pouco da generosidade de seu filho Thomas, jamais diria isso. Para um ser humano insensível, cuidar por trinta dias de pacientes com câncer será um inferno. Mas você poderá desistir agora de seu teste emocional. E olhe que nem cheguei à segunda fase dele.

— Tem outra fase? — disse Peterson, preocupado.

— Na segunda etapa, você ajudará essas pessoas sem qualquer dinheiro, sem uso de cartão de crédito, sem prestígio social.

— Não estou entendendo. Não poderei usar dinheiro para contratar enfermeiros para me auxiliarem?

— Não. Deverá preservar sua identidade, a não ser que as pessoas descubram espontaneamente que é um "Fester".

Theo Fester fez um sinal para dr. Marco Polo opinar.

— Seu pai deseja que você seja tão somente um ser humano, com suas loucuras e fragilidades. Nem mesmo poderá levar dinheiro para comer. Deverá trabalhar à noite, fora do expediente em que estiver com esses pacientes, para sobreviver.

— Quer dizer que não poderei gastar dinheiro para que você possa gastá-lo? Isso é conspiração! — protestou raivosamente. Depois, colocou as mãos na cabeça e disse, com mais brandura: — Este é um teste pesado demais. Insuportável...

Mas, para o espanto de Peterson, Theo Fester foi ainda mais longe.

— Mas seu teste de estresse não está completo. A terceira etapa é que você deve ser o melhor voluntário, trabalhar mais que os enfermeiros e jamais poderá levantar a voz com alguém, como faz com seu filho, sua esposa e seus colaboradores. Se não for plenamente generoso, se reclamar ou alterar a voz com alguém, reitero: eu o deserdarei completamente, e você ainda por cima irá enfrentar o julgamento por tentativa de assassinato do próprio pai.

— Você não me ama, Theo Fester! Nunca me amou! Sempre soube que me odiava — afirmou Peterson, desesperado.

— Eu te odiava? Como você distorce a realidade. Esqueceu-se que foi você que tentou me asfixiar? — indagou o pai, se aproximando do rosto do filho, ficando face a face.

— Mas Peterson não é Cristo, papai! — disse Calebe, tentando amenizar a situação do irmão, pois sabia que em breve a arma seria apontada para ele.

— De fato ele não é Cristo, pois para mim, que sou judeu, o Messias ainda não veio à humanidade. Mas sua mãe, como era cristã, deve ter ensinado a vocês que Jesus foi traído com um beijo; eu fui traído pelos meus filhos. — E fez uma longa pausa. — Brenda fez até uma prece antes de vocês tentarem me assassinar — disse Theo, aumentando a voz.

Brenda ficou rubra. Não sabia que seu pai havia prestado atenção nesse fato.

— Sua religiosidade é falsa, Peterson. Terá a oportunidade de amar os portadores de câncer de verdade. Agora, se meu filho mais velho não aceitar essa oportunidade... — E fez um sinal para dr. Willian falar.

— Será entregue às barras da justiça. Só terá direito às despesas para pagar seu advogado — afirmou dr. Willian.

Os seguranças começaram a ir em sua direção para recolocar as algemas. Mas ele bradou desesperado:

— Não! Espere, espere... Eu vou tentar! Eu preciso tentar!

— Você e seus irmãos têm um predador dentro de si e terão de aprender a controlá-lo em situações extremas.

A fobia de mudanças atacou Peterson novamente e foi somatizada com novos episódios de vômitos. Parecia que ia morrer. Invictus tentou socorrê-lo, mas seu pai interveio:

— Deixe-o. O desafio ainda nem começou — disse Theo Fester.

Em seguida, voltou sua atenção para o filho mais novo, Calebe.

— O seu desafio, Calebe, também será de acordo com o sonho filantrópico que você falsamente afirmou que realizaria com seu dinheiro.

— Eu não sou falso — disse Calebe, com segurança.

— Excelente. Terá como provar que não, pois sempre o vi tentando levar vantagem em tudo. Nunca presenciei suas atitudes altruístas.

— Mas qual dos sonhos que eu lhe disse? — indagou confuso o filho mais novo, esquecendo-se do que havia dito ao pai no dia anterior.

— Você mentiu para mim, por acaso?

— Reitero, sempre sou honesto — disse Calebe, sempre rebatendo quando contrariado, atirando irracionalmente para todos os lados.

— Recorda-se, então? — indagou o pai novamente.

— Lembre-se, Calebe, do que nos disse — comentou Brenda, tentando ajudar o irmão. — Cuidar dos sem-teto.

— Ah, sim! Claro! — disfarçou.

— Excelente memória — disse o pai. E completou: — Todos pensam que os Estados Unidos são um país rico, e estão certos, mas a distribuição de riqueza dessa nação é vexatória.

Calebe começou a mudar de cor ao ouvir seu pai.

— Não sei se tem sem-teto em Los Angeles, mas, se tiver, eu gostaria de ajudá-los — disse Calebe, tentando disfarçar seus temores.

— Claro, Calebe, é fácil assinar um cheque. Seu desafio será morar com os sem-teto — disse o pai.

— Morar? Impossível!

— Então será deserdado e irá para as barras da justiça. Simples assim — acrescentou o magnata do Vale do Silício.

Calebe engoliu em seco e, abrandando a voz, disse:

— Continue.

— Morar com um sem-teto é a primeira etapa do seu teste de estresse. A segunda será viver como um deles. Aliás, terá menos recursos que qualquer um deles. Não levará cartão de crédito, nem comida, nem sequer uma muda de roupa.

— Mas isso é demais — disse Calebe, trêmulo. — Vou morrer.

— Ele poderá morrer mesmo — disse dr. Marco Polo, preocupado com o filho mais novo de Theo Fester. — A sentença é muito dura.

— Sim, de fato poderá morrer — concordou Invictus, fazendo seus cálculos estatísticos.

— Está vendo? Meu teste é muito duro. Não durarei um dia nesse ambiente. Traficantes de drogas poderão me assassinar. — E dramatizou: — Morrerei de inanição. E onde farei minhas necessidades? Na rua? São lugares sem higiene, certamente pegarei muitos tipos de infecção — disse desesperado, exacerbando sua hipocondria.

— Sim, há trilhões de bactérias por metro quadrado — afirmou Invictus, e não se sabia se estava dizendo aquilo para aterrorizar ainda mais o prepotente Calebe ou se só quis ser prestativo.

Mas Theo Fester não abrandou seu teste.

— Você foi o filho que tomou a iniciativa de planejar meu fim. Esqueceu-se? Dependendo de seu comportamento, de fato terá chance de morrer.

Dr. Willian sabia que no teste de estresse do filho mais velho, Peterson, se ele falhasse, o que seria bem possível, no máximo seria abalado emocionalmente e humilhado, mas se Calebe falhasse, ele teria chances reais de ser assassinado ou sequestrado. Por isso, também considerou que o teste imposto por Theo Fester era insuportável.

— Theo, me desculpe. Sempre temi testar meus filhos. Quando você me disse que testaria os seus, fiquei irrequieto.

— E eu disse que eles teriam condições de passar, Willian — afirmou Theo Fester.

— Mas eu disse que eles não passariam no teste. E veja só. Deu no que deu. Agora, honestamente falando, Theo, como pode Calebe, um filho nascido em berço de ouro, viver como um miserável nas ruas de Los Angeles em meio a traficantes, gangues e dependente de drogas?

— É um teste impossível de passar, meu pai — insistiu o próprio Calebe.

— Talvez seja, se você for arrogante, radical e autoritário como é com seus funcionários. Mas seu teste não para por aí, tem uma terceira etapa.

— Terceira etapa?! — bradou Calebe.

— Sim! Você não apenas viverá como um sem-teto, mas deverá ajudar com o máximo de bondade, altruísmo e solidariedade as pessoas miseráveis que encontrar. Se brigar com alguém ou desprezar ao menos um ser humano sequer, será desclassificado, deserdado e ainda irá para a cadeia — disse seu pai, profundamente magoado.

— Olho por olho, dente por dente. Nenhum pai no mundo já fez isso com os filhos — comentou Calebe, completamente angustiado e indignado.

— Nenhum pai no mundo deu uma segunda chance a seus filhos assassinos. Desista ou encare esse teste. A decisão é sua — rebateu o pai.

Dra. Sophia, preocupada com os filhos de Theo Fester, pôs as mãos no rosto. Ele estava coberto de razão, mas seria um risco muito grande colocá-los diante dos predadores que estavam dentro deles. Se eles não os dominassem, seriam devorados de dentro para fora.

Brenda começou a entrar em colapso. O desafio que o pai lhe estava reservando poderia ser terrível também. Como se lesse seus pensamentos, Theo Fester imediatamente voltou seus olhos para ela.

— Brenda, minha filha do coração. Lembro-me de quando eu escondia meus olhos e contava até dez e começava a te procurar. Ao te encontrar, te beijava e me sentia o pai mais feliz do mundo. Lembra-se?

Brenda resgatou esses momentos reais, embora, naquele momento, eles parecessem ter ocorrido havia séculos. Às lágrimas, o pai declarou:

— Hoje eu te procuro de olhos abertos e não consigo te achar, minha filha. Você se perdeu em meio a festas caríssimas e colunas sociais. Se tivesse um pouco do coração de Kate, sua filha, você seria outra pessoa.

— Eu não sou minha filha — disse ela, em voz áspera.

— Não reconheço a mulher que está à minha frente. Eu me sinto culpado por isso. Dizem que sou um dos maiores empreendedores do mundo. Mas falhei no mais importante empreendimento da minha vida, minha família. Minha família faliu, fragmentou-se e se autodestruiu.

Houve um momento de profundo silêncio. Todos que estavam presentes estavam comovidos com as palavras do poderoso Theo Fester confessando sua dramática fragilidade. E ele continuou:

— Tento reunir seus fragmentos não como um notável empreendedor, mas como o mais frágil dos aprendizes. Você, Calebe, queria que eu fosse um dos dez mais ricos do mundo. Mas eu te digo, já o sou. Sempre minimizei meu patrimônio. Mas o que você não sabia é que somos miseráveis.

Theo Fester se interrompeu, com mais uma crise de tosse, e assim que se restabeleceu continuou:

— Ensinei meus filhos a conquistar dinheiro, mas não a conquistar o amor. — E citou a frase que havia ensinado a Kate e Thomas dias antes: — A uns falta o pão na mesa, a outros, a alegria na alma. Uns lutam para sobreviver arduamente, outros mendigam o pão da tranquilidade e da felicidade. Quem é rico? Somos os miseráveis da era moderna, os mendigos emocionais listados pela *Forbes*...

Brenda novamente caiu em prantos. Comovida, confessou:

— Eu e meus irmãos não nos amamos, eu sei. Só nos unimos porque estávamos perdendo nossa herança.

— Filha, você sempre foi mais honesta que seus irmãos. Sempre sonhei que você pudesse cuidar da parte social do grupo. Por isso, seu teste de estresse, seu desafio para que eu possa olhar em seu rosto antes de morrer e perdoá-la, é justamente cumprir o seu sonho, ainda que falso: cuidar dos refugiados.

Brenda teve falta de ar.

— Você se mudará para a Europa, só com uma passagem de ida. Essa é a primeira etapa do teste. A segunda é que não terá dinheiro para voltar, nem sequer para comer, dormir, se vestir. Viverá integralmente como uma refugiada. Se levar dinheiro ou se usar um dos seus cartões de crédito ou o cartão de algum amigo, eu saberei. Será excluída da minha vida e da minha herança. Você será monitorada às escondidas, dia e noite.

— Monitorada? Mas onde estão meus direitos? — rebateu ela desesperada, transtornada, perplexa.

— Claro que você tem seus direitos. Você pode escolher de livre e espontânea vontade não cuidar dos refugiados. Só que, nesse caso, eu terei meus direitos. Ainda que eu sofra, você será processada, presa, viverá num cárcere. Jornalistas que te mencionam todas as semanas nas colunas sociais vão divulgar em revistas, jornais, TV e nas mídias sociais que você tentou matar seu pai!

Brenda começou a ter ânsia de vomito.

— Quer enfrentar um presídio feminino e o julgamento social? Quer ter seus direitos?

— Não, não, não... Agradeço a oportunidade que você está nos dando. Mas um mês nesses lugares pode ser uma eternidade para quem viveu somente na mordomia — disse sinceramente.

— Eu sei, eu sei... Talvez, nessa pequena oportunidade, você dome o predador que está em você — disse o pai, enxugando as lágrimas do rosto. E acrescentou: — Você cuidará dos refugiados de várias nacionalidades. Entrará nos vales das angústias dos que foram arrancados de sua pátria, dos que perderam seu lar e seus bens. Chorará as lágrimas dos idosos, viverá o desespero das crianças que perderam seus pais e dos pais que perderam seus filhos nas guerras insanas...

A bulimia de Brenda se exacerbou. Ela comeu uma série de roscas que estavam na mesa. Dessa vez, ela, que sempre provocara vômitos longe dos olhares dos outros, não conseguiu controlar sua ansiedade e provocou vômitos na frente do pai e dos irmãos.

— O que vocês estão olhando? É isso mesmo! Eu tenho bulimia há dez anos! Eu como compulsivamente e provoco vômito para expelir os alimentos e o meu sentimento de culpa. Tentei esconder isso de você, da Kate e de todos — confessou, abalada. Todos ficaram comovidos.

A mulher que mais aparecia nas colunas sociais e nos programas de TV de Nova York seria testada ao extremo.

— E por que nunca se tratou? — perguntou o pai, entristecido.

— Vergonha. Até a princesa Diana tinha vergonha de sua bulimia. Eu tratarei a doença agora, se me der a oportunidade.

— Vá se tratar no campo de refugiados. Eles não vomitam os alimentos que comem, pois vivem em extrema escassez.

— Mas, pai, pense no que está propondo para Brenda. Imagine os perigos. Poderá ser sequestrada por terroristas — falou Peterson, em defesa da irmã pela primeira vez.

— Além disso, Brenda poderá ser estuprada. E como sobreviverá? Terá de se prostituir? Lembre-se da parábola do filho pródigo que a mamãe nos contava? Ele perdoou o filho — comentou Calebe, mostrando também pela primeira vez uma preocupação concreta com o futuro da irmã.

Theo Fester mais uma vez derramou lágrimas ao ouvir as palavras e temores de seus filhos. Eles tinham razão, os perigos eram gigantescos. Mas, apesar de amá-los, não recuou um milímetro em relação ao teste de estresse.

— A parábola do filho pródigo é uma metáfora cristã. Sua mãe era cristã. Eu sou judeu. Não lhes darei perdão para um erro fatal, sem contrapartidas. As escolhas são suas e as consequências também.

Depois dessas palavras, lhes deu as costas e foi se recolher em seu quarto. Mas, ao atravessar a porta, voltou-se para eles e disse:

— Mas vou lhes facilitar um pouco a vida. Se desejarem desistir, liguem para Invictus, se desejarem orientações psicológicas, liguem para o dr. Marco Polo. O câncer é suportável, a traição, não. Espero que minha mágoa não me mate antes do câncer nestes próximos trinta dias.

Calebe olhou para seus irmãos e disse em voz baixa:

— Morrerei, mas jamais ligarei para estes... — E não completou a frase, também nem precisava, destilava ódio.

E foi assim que um dos homens mais ricos do mundo submeteu seus filhos que viviam no ápice do glamour social a atravessarem os maiores desafios humanos... Eles tinham de tudo para desistir ou se autodestruírem.

21. LOUCURAS DE BRENDA

Brenda foi arrumar suas coisas para a jornada mais importante e arriscada de sua vida. Kate, sua única filha, não sabia o que estava acontecendo, mas viu o semblante da mãe completamente mudado. Achou melhor esperar para questioná-la. Brenda abraçou a filha na sala de sua casa, antes de pegar um táxi e partir para o aeroporto. Nunca lhe havia dado um abraço tão prolongado e tão emocionante. Comovida, deixou lágrimas escaparem, pois não sabia se sobreviveria a seu teste de estresse. Talvez nunca mais a visse, talvez fossem o último abraço e os últimos beijos. Kate, com seus catorze anos, era uma garota muito esperta, falante e ativa.

— Mamãe, você está chorando? O que está havendo? O vovô Theo não está bem de saúde?

Limpando seus olhos, Brenda confessou com o coração partido:

— Não, filha. A saúde do vovô não está boa.

A menina ficou desesperada. Rapidamente indagou:

— O que ele tem?

— Vovô está com câncer, minha filha.

Kate caiu em prantos. Perder o avô era perder seu solo.

— Não é possível! Não é possível! — exclamou duas vezes. E completou suas palavras declarando os sentimentos por ele: — Eu o amo tanto. Ele conversa tanto comigo. Mesmo se ele fosse o avô mais pobre do mundo, eu daria tudo para ele, cuidaria dele com a minha própria vida.

Brenda ficou abalada. Sua filha amava seu pai mais do que ela. Talvez Brenda não conhecesse o pai como ele merecia. Infelizmente, o tempo dele estava se acabando. Brenda desejou estar dia e noite a seus pés para explorar os tesouros desse empreendedor mundialmente admirável, mas tinha uma missão quase impossível para realizar.

— Eu sei, seu avô é incrível.

— Mas você sempre reclamava dele comigo.

— Eu estava errada, filha.

— Não o deixe morrer, mamãe, por favor, não deixe...

As reações de Kate fizeram com que Brenda relembrasse o que desejaria apagar para sempre: pouco mais de vinte e quatro horas antes, ela mesma havia tentado silenciar a vida dele. Se Kate soubesse disso, jamais a perdoaria. Haveria um fosso intransponível entre as duas. Com os lábios tremendo pelo arrebatador sentimento de culpa, sua mãe disse:

— Não... deixarei... minha filha, não deixarei...

Mas eis que Kate fez a pergunta fatal:

— Mas quanto tempo você vai ficar na Europa?

— Provavelmente um mês — disse ela, receosa da reação de sua filha.

— Um mês? Você não ama o vovô? Quem vai cuidar dele? Ele poderá morrer!

— Filha, eu...

Kate a interrompeu rápida e drasticamente:

— Eu sabia. Você sempre foi uma filha ingrata... Só amava festas e seus amigos. Ligava para o vovô apenas uma vez por mês e para falar de negócios.

— Filha, compreenda. Não vou porque quero, vou porque seu próprio avô me pediu.

— Como assim? — perguntou a garota, perturbada.

Com a voz embargada, ela explicou:

— Seu avô me pediu para que eu ficasse um mês ajudando os refugiados na Europa.

— Mas você nunca se importou com refugiados. Sempre amou seus amigos milionários, esportistas, artistas, gente da alta classe...

— Eu sei, eu sei. Talvez por isso seu avô, antes de partir desta vida, deseje que eu mude minha trajetória e cuide dos mais necessitados.

— Mas você quer fazer isso?

— Bem, eu... eu sinceramente não sei. Eu... sinto que esse pedido dele, neste momento de sua vida, é irrecusável... — falou novamente em lágrimas. Pela primeira vez, se sentiu a pessoa mais miserável do mundo.

Novamente, abraçou sua filha. As duas choraram.

— Desculpe-me, eu preciso ir — disse, angustiada. E recomendou: — Cuide de seu avô nesse período.

Brenda pegou um táxi. Pensativa, dirigiu-se ao enorme aeroporto JFK. Estava com cefaleia, tinha muitas dúvidas e nenhuma resposta. Pela primeira vez, começou a questionar quem ela era e o que havia se tornado. A megaempresária, que se recebesse a fortuna do pai seria uma das mulheres mais ricas e poderosas do mundo, sentia-se naquele momento uma das pessoas mais inseguras da terra. Seu dinheiro, seu status social e seu *networking* não valiam nada, pelo menos não nessa arriscada jornada.

Logo que desceu no aeroporto, dois indivíduos a aguardavam, dr. Marco Polo e Invictus, mas ela não os viu. Ela levava consigo uma enorme mala e uma bolsa caríssima, da Louis Vuitton. Seria uma moeda de troca em caso de necessidade extrema. Invictus a tocou por trás e disse-lhe:

— Madame!

Assustada, ela se virou.

— Invictus?

— Sim, preciso checar sua mala e sua bolsa.

— Não sabia que seria investigada antes de entrar na sala de embarque. Mas pode vasculhar... — disse ela tremendo.

Invictus, por ter técnicas da CIA, era espertíssimo. Não apenas vasculhou sua bolsa, mas apertou-a e encontrou um cartão de crédito escondido.

— Será confiscado, por enquanto — informou dr. Marco Polo. — São ordens de seu pai.

Depois, abaixou-se e começou a tirar as peças de roupas da mala. Ela sentiu-se violada.

— Você tem mais de vinte mudas de roupas. Escolha apenas uma — ordenou o poderoso Invictus.

— Espere um pouco, quem é você para me dar ordens? — disse Brenda autoritariamente.

— Quer desistir? Ainda há tempo — instigou dr. Marco Polo.

Ela respirou profundamente. Estava desolada. Por fim, escolheu apenas uma muda. Em seguida, Invictus continuou a vasculhar sua mala e encontrou dois mil dólares escondidos num compartimento secreto. Invictus a repreendeu.

— Seu teste começou mal, Brenda. Preciso reportar isso a seu pai — disse dr. Marco Polo.

— Infelizmente, ele a reprovará imediatamente — comentou Invictus, implacável.

Brenda entrou em pânico. Se fosse presa, não apenas perderia todos seus bens materiais e sua imagem social, mas também Kate. Acreditava que, se a filha ficasse a par de tudo que ocorrera, não voltaria a olhá-la com amor, mas talvez com piedade.

— Pelo amor de Deus, não faça isso. Foi um pequeno deslize. — E foi saindo.

De costas, Invictus chamou sua atenção.

— Espere. — Ela gelou.

— Por que esperar?

— A bolsa?

— Mas você já a vasculhou.

— Ela custa milhares de dólares. Você poderia vendê-la nesse período. Este também foi um pequeno deslize? — indagou dr. Marco Polo.

Ela entrou em estado de pânico. Respirando profundamente, comentou:

— Sim — concordou ela. E humildemente disse: — Pode levá-la.

Uma mulher sem bolsa é como um soldado sem arma. Ela a abriu, pegou seu perfume, seu batom, sua escova de cabelo e outros objetos, mas depois pensou "do que adiantaria?". Também os entregou para o frio Invictus. Saiu apenas carregando seu celular e seu passaporte. O celular poderia ser usado para desistir do teste a qualquer momento. Saiu completamente perturbada e insegura. "Quem suportaria esse teste?", pensou ela novamente.

Invictus deu-lhe a orientação de seu destino.

— Você irá trabalhar no Porto di Catania.

— Onde fica isso? — perguntou ela, curiosa e tensa ao mesmo tempo.

— Na costa italiana, na Sicília. Um local que recebe milhares de imigrantes — afirmou dr. Marco Polo.

— Mas o que farei lá? Como ajudarei as pessoas?

— Há balsas que afundam, carregadas de gente, há crianças que morrem na travessia, pessoas acometidas de infecção, sem assistência médica. Enfim, há milhares de seres humanos desesperados por proteção. Seja generosa e se vire. Há muito o que fazer — comentou dr. Marco Polo.

— Além disso, há trafico de imigrantes — disse Invictus.

Brenda expressou sua angústia:

— Trafico de imigrantes? Nunca ouvi falar disso. Como posso ajudar? Vocês levaram tudo, tudo....

— Não levamos sua inteligência... — afirmou dr. Marco Polo.

Brenda lhes deu as costas e foi fazer seu check-in. No caminho, postou sua mensagem diária no Instagram. "Sejam honestos. A honestidade é a beleza do coração!" A mulher saturada de falsidade mais uma vez vestia a pele de um personagem. Brenda desconhecia a própria Brenda. Mas teve, em menos de dez minutos, 22.205 curtidas. Muitos elogios. Alegrou-se, mas de repente caiu em si. Estava desnuda em frente ao balcão da companhia aérea. Ficou na fila da classe econômica. Esperou longa meia hora para ser atendida. Quando estava em frente à agente, esta a viu transtornada.

Após receber sua mala quase vazia, a agente indagou, perturbada:

— Cadê as outras malas, senhorita?

— Só tenho esta.

— Mas como? Ela está vazia, pesa apenas dois quilos.

— É o que tenho — disse, triste e preocupada.

— Em toda a minha carreira, você é a mulher com menos peso de bagagem para quem fiz check-in — disse a agente, confusa.

— Eu sei... — Brenda expressou.

— A senhora está passando bem?

— Um pouco de dor de cabeça, ânsia de vômito, mas vai passar. Eu espero.

— Está bem. Boa viagem. — E quando Brenda se retirava, a agente ainda perguntou: — Espere, não está levando bolsa de mão?

— Está com um amigo... — disse, saindo. Não queria responder a mais nada.

E assim ela se encaminhou para a sala de embarque. Quando chamaram os passageiros da primeira classe, ela, como sempre fez, levantou e foi para a fila. Quando foi conferir a passagem e o passaporte, outra agente disse:

— Sua classe é a econômica. Terá de aguardar.

— Ah, verdade! Desculpe-me — disse constrangida.

Pela primeira vez na vida viajaria de classe econômica.

Uma amiga que frequentava suas festas faraônicas e que estava na fila da primeira classe a reconheceu.

— Brenda, como está?

— Oi, Lucy! — exclamou, intimidada.

— Por que você voltou? Não vai embarcar?

Inibida, ela mais uma vez mentiu. Mentir e dissimular faziam parte do seu dicionário existencial.

— Esqueci a bolsa na poltrona. Embarcarei em seguida — disse, inibida.

— Ah bom! A grande Brenda não viajaria de econômica.

A orgulhosa Brenda, a especialista em moda e perfumes caríssimos, sentiu o odor do preconceito. Rebateu a amiga de festas.

— Por acaso os da classe econômica não são gente como nós?

— Não, é que... é abafado, cheira a suor...

Brenda lhe deu as costas. Minutos depois embarcou. Eis que quando ela se sentou numa poltrona do corredor, passou por ela mais uma pessoa conhecida. Dessa vez, uma dos milhares de colaboradoras de suas empresas.

— Sra. Brenda? A senhora aqui, na econômica?

Assustada, ela disse, mais uma vez constrangida:

— Estou em treinamento.

— Treinamento? Que tipo de treinamento? — perguntou a colaboradora.

— Pesquisando o perfume que as classes C e B usam e como se vestem — disse, tentando disfarçar sua vergonha.

A seu lado, havia um senhor idoso que mordiscava um sanduíche que trouxera de casa. Ela olhou-o de lado um tanto escandalizada. Percebendo seu olhar, ele gentilmente lhe ofereceu um sanduíche.

— Quer? Tenho outro na bolsa.

— Não, obrigada — recusou a oferta sem olhar no rosto do senhor.

— É melhor comer, pois comida de avião não alimenta nem um passarinho.

Brenda, a mulher que gastava mais de duzentos mil dólares por mês em suas festas faraônicas, recusava um sanduíche de cinco dólares. Todavia durante o trajeto começou a pensar em situações que jamais passaram em sua mente. "Passarei fome na Itália?" "Como conseguirei dinheiro para comer?" "O que comerei?" "Se tiver que pedir esmolas, quem me daria?" "Se me identificar como a filha do grande Theo Fester, serei notícia mundial, um escândalo nas redes sociais, perderei um milhão de seguidoras em menos de um dia." Brenda era escrava de sua fama.

Quando a comissária trouxe o lanche, ela teve uma reação instintiva, pensou em guardá-lo para quando desembarcasse. Pegou o saquinho plástico que deveria ser usado caso o passageiro passasse mal, e guardou parte do que recebeu.

— Esperta, hein? — disse o idoso para Brenda. — Por que não foi honesta quando ofereci o sanduíche?

Ela olhou para ele e, sentindo pela primeira vez a dor da fome como quase um bilhão de seres humanos a sentem, comentou:

— Eu sou honesta, senhor...

— Pensando bem, ninguém é plenamente honesto, moça. Mentimos ou dissimulamos cinco a sete vezes por dia, principalmente quando se trata da imagem pessoal.

Espantada com a inteligência do idoso passageiro da classe econômica, um homem que parecia tão simples, Brenda indagou:

— Quem é o senhor?

— O importante é quem é você.

— Acaso é um espião de Theo Fester?

— Espião? Por acaso você acredita em teoria da conspiração?

— Desculpe-me, ultimamente minha vida virou de cabeça para baixo. — E descansou sua cabeça no encosto do assento.

Pela primeira vez, Brenda começou a reconhecer que representava um personagem na sociedade. A especialista mundial em moda feminina vestia muitas máscaras. Estava começando a entrar em contato com seus cárceres mentais e a descobrir os vampiros emocionais que sangravam sua tranquilidade e seu prazer de viver. Era uma mulher bela e infeliz.

22. *TRAPAÇAS DE PETERSON*

Peterson se despediu de seu filho Thomas. Era um homem radical, soberbo, amante do status social, um pai especialista em apontar as falhas do filho, apto, portanto, para consertar máquinas, mas não para formar mentes livres e pensantes... Felizmente, seu avô Theo Fester educou Thomas mais do que o próprio pai. Provocava seu intelecto para ser transparente e não ter medo da vida, ter medo, sim, de não a viver intensa e inteligentemente. Na semana anterior à que seu pai tentou fechar os olhos do avô, este instigou-lhe mais uma vez o raciocínio:

— Thomas, não há céu sem tempestades nem sucesso sem acidentes.

— Por que você diz isso, vovô? — perguntou o neto, curioso.

— Seu pai e milhões de outras pessoas preparam os filhos para os aplausos, mas eu quero que você se prepare para lidar com os fracassos, as vaias e os vexames.

— Mas você já fracassou? Já foi vaiado?

— Muitas vezes. No mundo dos negócios e na própria vida, o céu e o inferno estão muito próximos. Num momento seu céu está cheio de estrelas, noutro, saturado de nuvens negras; mudou o câmbio, a taxa de juros aumentou, ocorreu uma guerra, uma catástrofe natural, um investimento errado, uma nova tecnologia que tornou a sua obsoleta. Se não estiver minimamente preparado para suportar as armadilhas no mundo empresarial, é melhor ser um empregado.

— Puxa, vovô, não sabia disso.

— Ninguém é digno do sucesso se não utilizar seus fracassos para nutri-lo. Cedo ou tarde tropeçamos, caímos, mergulhamos na lama da nossa pequenez. Hoje, sou um empresário admirado, mas já fui vaiado, escorraçado, taxado de louco.

— Meu pai nunca me contou isso! Mas não é possível um empresário evitar seus pesadelos?

— Alguns, mas não todos. Se você quiser pensar diferente e fazer diferente, prepare-se para enfrentar as críticas das mentes engessadas. Elas te caluniam, cospem em seu rosto, dizem que você é um irresponsável, inconsequente, aventureiro, que irá falir, mas, depois que você é premiado, elas serão as primeiras a aplaudi-lo.

Quase todos os dias, avô e neto conversavam por telefone. Theo Fester transferia-lhe o capital de suas experiências, tentava neutralizar a frieza de Peterson, um banqueiro que cobrava comportamentos de Thomas assim como cobrava dívidas de clientes. Ao partir para longuíssimos trinta dias para cuidar de pacientes com câncer, sem poder, sem status e nenhum tostão no bolso, teve uma atitude diferente. Aproximou-se de Thomas e dessa vez lhe deu um abraço carinhoso e prolongado. Thomas afastou os ombros de seu pai, fitando bem seus olhos, e disse:

— O que está acontecendo, papai?

O executivo que acreditava ser transparente, mas na verdade era um especialista em dissimular seus sentimentos com o próprio filho, mais uma vez usou artimanhas.

— Não está acontecendo nada, filho. Está tudo bem. Apenas vou fazer uma viagem prolongada.

— Você sempre faz viagens prolongadas! Mas por que me abraçou desse jeito?

— De que jeito, garoto? Abracei como sempre o faço — respondeu, alterando a voz. — É que dessa vez vamos ficar um mês sem nos ver.

— Um mês?

— Sim, vou cuidar de um projeto de pacientes com câncer.

— Pacientes com câncer? Desde quando você cuida dos necessitados? O vovô vai junto?

— Não, não.

— Parece que a saúde dele não está boa. Não é melhor ficar com ele?

— A saúde dele está excelente — garantiu falsamente o pai.

— Excelente? Ele tem crises de tosse o tempo todo... Tem certeza? — perguntou Thomas, desconfiado.

— Claro, por acaso eu minto para você?

— Mente, dissimula e disfarça, sr. Peterson — respondeu honestamente, com certa ironia, o que levou o autoritarismo do pai às alturas.

— Cale sua boca, seu rebelde! Vou cortar sua mesada, seu cartão de crédito!

— Corte o que você quiser! Mas não corte seu pai de sua vida. Não o abandone, por favor — disse Thomas, já derramando lágrimas, deixando o cômodo.

— Você acha que eu teria coragem de abandonar seu avô? Ninguém cuida melhor dele do que eu! — afirmou sem titubear, negando que no dia anterior tentara assassiná-lo.

Thomas interrompeu sua marcha, se voltou para o pai e lhe desferiu um golpe. Falou das péssimas notícias que sua prima, havia pouco, lhe comunicara.

— Kate me ligou ansiosa há menos de uma hora. Disse-me que o vovô está com câncer.

— Eu ia te contar... — tentou consertar Peterson, o incontornável.

Mas Thomas estava inconsolável.

— Pai. Sinto muito por você. Você não sabe que existem cânceres em nossa mente... A mentira é um deles.

Peterson ficou abalado. Era uma pessoa mal resolvida emocionalmente, mas não era um psicopata. Não sabia lidar com o sentimento de culpa e se reinventar. Ver o filho sair chorando foi uma experiência inesquecível. A relação com Thomas, que sempre fora ruim, entrou num terreno pantanoso.

Peterson viajaria para Houston, onde seria um voluntário do MD Anderson Cancer Center, um complexo com mais de um milhão de metros quadrados, onde trabalham mais de vinte e dois mil profissionais. Quando chegou ao aeroporto JFK, Invictus e dr. Marco Polo o aguardavam.

— Vocês de novo? — perguntou Peterson, ríspido e apreensivo. Como Brenda, também transportava uma enorme mala.

Destituído de generosidade, mas sem ser indelicado, Invictus comentou:

— Preciso averiguar sua bagagem. Faz parte do acordo. Também vou escanear seu corpo.

— Espere um pouco. Isso é invasão de privacidade! — reagiu irado.

— A decisão é sua — comentou dr. Marco Polo, pegando seu celular e começando a fazer uma ligação. Possivelmente para Theo Fester.

— Espere, espere — disse Peterson. Ele inspirou profunda e ansiosamente e fez um gesto para Invictus abrir sua bagagem.

Invictus abriu a mala e tirou ternos, gravatas e camisas caras. Jogou-as no chão.

— Você terá de levar uma muda de roupa.

— Mas em Houston faz frio!

— E quem disse que você vai para Houston?

— Mas o trato era para eu ir para o MD Anderson Cancer Center.

— Seu pai mudou de ideia. Você irá para a Índia — comentou dessa vez dr. Marco Polo.

— Índia?

— Sim, seu teste será atuar num país com muito mais necessidade que os Estados Unidos. Irá para a região da Caxemira.

Caxemira é um pequeno estado com cerca de treze milhões de habitantes. É disputada pela Índia e pelo Paquistão desde o fim da colonização britânica. A guerra que se iniciou em 1947 levou à divisão da região, e grande parte está sob o domínio da Índia. Palco de conflitos, é um lugar onde ocorrem diversos ataques terroristas.

— Caxemira? A região de conflito entre Paquistão e Índia? — indagou Peterson. Sabia fazer as contas dos riscos. E acrescentou: — Lá tem mulçumanos radicais. Um americano como eu não sobreviverá numa região assim. Certamente serei morto ou sequestrado.

Dr. Marco Polo comentou:

— Você já foi sequestrado pelos seus medos e seu orgulho.

Peterson começou a ter ataques de pânico. Parecia que ia morrer. Coração acelerado, falta de ar, suor intenso no rosto.

— Quer desistir? — indagou Invictus.

— Não, não, não. É que a Índia é um país pobre, estou pensando em como ajudá-la.

— Ajudará como ser humano, apenas como gente, pessoa, um eterno aprendiz, mais nada — disse dr. Marco Polo.

— Odeio você, Marco Polo.

— O ódio faz mal ao hospedeiro. E o pior é odiar a si mesmo.

Em seguida, fez um sinal para Invictus, e este chamou vários carregadores de mala e lhes presenteou com as roupas de Peterson. Os carregadores ficaram eufóricos com os ternos Armani e as demais roupas de marca de Peterson. Enquanto suas roupas eram doadas, ele rangia os dentes de raiva, como um cão que não quer largar o osso. O megaempresário do setor bancário era vaidoso, tinha ciúme de seus ternos e gravatas caríssimos.

Depois de doar as roupas de Peterson, Invictus continuou sua busca por objetos de valor, cartão de crédito e dinheiro vivo escondidos em sua mala. Encontrou cinco mil dólares em cinquenta notas de cem, muito bem guardadas nas entranhas do tecido dela. Era dinheiro suficiente para se alimentar e talvez viver sem apuros. Não teria problemas para comer, dormir, se locomover nem se vestir.

— Como vocês são desonestos — comentou Invictus.

— Não fale assim comigo — disse Peterson, gritando e tentando dar um soco nele.

Invictus desviou do soco com facilidade e deu um pequeno soco no peito de Peterson que o levou a cair. O executivo ficou com os lábios sangrando. Enquanto ele se levantava com tremenda dificuldade, Invictus descobriu três cartões de crédito.

Depois, apalpou seu blazer e encontrou outro cartão na manga direita. Dr. Marco Polo deu um basta no teste de estresse de Peterson:

— Ligarei para seu pai agora. Você está desclassificado.

— Espere, espere. Pelo amor de Deus, não ligue. — E, chorando, acrescentou: — Perdoe-me, é que tudo é novo para mim... Estou desesperado. Não sou um psicopata. Estou com muito medo e com um tremendo sentimento de culpa.

Dr. Marco Polo parou, respirou profundamente e disse:

— Você é um dos encarcerados mentais. Por causa de sua súplica, como líder do projeto Prisioneiros da Mente, eu lhe darei mais uma última oportunidade.

— Eu estou fazendo parte desse projeto? — Peterson indagou, espantado.

Dr. Marco Polo se calou. Invictus comentou:

— Tem dúvida?

Peterson, num dos raros insights sobre si mesmo, começou a perceber que sempre fora um presidiário vivendo numa democracia livre. Seu poder financeiro, social, suas premiações, suas entrevistas para jornais e revistas econômicas escondiam uma mente aprisionada.

Ao fazer seu check-in, transpirava. Como sua irmã, percebeu que a classe econômica era extenuante. Descobriu que tinha acanhamento de ser da classe média, na verdade tinha vergonha de ser ele mesmo, um simples ser humano, falho e mortal. Ao embarcar no avião, tentava cobrir o rosto para que os da primeira classe não o vissem, tal como faziam as pessoas quando eram presas diante das câmeras de TV.

Seu drama até a longa viagem da Caxemira não terminou. Sentou-se ao lado de um senhor obeso de cento e quarenta quilos, cujo nome era Alfred. Seu braço ocupava parte da poltrona de Peterson. Ansioso, ele esfregava as mãos no rosto. Não acreditava que aquilo estava acontecendo com ele.

— Estou te incomodando? — indagou Alfred para Peterson com um olhar enraivecido.

— Não, de modo algum. São problemas pessoais.

— O senhor parece que está tendo um ataque de pânico...

Peterson se calou. Preferiu sufocar seus fantasmas mentais e engolir em seco suas mágoas. Preconceituoso, não contratava pessoas obesas para trabalhar em seu banco. Não entendia que a beleza está nos olhos de quem vê.

O senhor obeso continuou:

— Não é fácil ser obeso, senhor. Além de carregar o peso do corpo, carrega-se o peso do preconceito.

Peterson olhou para o homem e disse:

— Imagino.

— E o conforto que tenho de acomodar meu braço na poltrona não neutraliza a angústia de não poder dividir o espaço adequadamente com o senhor. Sinto muito.

Peterson lembrou-se de que um mês atrás chamara o diretor do departamento pessoal e lhe ordenara: "Trinta por cento dos americanos são obesos. Evite contratá-los. Eles ficam mais doentes que a média. Se não cuidam bem do próprio corpo, não cuidarão bem do meu dinheiro".

Peterson era um homem mentalmente obeso. Obeso de preconceito, vaidade, arrogância, soberba. Foi para seu teste de estresse sentindo-se um dos seres humanos mais pesados que já conhecera.

23. FARSAS DE CALEBE

Calebe, por sua vez, não morava em Nova York, mas em São Francisco, na Califórnia. Seu teste de estresse seria em Los Angeles, em seu próprio estado. Aparentemente, uma vantagem. Estúpido engano! Como não era casado e não tinha filhos, não tinha ninguém para se despedir. A solidão o infectava em meio à multidão.

Era especialista em não fazer autocrítica. Não entrava em camadas mais profundas de sua personalidade. Tentava apaziguar seu sentimento de culpa dizendo para si que não planejara o assassinato de seu pai, apenas quisera abrandar seu sofrimento. Fugir de si mesmo era uma tarefa hercúlea, mas tentava. Nunca lhe faltou o pão à mesa, mas mendigava o pão da alegria. Era tão miserável emocionalmente que ancorava sua motivação de viver na valorização de suas *startups*. Disfarçando seus sentimentos, entrou no aeroporto JFK cantarolando a famosa canção que imortalizou Frank Sinatra, que exaltava a megalópole mundial.

— New York, New York...

De repente, alguém tocou seu braço. Era Invictus, acompanhado de dr. Marco Polo. Ele deu um pulo para trás, assustado, indicando que o estado de relaxamento era uma farsa. Seu humor foi do céu para o inferno.

— Até aqui estão me perseguindo?! — bradou, chamando a atenção de várias pessoas ao redor.

— Estamos tentando fazer com que você reescreva seus erros e sua história! — disse dr. Marco Polo.

— Reescrever meus erros? Vocês estão brincando. Vocês criaram uma armadilha para mim. Me fizeram tropeçar. Sou um homem íntegro.

— Por que esse medo de encontrar um endereço dentro de si mesmo? Não tangencie a realidade. Enfrente seu próprio orgulho! — disse dr. Marco Polo.

— Orgulho? Você é um manipulador barato de mentes doentes.

— Tenho pena de você — afirmou dr. Marco Polo.

— Não tenha pena de mim. Tenha pena de você. Eu passarei neste teste e, tenha certeza, depois de ganhar meus bilhões de dólares, usarei grande parte da minha fortuna para te perseguir até os confins do mundo, bem como a esse falso humanoide. Contratarei um exército de mercenários para prendê-los e esquartejá-los.

Dr. Marco Polo comentou sarcasticamente:

— Sua agressividade o cega, o leva a construir o próprio túmulo.

Calebe ficou intrigado com essas palavras. Dr. Marco Polo acrescentou: — Você acabou de ser filmado por uma câmera contida nos olhos de Invictus. Todas as suas palavras e suas loucuras foram novamente registradas. Portanto, como líder do projeto Prisioneiros da Mente, digo que está desclassificado. Irá para as barras da justiça. — E começou a fazer uma ligação, indicando que anunciaria a decisão a Theo Fester.

Calebe ficou perturbado e, encenando como um artista de Hollywood, tentou salvar o acordo.

— Como vocês são ingênuos! Caíram direitinho na minha brincadeira. Sejam mais bem-humorados. Vocês acham que eu, que amo o dinheiro, gastaria bilhões de dólares para persegui-los? Tenha santa paciência! Não sejam tolos.

Dr. Marco Polo sabia que Calebe estava usando um disfarce, por isso, não o poupou. Foi contundente, dissecou a mente prepotente desse ícone do Vale do Silício.

— O mais jovem dos Fester está num asilo mental, está emocionalmente velho.

— Velho emocionalmente? Você está brincando. Tenho somente trinta e dois anos de idade.

— Quem reclama de tudo e de todos tem dez anos a mais que sua idade biológica. Quem quer tudo rápido e pronto acrescenta mais dez anos a sua emoção. Quem tem baixo limiar para frustação, não trabalha bem suas frustrações; mais quinze anos. Quem tem uma sociabilidade péssima e não sabe pacificar minimamente seus fantasmas tem mais quinze anos. Quem não contempla o belo ou faz das pequenas coisas um espetáculo aos olhos acrescenta mais dez anos à idade emocional. Portanto, são sessenta anos acrescidos aos seus trinta e dois anos de idade biológica.

— Noventa e dois anos é a idade emocional desse garoto! Nem uma máquina de inteligência artificial pode lidar com você assim — disse Invictus, confirmando o diagnóstico de dr. Marco Polo.

— Não é possível! Você está blefando! De onde você tirou esses dados? — questionou Calebe, perplexo.

— Esqueça — disse dr. Marco Polo, não querendo entrar em detalhes. — Você, como muitos empreendedores, sabe ganhar dinheiro, mas não sabe namorar a vida. Não entende a mais crua equação do capitalismo: o dinheiro não traz felicidade, mas a falta dele quase garante a infelicidade. Tem capital no banco, mas está endividado no banco da emoção.

Calebe segurou sua cabeça com as duas mãos. Raramente ficara tão apavorado como naquele momento. Numa reação sincera, disse:

— Espere, dr. Marco Polo, por favor.

— Não tem outra chance — afirmou Invictus. — Vocês humanos dão muitas chances.

Mas Calebe implorou, algo que não fazia parte do cardápio de seu intelecto.

— Humildemente lhe solicito: se não sei essa equação, me desclassificar agora é me retirar a oportunidade de aprendê-la! Se você é o pensador em que meu pai confia, o autor de um projeto revolucionário, o Prisioneiros da Mente, você tem de acreditar minimamente no ser humano. Tem de acreditar em mim, pelo menos uma vez.

Dr. Marco Polo inspirou calma e profundamente e então meneou a cabeça, mostrando que cedera. Olhou para Invictus, pedindo que lhe entregasse as passagens e lhe desse algumas instruções.

— Brenda foi para a Itália e Peterson, para a Índia. E aqui está sua passagem para Los Angeles, mas terei que revistá-lo e escaneá-lo.

— Bem, pelo menos ficarei no meu país e no meu estado, a Califórnia. Está bem. Podem me revistar.

Dr. Marco Polo logo comentou:

— Este relógio não poderá ir.

Chamou outro empregado que carregava bagagens e lhe deu o relógio de presente.

— Espere. Ele custa cinquenta mil dólares, é exclusivo.

— Ótimo. Fez este homem feliz — afirmou dr. Marco Polo.

O carregador não entendeu nada. Ficou tão feliz que o manuseava desconfiado. Não imaginava que um relógio pudesse custar tanto. Dr. Marco Polo observou a face de Calebe, e estava intrigado em perceber que a tranquilidade do mais esperto e audacioso dos Fester retornou rapidamente. Invictus vasculhou toda a mala e a bolsa de mão dele. Jogou o excesso de roupa numa lata de lixo. Mas não achou nada. Escaneou seu corpo, apalpou-o. Mas nada novamente.

— Satisfeito? — indagou Calebe, serenamente.

— Sim. Aparentemente — expressou Invictus. Parecia que o relógio seria o único seguro de vida que levava.

Logo que Calebe saiu, Invictus olhou para baixo, para seus sapatos e interveio:

— Espere. Tire os sapatos.

Calebe disse:

— Mas isso é demais!

— Tire-os — solicitou com firmeza.

Ele tirou, mas Invictus, depois de uma análise acurada, não encontrou nada. Calebe saiu mudo, foi fazer seu check-in. Mas Invictus, observando seu andar, o alcançou e disse:

— Dê-me seus sapatos novamente.

Ele o fez. Foi então que Invictus pegou uma lâmina que possuía e cortou a sola. Havia um espaço em cada uma das solas que escondia uma barra de ouro de trinta gramas.

— O mais esperto e desonesto dos Fester — concluiu Invictus. E fez um sinal para dr. Marco Polo desclassificá-lo.

— Não descumpra sua palavra! Essas barras de ouro fazem parte do velho Calebe e não do Calebe a quem você deu uma chance.

Invictus disse:

— Dr. Marco Polo, esse frango de granja não vai durar um dia entre os miseráveis dependentes de drogas e sem-teto nas ruas de Los Angeles. Ele vai morrer ou se tornar um traficante. Não vale a pena.

— Todas as escolhas têm perdas.

Por fim, o psiquiatra deu outra oportunidade para ele tentar reescrever sua história. Fez um aceno para que partisse... De fato, as possibilidades de Calebe eram quase zero, não apenas de superar o desafio estressante que estaria por vir, mas de sobreviver num ambiente inóspito e saturado de perigos.

24. O DRAMÁTICO TESTE DE ESTRESSE DE BRENDA

Brenda desembarcou, depois de fazer uma conexão, em Catania, na região da Sicília. Chegou às seis horas da manhã. Andava de um lado para outro sem saber o que fazer ou por onde começar. Era apenas Brenda, e não Brenda Fester. Nunca se sentira tão insegura e tão amedrontada. Às nove horas, ainda estava com medo de sair do aeroporto. A fome começou a asfixiá-la. O sanduíche que o idoso lhe dera durante o voo foi sua salvação momentânea. Faminta e sem dinheiro, salivava muito enquanto comia. A portadora de bulimia, que comia compulsivamente, tentou moderar, comendo lentamente, sentiu o sabor dos carboidratos de um modo que nunca o fizera. Começou a ter os sentimentos reais de um ser humano refugiado.

Às dez horas da manhã, arriscou-se a sair do aeroporto. Andou pela bela cidade portuária a esmo. Continuava sem saber o que fazer. Sem recursos, tinha de andar a pé. Não procurou inicialmente os refugiados, mas um lugar para dormir. Sobreviver era mais importante do que ajudar os miseráveis. Com seu italiano arrastado, foi a um hotel três estrelas, mas era impagável nas condições que estava.

Depois, diminuindo suas expectativas, foi a uma pensão destituída de luxo. A proprietária assustou-a também com o preço.

— São trinta euros a diária!

— Trinta euros? É muito caro! — disse Brenda que só se hospedava em hotel cinco estrelas com diárias de, no mínimo, quinhentos euros. Mas os tempos mudaram.

A senhora ainda lhe deu uma péssima notícia.

— E preciso de um adiantamento de quinze dias, quatrocentos e cinquenta euros.

— Sinto muito, mas não tenho. Prometo que depois de arrumar trabalho, eu pagarei a senhora.

— Caia fora daqui — disse a proprietária rispidamente. — Nessa terra de refugiados todos vêm aqui com a mesma conversa. — E bateu a porta na cara dela.

Nunca antes alguém havia batido a porta na sua cara. A bela Brenda era tratada como princesa em todos os lugares, até mesmo pela corte inglesa. Tomava diariamente dois banhos. Estava ansiosa por uma ducha. Mas nada. Num hotel caindo aos pedaços, bem perto do porto, uma região bem pobre, Brenda teve a coragem de dizer para a proprietária do hotel, uma senhora idosa, que poderia trabalhar como camareira.

— Por favor, preciso de um lugar para me hospedar, dormir, tomar banho.

— Só com adiantamento de um mês — disse a senhora.

— Poderia pagar a pensão arrumando a cama dos hóspedes e lavando a louça do café da manhã.

A senhora olhou bem nos olhos dela e teve compaixão.

— Vejo desespero em seus olhos, minha filha. Você parece ter finos tratos, mas, apesar de querer ajudar, não posso. As duas camareiras trabalham comigo há mais de vinte anos.

— E lavar os banheiros?

— Elas fazem tudo.

Para uma mulher que morava num palacete de mil e duzentos metros quadrados, com oito suítes, não encontrar um quarto pequeníssimo, sem banheiro, sem roupa limpa, era um convite ao desespero. Eram três horas da tarde, o desespero de encontrar um lugar para repousar foi substituído pela dor da fome. Tinha desembarcado havia mais de nove horas.

Nunca pensou em ter o que comer, apenas no que comer, mas agora, mais de dez trilhões de células que constituíam seu corpo estavam angustiadas. Viu um restaurante do outro lado da calçada. Havia várias pessoas comendo do lado de fora. Tentou se oferecer para trabalhar em troca de comida para o proprietário.

— Senhor, estou à procura de trabalho.

— Não tenho emprego.

Ela ficou frustrada, mas insistiu:

— Eu aceito qualquer salário.

— Saia daqui, já disse que não tenho vaga para trabalhar.

Brenda insistiu mais um pouco:

— Posso trabalhar em troca de... — Mas não deu tempo de completar a frase. Foi rechaçada.

— Caia fora! Não está vendo que está me atrapalhando?

A filha do bilionário Theo Fester saiu humilhada, como se fosse a mais ínfima das mulheres. Entrou em outro restaurante a cem metros do primeiro. Estava aflita, sentia-se completamente desprotegida. Procurou pelo dono, mas ele não estava. Deparou-se com um gerente áspero, com uns sessenta anos de idade.

— Senhor, estou faminta. Não tenho trabalho. Será que o senhor não poderia me arrumar um emprego?

— Mais uma pessoa me importunando. É a quinta hoje. Você é uma refugiada?

— Não, pelo menos acho que não...

— Mas incomoda igual. Saia daqui.

O medo e o desespero começaram a embriagar sua emoção e seus pensamentos. Tinha duas cozinheiras em sua casa. Todos os dias, metade da comida que elas faziam era jogada no lixo. O desperdício era impressionante. Sonhou em revirar o lixo de sua mansão. Começou a imaginar que seu mundo era irreal e doente. Lembrou-se da última festa. Tinha champanhe francesa, vinte tipos de patês de entrada, caviar, salmão, filé mignon, lombo de bacalhau, massa folhada e muitos outros pratos. Esbanjou duzentos mil dólares... Valor que talvez desse para comprar o restaurante que lhe negara um prato de comida.

Foi dormir numa praça, de estômago vazio. Enquanto tentava recostar-se no banco, viu outros miseráveis também se acomodarem ao relento. Brenda chorou. Uma senhora, que parecia igualmente desamparada, talvez uma refugiada, ouvindo seus soluços, se aproximou dela.

— Por que chora, minha filha?

Ela, deprimida, falou:

— Tenho muitos motivos. Feri quem mais amei... Joguei no lixo tudo que eu tinha. Hoje, veja o que sou, menos que nada...

— Não jantou?

— Nem almocei.

A senhora, condoída, lhe deu um pedaço de pão envelhecido. Brenda comeu ansiosamente. Era pouco, mas muito, pois era o que tinha.

— E a senhora, de onde veio?

— Da Etiópia.

— E onde está sua família?

— Eu os perdi no mar. Itália, Alemanha e França recusaram-se a nos receber, e acabamos naufragando.

— E a senhora? — questionou Brenda.

— No meio do naufrágio, salvaram-me. Imagine, eu que sou idosa fiquei. Mas queria ter ido. Às vezes, a dor é tanta que parece que nada existiu, que não tenho passado... Será que meu cérebro está brincando comigo?

Do mesmo modo como surgiu misteriosamente, a senhora partiu no breu da noite. Brenda recostou sua cabeça outra vez no banco da praça. Encolhia-se de frio. Ainda bem que era verão. Dormiu de fadiga, dormiu porque sua mente pediu trégua, estava esgotada.

Acordou com os raios solares banhando seus olhos. Procurou um lugar para tomar café da manhã, mas nada. Viu um pé de hibisco, sabia que as flores eram comestíveis. Comeu-as, mas não a saciaram. À uma da tarde, suas entranhas contorciam-se, reclamando por porções de proteína e carboidrato.

Olhou sua rede social, mas não tinha ânimo para saber o que diziam dela. Foi a outro restaurante, e repetiu a mesma sina.

— Por favor, o proprietário está? — indagou, tensa.

— Ele não mora na cidade. Eu sou o gerente.

Suplicou novamente por trabalho em troca apenas do almoço.

— Senhor, eu faço qualquer coisa em troca de comida.

O gerente tinha mais de cinquenta anos de idade. Era um homem gordo, de bigodes fartos, mente poluída pela sexualidade e língua afiada para ferir os outros. Fez uma proposta indecente:

— Qualquer coisa? — E olhou Brenda de cima a baixo. Com uma risada sarcástica, disse: — Vamos para a minha cama no fundo do restaurante que depois lhe dou o que comer.

Ela mirou bem os olhos daquele homem rude e lhe respondeu à altura.

— Isso é assédio sexual!

— Não, isso é a realidade desta cidade portuária, moça. — E, com mais sarcasmo, falou algo que perturbou Brenda ao máximo: — Muitas refugiadas conseguem comida assim para seus filhos.

Naquele exato momento, dos fundos do restaurante saiu uma mulher chorando, passou por Brenda com uma pequena marmita nas mãos. Atrás dela, veio um garçom de estatura baixa e olhar furtivo, arrumando as calças.

Brenda, indignada, disse:

— O senhor tem sorte. Outrora, eu compraria esse restaurante e lhe expulsaria desta pocilga.

— Uma prostituta exalando luxo? — disse ele, zombando de Brenda.

Os demais garçons, sem se importar com os poucos clientes, assoviaram para ela. A poderosa filha de Theo Fester saiu às lágrimas. Seu teste de estresse mal havia começado e ela se sentia derrotada, fragmentada.

Fazia quase um dia e meio que Brenda não tinha uma refeição digna. Eis que em seu desespero começou a pedir dinheiro num semáforo. Mas ouviu palavras que preferiria nunca ter ouvido. A maioria fingia que ela não existia. Outros diziam:

— Vai trabalhar, vagabunda.

E outros ainda debochavam:

— Entre no meu carro, sua prostituta.

Brenda nunca deu dinheiro para pedintes que tinham boa aparência, pois acreditava que eram pessoas preguiçosas, irresponsáveis, que faziam da mendicância um meio de vida. Nunca passou por sua cabeça que algumas pessoas bem trajadas também enfrentavam humilhações surpreendentes.

Tentou a sorte em outro restaurante. Dessa vez, era um grande estabelecimento, onde havia mesas tanto no ambiente interno quanto no externo. O proprietário nem sequer a ouviu.

— Caia fora, caia fora!

— Mas, senhor...

— Já disse: caia fora! — gritou. E sentenciou: — Não atrapalhe a clientela, senão chamo a polícia.

Não precisou chamá-la, a polícia chegou e a colocou para fora, advertindo-a.

— Da próxima vez, será presa.

Ela mais do que depressa se afastou do local. Seus olhos novamente lacrimejaram. Lembrou-se de Kate, de quantas vezes a filha a esperava para almoçar e jantar, e ela simplesmente não aparecia. Falou em voz alta:

— Ah, Kate! Perdoe-me, minha filha.

Depois lembrou-se de seu avô, Josef. Recordou algumas histórias que ele passou nos campos de concentração nazista. Parecia surreal saber que ele tinha comido baratas, ratos e aranhas para sobreviver. Agora, pela primeira vez na vida, ela entendia até onde o desespero de um ser humano podia chegar.

Lembrou-se das palavras do pai quando ela tinha apenas quinze anos de idade: "Nos campos de concentração, muitos judeus escondiam comida uns dos outros. Havia os que faziam trabalho sujo para os nazistas. E sabe por quê?". "Não tenho ideia", dissera Brenda. "Porque o instinto de sobrevivência é mais forte do que a solidariedade. Somente se houver uma generosidade extrema é possível dividir o pouco que se tem com os que nada têm."

Logo depois de trazer à sua mente essas imagens, viu um cliente de outro restaurante saindo da mesa, deixando um resto de espaguete no prato. Nesse momento, a mulher de hábitos finos foi vencida pelos instintos. Detonou o gatilho cerebral, abriu a janela da fome, a âncora se instalou e fechou o circuito da memória. Só interessava sobreviver. Entrou furtivamente, pegou as sobras com as próprias mãos e as enfiou na boca. Depois, viu outra mesa vazia com sobras de uma lasanha no prato. Repetiu a ação.

Sua crise de bulimia ativou-se. Ansiosa, tentou provocar vômitos. Mas, de repente, caiu em si, retirou o dedo da garganta, refez-se e retomou o autocontrole. Começou a questionar se bulimia e anorexia existiriam na terra da escassez.

Enquanto comia compulsivamente, uma jovem de aproximadamente vinte e cinco anos a viu e a fotografou. Admirada, disse:

— Parece que conheço essa mulher faminta.

Dos onze milhões de seguidores, Brenda tinha mais de quinhentos mil na Itália, dos quais a maioria era composta de jovens mulheres. E aquela parecia tê-la identificado. Entretanto não podia acreditar que a grande Brenda, que reportava suas festas de luxo nas redes sociais, que ostentava um glamour invejável e dirigia uma das maiores cadeias de lojas de moda do mundo, estivesse mendigando comida em sua frente. Era inacreditável.

A foto foi postada nas redes sociais da seguidora. Correu o mundo. Seria Brenda? A poderosa filha de Theo Fester entrou em desespero quando soube do ocorrido uma hora depois. Já havia milhares de compartilhamentos. Disse para si mesma: destruíram minha imagem.

A falsa imagem que ela construiu de uma mulher madura, invejada, bem resolvida emocionalmente e sempre motivada começou a desmoronar. Foi dormir ao relento, numa praça, sentindo-se a mais miserável e injustiçada das mulheres. Na realidade não dormiu, teve sono entrecortado por pesadelos e terrores noturnos. Acordava assustada como ovelhas indo para o abate.

No outro dia, despertou de seu leve sono com um menino negro, de cerca de quatro anos de idade batendo em suas costas.

— Estou com fome!

Brenda gritou assustada. Ao ver o susto dela, ele também se espantou e saiu correndo. Ela também estava com fome, não havia jantado. Ela tentou alcançá-lo, mas ele corria muito. Resolveu se esquecer das próprias mazelas e foi procurar pelos refugiados.

— Onde se encontram os refugiados? — perguntou para um senhor de terno e gravata. Não sabia que ele era de extrema direita.

— As pragas que infectam a nossa nação?

— Por que são pragas? Eles são tão seres humanos como o senhor! — Brenda rebateu, indignada.

— Seres humanos somos nós, italianos, que há milênios vivemos aqui.

— Mas de quem é a terra? É uma convenção de que pertence a Itália, França, Alemanha, Brasil, Estados Unidos. O planeta não pertence à humanidade? Não pertence a todas as espécies?

O homem ficou intrigado com esse questionamento.

— De onde você é? — questionou o homem, com agressividade.

— Estados Unidos.

— Eu sabia.

— Vocês varrem os mexicanos de sua terra e querem que recebamos árabes e africanos na Europa. — E lhe deu as costas.

Cem metros à frente, Brenda perguntou novamente pelos refugiados. Uma senhora de mais ou menos cinquenta anos de idade a questionou:

— E por que quer saber onde estão os refugiados?

— Vim de longe para tentar aliviar a dor de alguns deles.

Generosamente, a mulher apontou para onde os barcos com os refugiados eram recebidos. Brenda fez mais uma caminhada e encontrou um senhor calvo de meia-idade, que estava na frente de uma loja.

— Por favor, onde posso encontrar os refugiados?

— Está cega, mulher? Eles estão espalhados em todos os lugares. Veja, estão mendigando comida, atrapalhando o tráfego das calçadas, nas ruas, furtando lojas como a minha. Anos atrás, sofremos com os ciganos que vieram da Romênia, agora com os africanos.

Quase um quilômetro à frente, Brenda finalmente encontrou o porto de Catania. A riqueza dos barcos de luxo contrastava com a miséria dos barcos improvisados. A concentração de refugiados advindos da Síria, do Iraque, da Etiópia, de Bangladesh, de Uganda e de muitos outros locais havia aumentado muitíssimo.

— Por favor, me dê algumas moedas — pediu uma mulher negra com um filho sendo amamentado em seu seio e dois outros pequenos a seus pés.

Brenda teve um choque. O menino mais velho era o mesmo que a havia despertado dizendo que estava com fome.

— Qual é o seu nome? — perguntou para a mãe.

— Emma.

— E seu filho mais velho?

Ele mesmo respondeu:

— Salah.

Em seguida, ele suplicou:

— Estamos com fome...

— Sinto muito, também não tenho dinheiro.

— Mas meu irmão não para de chorar. Vamos morrer de fome...

Brenda desabou. Com quatro anos de idade, Salah já tinha a responsabilidade de sustentar a família, quando deveria estar brincando, estudando. A vida lhe foi desértica, e ela precisava construir um oásis para ele, pelo menos por um dia. Esqueceu a própria miséria e começou a procurar desesperadamente comida para Salah e sua família.

Desesperada, Brenda ligou para seu pai. O celular tocou várias vezes. Theo Fester ficou com os olhos úmidos ao ver o telefonema da filha. Queria atender, mas Brenda estava aprisionada em uma vida fútil. Precisava aprender as lições mais importantes da vida, num ambiente em que ela era apenas um ser humano, desprotegido, inseguro e amedrontado. Ela ligou em seguida para dr. Marco Polo. Este também não a atendeu. Ligou para Marc Douglas, e foi atendida, mas não por ele.

— Invictus, a seu dispor.

— Invictus, eu preciso de dinheiro. Há crianças passando fome!

— O que é a fome? — ele respondeu com uma pergunta.

— Não seja insensível!

— Insensível, eu? Quantas vezes você se lembrou em suas festas caríssimas de que havia crianças passando fome? Ajude os necessitados com os recursos que você tem.

Ela se calou. Nunca havia pensado na dor dos outros de forma consistente, real, sólida.

— Mas não tenho recurso algum!

— Não tem recursos humanos? Não sabe cantar, dançar, fazer trabalhos manuais, suplicar, chorar, se reinventar?

— Quer que eu roube ou me prostitua também?

— Parece-me que estas são opções.

Brenda desligou o celular e levou as mãos à cabeça, angustiada. Pediu comida para um, para outro e ainda outro. Mas, naquela região, as pessoas estavam escaldadas. Perderam a sensibilidade. Passaram-se duas horas e havia falhado. Era tão fácil usar o cartão de crédito, mas, agora, era uma mulher zerada financeiramente. Retornou àquela família e tentou acalmá-la.

— Ainda não consegui — disse, completamente frustrada.

Salah e seu irmão mais novo grudaram cada um em uma perna dela, suplicando por comida. Brenda se desesperou. E chorou junto dos famintos. Foi um momento épico em que uma bilionária, que nunca conhecera a dor da fome e nunca pensara que os filhos da humanidade, as crianças, sofressem tanto, descobriu-se humana, impotente e profundamente frágil.

Ela ergueu os olhos e viu a cem metros um supermercado. Não teve dúvidas. Furtaria produtos para saciar aquelas crianças. Entrou e procurou alguns alimentos pequenos e com alto poder energético que fossem fáceis de esconder. Pegou chocolates e outros produtos e os pôs debaixo da blusa. Quando ia sair, foi pega pelo gerente. Um homem de mais de cinquenta anos, esguio, barba longa. Ela estava sendo filmada.

— Sua ladra! — bradou o gerente, agarrando-a pelo braço.

— Por favor, eu furtei para alimentar crianças — disse, aflita.

— Esses imigrantes me enlouquecem. Você vai alimentar seus filhos na prisão.

— Mas estão passando fome — falou dissimulando, como se as crianças fossem seus filhos. Pensou que assim o gerente teria compaixão.

— Você vai para a prisão! — insistiu o gerente.

— Eu posso fazer qualquer coisa para compensar meu erro — disse Brenda.

Foi então que o gerente a olhou de cima a baixo e a empurrou para seu escritório. E, lá, Brenda foi estuprada. Foi horrível. A filha de Theo Fester não resistiu muito, pois era a única maneira de dar alimento para aquelas crianças. Chorava enquanto aquele homem invadia violentamente sua intimidade. Muitas mães imigrantes eram violentadas por monstros que se diziam seres humanos.

Saiu do supermercado, cambaleante, toda amarrotada e vertendo lágrimas. Chegou até as crianças e entregou os alimentos. Elas ficaram felizes da vida. A mãe indagou:

— Por que você está chorando? Você conseguiu.

— O preço foi alto demais.

— Eu sei, minha filha, já paguei cinco vezes esse preço.

Brenda beijou Salah e seu irmão e partiu. Foi mais um dia dificílimo. Dormiu naquela noite novamente ao relento, em meio a vários refugiados que mendigavam na Sicília. Era um ambiente horrível e inseguro. Pensou algumas vezes em desistir, mas a dor dos outros alimentava sua coragem. Ligava para Kate quase todos os dias. Não havia uma vez em que não se emocionava.

— Onde você está, mamãe?

— Só posso te dizer que estou ajudando os miseráveis.

— Volte para casa, por favor! Estou com saudades.

— Eu mais ainda, minha filha. Mas estou numa missão, conhecendo pessoas incríveis, procurando ser uma fagulha de esperança para os que sofrem.

— Mas não está correndo risco de vida?

— Estou... — E embargou a voz. — Mas nas minhas festas eu também corria riscos.

— Que riscos? — indagou Kate, curiosa.

— São riscos diferentes.

— Volte, mamãe.

— Eu penso em voltar todos os dias. Mas, por favor, me dê força para continuar.

Kate, em soluços, disse:

— Então continue, mamãe. Dê o melhor de si.

Brenda tentou. Foi algumas vezes mar adentro para resgatar refugiados. Alimentou crianças desnutridas. Cuidou de idosos. Foi espancada uma vez e abusada sexualmente mais duas vezes. Lavou banheiros para sobreviver. Ficou sem jantar dez vezes e nove vezes sem almoçar. Emagreceu, mas não teve uma crise de bulimia. Todos os dias tinham experiências dramáticas. A mulher que lançava perfumes mundialmente desejados conheceu o odor fétido das ruas e do preconceito. Naqueles eternos trinta dias de estresse, Brenda descobriu um mundo inimaginável.

25. *O PODEROSO TESTE DE ESTRESSE DE PETERSON*

Peterson teve que fazer conexão na capital da Índia, Nova Delhi, para chegar à principal cidade da Caxemira, Srinagar. Caxemira, cujo relevo é montanhoso, é o estado mais setentrional da Índia, uma nação de quase 1,4 bilhão de habitantes e que está se convertendo na mais populosa do mundo. Foram mais de catorze horas de voo, uma viagem longa e cansativa.

O executivo do setor financeiro estava completamente perdido ao chegar a Srinagar. Mais temeroso do que faminto, saiu do aeroporto. A mente humana é tão poderosamente criativa que, quando não tem inimigos, ela os cria. Preconceituoso, Peterson olhava para todos os lados para ver se havia algum radical islâmico prestes a soltar uma bomba, explodir seu corpo, sequestrá-lo.

A bela região, por estar em conflito constante com o Paquistão, era um ambiente socialmente tenso, mas em tese seria o local ideal para Peterson ter comportamentos nobres, capaz de fazê-lo se redimir de seus erros perante o pai. Mas Theo Fester estava muito distante, talvez em Nova York ou São Francisco, e certamente não o estaria vigiando. Não viu ninguém suspeito filmando-o, fotografando-o ou com os olhares voltados para ele durante o voo. Poderia usar de artifícios, pensou ele, para transformar seus trinta dias de deserto num brando oásis. Enquanto caminhava por uma rua de pouco movimento, recebeu uma mensagem de um garoto, escrita em inglês, espanhol e francês, as três línguas que ele dominava.

"Fuja, americano."

Ele leu apavorado e começou a focar vários ângulos para saber se porventura a mensagem era genérica ou endereçada a ele, Peterson Fester. Eis que foi abordado por dois homens pedindo sua carteira. Pensou serem soldados disfarçados. Deu-lhes os documentos.

— Cadê o dinheiro? — o mais alto perguntou.

— Não tenho, senhores — disse, trêmulo.

— Como um estrangeiro vem para essas bandas sem dinheiro? — um deles indagou em voz alta.

— Por acaso é um traficante? — questionou o outro.

— Em hipótese alguma — disse Peterson.

Eles furtaram seu celular e o empurraram. O banqueiro caiu ao solo e esfolou a mão direita, que teve um pequeno sangramento. Foi procurar um hospital que cuidava de pacientes com câncer. Não encontrou uma instituição especializada, apenas um hospital geral. Esperto que era, tentou ocupar um lugar privilegiado na instituição, quem sabe um gerente ou um conselheiro. Procurou o diretor do local e mostrou suas falsas credenciais.

— Meu nome é Peterson. — Mas não falou seu sobrenome. — Atuei como gestor de grandes hospitais nos Estados Unidos! Gostaria de dar minha contribuição à sua nobre instituição por um período de dois meses.

O diretor ficou pensativo.

— É interessante recebermos a visita de um especialista em gerir hospitais nessa longínqua região montanhosa. O que o trouxe aqui?

— Filantropia. Tenho afinidades com o budismo, aprecio a contemplação e a meditação.

— Medita todos os dias? — perguntou o médico e administrador.

— Sempre que a agenda me permite — afirmou o executivo.

— Mas é o senhor que faz sua agenda ou sua agenda é que faz sua rotina? — questionou o médico.

— Como? Não entendi... — disse Peterson.

— Vejo que o senhor não é um especialista em meditação. O senhor é mesmo um gestor de hospitais? Onde trabalhou?

Toda vez que Peterson era criticado, detonava o gatilho cerebral, abria uma janela *killer*, a âncora fechava o circuito da memória e exteriorizava sua alodoxafobia, o medo irracional de lidar com a opinião dos outros.

— Quem é você para não acreditar em mim? Sabe com quem está falando? — ameaçou em voz áspera, como se ainda fosse um executivo financeiro. E pensou que, se aquela petulância tivesse partido de um dos seus colaboradores, este estaria na rua. Mas caiu em si. Estava na Caxemira, sem status, sem dinheiro, sem poder.

— Acalme-se. senhor. Só perguntei — disse o diretor, assustado com sua reação.

Peterson começou a gaguejar.

— De-de-desculpe-me. É que detesto quando alguém duvida... da minha... integridade.

— Uma pessoa que diz amar a contemplação não deveria se sentir ofendida por uma pequena contrariedade. Deveria reagir com brandura — comentou o diretor.

Peterson tentou se explicar.

— Estou fatigado pela longa viagem. Posso auxiliá-lo na administração do hospital durante esse período, se tiver uma boa cama e uma comida razoável.

O administrador fitou bem os olhos dele, meneou a cabeça e o convidou para entrar em seu escritório. Peterson ficou feliz. Pensou que ele mordera a isca. Trabalharia confortavelmente. A Caxemira não seria um deserto.

Depois de olhar uns papéis e mexer nos relatórios do computador, ele deu uma oportunidade para Peterson.

— Tenho vaga de camareiro ou faxineiro de quarto e de sala cirúrgica.

— Você está brincando comigo? — disse, em voz alta novamente, o mais velho dos filhos de Theo Fester.

— Parece que quem está brincando com a vida é o senhor — expressou o diretor, indignado.

— Por acaso você me conhece? — questionou o poderoso Peterson.

— Por acaso o senhor é um rei que não pode fazer um trabalho humilde? — indagou o diretor em sequência.

Peterson lhe deu as costas. Saiu ultrajado. Quando atravessava o corredor, eis que viu um retrato conhecido. Não podia acreditar. Era de seu pai. E embaixo dele estava escrito: "Um homem que ama a Caxemira".

Ele voltou até o administrador e perguntou, impressionado:

— Por que no corredor tem uma foto antiga de Theo Fester?

— Porque ele doou uma parte significativa do dinheiro para a construção dessa instituição. Um grande homem, um dos melhores que já conheci. Por acaso o senhor o conhece?

— Não, quer dizer, já ouvi falar — disse Peterson, surpreso. Nunca imaginara que seu pai fosse um filantropo.

Peterson procurou outra instituição de saúde. Já estava havia oito horas na região e não tinha comido nada. A fome bateu à porta. Mas não tinha coragem de pedir para trabalhar num restaurante como fizera Brenda. Passou por uma mercearia que vendia alimentos e frutas expostas na calçada. Não resistiu. Furtou uma maçã. Mas foi visto por alguém que estava do outro lado da rua.

— Pega ladrão!

Foi um "Deus nos acuda". Peterson não sabia o que dizer. Não tinha dinheiro para reparar o dano. A única coisa que lhe restava era correr. O banqueiro que corria atrás de seus devedores, executando hipotecas, expropriando propriedades, agora estava endividado. Nunca correra tanto e de forma tão humilhante. Jogou a fruta no chão para ver se terminaria com a implacável perseguição. Mas quanto mais corria, mais aumentava a horda humana atrás dele. Teve medo de ser linchado. Desesperado, entrou num templo budista. Mesclou-se com os monges e junto deles começou a repetir um mantra.

O banqueiro não meditou nada, pois a cada dois segundos olhava de lado para saber se seus perseguidores tinham entrado no templo. Mas eles respeitaram o ambiente. Depois da falsa meditação, ele se encaminhou temeroso à saída do templo. Um idoso monge, observando sua ansiedade, o convidou para conhecer o mosteiro. De bom grado, Peterson aceitou. Durante o trajeto ficou perplexo, pois não era um mosteiro clássico de meditação, era um lugar onde se cuidava de pacientes com feridas crônicas, algumas cancerígenas, outras infecciosas.

Peterson teve ânsia de vômito ao ver algumas feridas abertas e sentir o mau cheiro que outras exalavam. Quis dispensar rapidamente o assombroso passeio, mas o monge o impediu:

— Acalme-se, filho. Cedo ou tarde seremos nós que estaremos numa cama como essa.

Atônito, o homem que dirigia quase mil agências bancárias e mais de trinta mil colaboradores nunca imaginara que um dia seria um miserável dependendo dos outros. Agia como se fosse eterno.

— É penosa a situação desses pacientes — comentou Peterson, quase sem voz.

Entrou em mais um quarto. Havia dois pacientes. Um desacordado e outro gemendo de dor.

— Aaaaai. Não suporto mais. Deixe-me morrer, monge — disse o ferido desesperadamente.

Era portador de câncer de pele. Toda a parte frontal da perna direita estava tomada pelo câncer. Havia um enorme curativo para evitar a contaminação. E fazer curativo nele era um tormento, pois lesava as terminações nervosas, imprimindo grande dor.

— Paciência, meu amigo. Paciência — disse o monge.

— Ampute minha perna, por favor — pediu o moribundo.

— Não, vamos continuar ainda a fazer curativos.

— Mas os enfermeiros daqui são indelicados. A dor é insuportável — disse, gemendo novamente.

— Mas eu trouxe alguém que sabe fazer curativos como ninguém.

— Quem? — indagou Peterson, olhando para os lados.

O monge colocou as mãos nos ombros do executivo e disse:

— Você! — E olhando para o paciente afirmou: — Este homem fará um belo curativo.

— Eu? Como pode afirmar... — disse asperamente sem completar a frase. E depois, para não atormentar ainda mais o moribundo, se dirigiu ao monge em tom reconciliador: — Nunca fiz um curativo. O senhor está enganado.

O monge parou, respirou e observou bem os olhos de Peterson.

— Se você foi tão habilidoso para fugir de um linchamento e tão criativo para fingir que estava meditando por meia hora, certamente terá habilidade e criatividade para fazer o melhor curativo possível nesse sofredor.

Foi então que o radical, orgulhoso e implacável Peterson engoliu em seco. Lembrou-se de seu teste de estresse. Era sua oportunidade para iniciar sua dramática saga filantrópica. Como se estivesse prestes a ir para o próprio funeral, o filho de Theo Fester pegou o material que o monge lhe deu e começou a fazer o que até uma semana atrás seria impossível.

Tentava tapar o nariz com a mão esquerda para não sentir o odor horrível da pele putrefata. Mas não era possível fazer o curativo com apenas uma mão. O homem gritava de dor.

— Prefiro morrer!

Peterson suava, estava ofegante e com taquicardia, tal como se estivesse diante de um predador. Só que o predador era seu preconceito contra uma pessoa que estava morrendo. À medida que tirava o curativo e a pele do homem saía nas suas mãos, o executivo começou a ter ânsia de vômito. Ouvindo o homem gemer, teve crise de autoritarismo.

— Cale-se! — falou o banqueiro, destituído de paciência. E, depois, tentou se acalmar: — Vou fazer o meu melhor.

— Não suporto mais! — disse o homem, chorando.

Enquanto untava a pele do paciente com antissépticos e pomadas, a dor do doente foi tanta que ele se sentou na cama e expeliu um jato de vômito na cara de Peterson. O poderoso banqueiro, que só se relacionava intimamente com celebridades e figurões da política, foi lavado pelo vômito de um pobre homem, todo infectado, desprovido de qualquer status social. Peterson teve vontade de morrer. Soltou um grito agressivo e desesperador.

— Eu não aguento isso! Não aguento! Meu pai é um carrasco! Para mim chega!

Teve vontade de fugir. Mas para onde? Sua alternativa seria uma cadeia em Nova York. E por instantes pensou que o cárcere seria menos sofrível. E estava apenas no primeiro dia de seu teste de estresse. Depois de soltar seu grito como um predador, levantou-se lavado pelo vômito e tentou justificar sua reação para o meigo monge.

— Esse sujeito me infectou com suas bactérias.

— Mas as bactérias de sua mente são mais infectantes do que as bactérias biológicas — disse o monge.

"O que esse monge quer dizer com tais palavras?", pensou. Despediu-se sem terminar o curativo, deixando o local com indignação.

O filho de Theo Fester havia asfixiado sua humanidade. Não conseguira construir pontes nem com seu filho Thomas. Não transferira o capital de suas experiências, apenas dinheiro. No último aniversário de Thomas, ao lhe dar dez mil dólares de presente, seu filho, com os olhos lacrimejando, disse:

— Não quero seu dinheiro, papai. Quero você. Não entende?

Mas Peterson era uma máquina de fazer dinheiro e não entendia. Não sabia mais o que era ser um simples ser humano. Enquanto foi se retirando, o homem cujo curativo Peterson fez pela metade disse-lhe gentilmente:

— Desculpe-me, senhor, pelo vômito. Se tivesse saúde, eu lhe daria um banho para aliviá-lo...

Peterson não soltou nenhuma palavra de conforto, sentia-se ele mesmo completamente desconfortável, pois só tinha aquela roupa. Teria de dormir com ela e acordar com ela. Enquanto caminhava pelo mosteiro, encontrou um banheiro com má aparência, cheirando mal, sem xampu, apenas com um pedaço de sabão. Pela primeira vez na vida lavou uma de suas camisas. Lavou ainda sua cabeça, seu rosto e seu peito. Mas o cheiro de vômito não saía de suas narinas. Logo depois de terminar de se lavar, reencontrou o monge.

— Eu te compreendo — disse o monge.

— Será que há algum aposento fora dessa ala para eu me hospedar? — indagou o banqueiro.

O monge respondeu:

— Sinto muito. Todos os dias muitos nos pedem hospedagem. Mas, aos forasteiros, só damos o privilégio de cuidar dos feridos por um dia, depois eles têm que partir.

— Um pedaço de pão, pelo menos, poderia me dar?

— Daqui ninguém leva nada, só entrega. Infelizmente essa é a regra.

Peterson lhe deu as costas. Mas o monge, vendo sua penúria, disse:

— Espere. Volte ao quarto do homem de quem você tentou fazer o curativo. Pegue o pedaço de pão do homem que está a seu lado.

— Mas quando ele acordar terá fome...

— Ele não acordará mais — afirmou o monge categoricamente.

Peterson ficou estarrecido. Hesitou. Mas depois, esmagado pela fome, cedeu. Caminhou até o quarto, entrou silenciosamente e, numa reação instintiva, pegou o pequeno pedaço de pão e saiu engolindo o bocado. Estava começando a conhecer os cárceres que se escondiam nos porões de sua mente. Soltou algumas lágrimas enquanto saía do mosteiro e mastigava aquele pão envelhecido e duro. Dormiu ao relento naquele dia.

Nos dias que se seguiram, Peterson continuou sua trajetória. Só não tinha consciência de que era uma jornada em busca de si mesmo. Uma tarefa difícil para quem não sabia penetrar nos porões de sua mente e identificar os vampiros que o sangravam. Todos os dias tinha uma nova experiência. Uma semana depois, esperto que era, conseguiu trabalhar numa casa clandestina que emprestava dinheiro a juros caros. Nesse período, também cuidou de crianças e adultos com câncer. Teve mais contato com suas loucuras do que em décadas de vida.

26. *O INIMAGINÁVEL TESTE DE ESTRESSE DE CALEBE*

Calebe desembarcou no imenso aeroporto de Los Angeles apreensivo, mas, como morava em São Francisco, parecia estar em casa, afinal de contas, eram cidades do mesmo estado. Além disso, tinha um belíssimo apartamento na cidade. Como era um mestre em dissimulação, era só usar algumas estratégias para dormir confortavelmente. Logo que saiu do aeroporto, olhou para os lados esquerdo e direito e não viu ninguém suspeito vigiando-o. Apesar de não ser um homem de muitos amigos, tinha muitos bajuladores e admiradores em Los Angeles. Bastava um piscar de olhos e eles o socorreriam. Estava tão tranquilo que disse para si mesmo:

— Enganei os trouxas! Los Angeles é a capital de entretenimento. Será um mês agradabilíssimo! — E abriu os braços como se estivesse abraçando a cidade.

Subitamente, um homem que acabara de cruzar seu caminho olhou para ele e comentou:

— O mal dos espertos é achar que todos são tolos.

Calebe ficou intrigado. Ficou em dúvida se suas palavras foram uma advertência de alguém que o observava ou se falou a esmo.

Preferiu crer na última opção. Não tardou para o jovem bilionário ser reconhecido. Alguém o chamou pelas costas.

— Sr. Calebe? Sr. Calebe? Sou jornalista econômica da Bloomberg.

— Sim — respondeu secamente.

— Como está seu pai?

— Por que você não pergunta por mim primeiro? — questionou ele à jornalista.

— Ah, me desculpe. Como o senhor está? — perguntou a repórter, constrangida.

— Muitíssimo bem — afirmou Calebe, sempre tangenciando a realidade.

— E seu pai?

— Também está ótimo — relatou, sem expressar que Theo Fester estava com câncer terminal.

— Eu o admiro muito.

Calebe parou, pensou e respondeu:

— Theo Fester é um homem interessante.

— Interessante não, excepcional.

— Excepcional sou eu, minha filha. Sou uma versão muito melhorada dele — disse com sarcasmo.

Calebe, quando abria a boca, tinha o dom de causar mal-estar nos outros. A jornalista reparou em sua arrogância.

— Um pai brilhante ajuda seus filhos a brilhar... — afirmou inocentemente. Mas recebeu uma resposta à altura.

— Errado de novo. Eu tenho brilho próprio.

— Mas ele não contribuiu para sua formação? — indagou a jornalista, indignada.

— Como empreendedor, um pouco, mas sou *self-made*. Grande parte do que sou, eu mesmo conquistei.

— Você fala como se fosse um deus.

— Um deus? Sim... um deus do Vale do Silício, talvez.

Era aparentemente impossível colocar o executivo, rápido nas palavras e orgulhoso, contra a parede. Não havia diálogo com ele, apenas monólogo. Quando a jornalista lhe deu as costas, ele disse:

— Espere. Os jornalistas devem saber que a imprensa tem de ser livre, mas também inteligente. Da próxima vez, faça perguntas mais interessantes.

Ela saiu bufando de raiva. Já tinha ouvido que Calebe Fester era uma pessoa difícil, mas não intratável. Minutos depois, Calebe foi reconhecido por um grupo de três estudantes de administração. Elas gritavam o nome do famoso empreendedor como se fizessem parte de uma torcida organizada.

— Calebe! Calebe!

Seu ego se inflou:

— Eis-me aqui, minhas fãs.

— Deixe-nos tirar umas *selfies* com você — pediram eufóricas.

— Claro — disse ele, começando nas alturas seu teste de estresse.

— Será que quando terminarmos a faculdade poderíamos fazer um estágio em seu escritório em São Francisco? — sondou a belíssima jovem morena.

Ele, indelicadamente, aproximou-se dos ouvidos delas e disse:

— Eu seleciono muito meus estagiários! Mas certamente vocês já passaram no teste.

Elas se despediram.

Calebe se exaltou:

— Eu sou o melhor.

Nesse exato momento, alguém tocou seu ombro por detrás.

— Você é o melhor em quê? Em ser um assassino, um ladrão, um crápula, um egocêntrico? Vamos, fale!

Calebe levou um susto. Deu um pulo para trás. Era um sem-teto, vestindo um blazer preto e esfarrapado, com cabelo longo e desgrenhado e a barba malfeita.

— Caia fora! — disse Calebe para o intruso.

Mas o sem-teto rebateu:

— Caia fora de onde? De sua vida, dessa cidade, do planeta?

— Quem é você?

— Eu sou como a sombra que surge com a luz e desaparece com a noite — expressou o maltrapilho poeticamente.

— Como assim? De onde você tirou isso?

— Não conhece poesia? — indagou o sem-teto.

— Mas um, um... — Antes que pudesse completar a frase, questionando a cultura do maltrapilho, o próprio sem-teto se qualificou.

— Um sem-teto, um mendigo... não pode conhecer poesia! Não estudo poesia, eu faço poesia. Prazer, eu sou Vince Williamz. — E estendeu a mão para Calebe.

— Prazer. Eu sou Calebe Fester. — E estendeu a mão, mas o cárcere de sua hipocondria falou mais alto, e ele a retirou imediatamente. Não queria cumprimentar alguém que não tomava banho e talvez nem lavasse as mãos. Era um convite para se contaminar.

— O que o fez recuar? Meus vírus ou seu preconceito?

— Não, nada...

— Além de frágil é mentiroso — constatou o sem-teto, afastando-se.

No momento seguinte, Calebe pensou: "Para onde eu vou?". Não tinha dinheiro para táxi. De repente, viu uma jovem vendendo buquês de rosas. Foi até ela e perguntou:

— Quanto custa?

— Cinco dólares.

— Vou pagar dez. — A jovem ficou superalegre. Não conseguiu acreditar na bondade do estranho. Mas Calebe teve outra reação mentirosa: — Preciso pegar o dinheiro no carro. Esqueci minha carteira lá. Posso já levar o buquê?

Ela estava tão eufórica com a venda que concordou:

— Claro. Eu o aguardo. — Calebe pegou o buquê e partiu enquanto a jovem se distraía com outro freguês. Vinte metros à frente, encontrou uma senhora muito bem-vestida. Seduziu-a com suas falsas palavras, uma de suas especialidades.

— O tempo não passou para você. Rosas vermelhas para uma mulher incrível.

A senhora ficou lisonjeada. Em seguida perguntou:

— Quanto custa?

— Apenas cinquenta dólares.

— Mas é muito caro! — a senhora reclamou.

— Uma rainha não merece um buquê de cinquenta dólares de Dubai?

— Em Dubai se plantam rosas? — ela indagou, curiosa.

— Somente as especiais — o galanteador falou em francês. E, depois, reproduziu a mesma frase em inglês.

Como ele falava outra língua e estava muito bem-vestido, ela acreditou. Ficou tão entusiasmada que abriu a carteira e pagou o que ele pediu. Calebe partiu sem voltar para pagar a jovem florista. Cem metros à frente, porém, ela o encontrou:

— E meus dez dólares?

— Estava te procurando e não te encontrei. — E ele lhe deu a nota de cinquenta dólares.

— Você mentiu para mim. Eu o vi vendendo meu buquê por cinquenta dólares. Como fez aquilo?

— Menina, eu sou um dos maiores empreendedores do mundo. Ficaria rico em qualquer lugar e em qualquer circunstância.

— Mas seu preço foi injusto.

— Depende. Quanto você vale?

— Não tenho preço.

— Primeiramente venda você, depois seu produto. Encante seu cliente que o barro que você possui valerá tanto quanto ouro.

A jovem ouviu a lição de Calebe. Passou a se vender. Dobrou seu preço. E, de fato, nunca ganhou tanto dinheiro na vida. Depois desse fato, o filho mais novo de Theo Fester esqueceu-se de seu teste de estresse, pegou um táxi com o dinheiro que lhe sobrara e foi até o teatro Dolby, o local onde ocorre a premiação da Academia de Cinema de Hollywood. Como era investidor em produtoras de cinema e seriado, já participara de edições da festa do Oscar.

O empreendedor era um paradoxo. Dizia-se vegetariano, não gostava que animais morressem, mas não se importava de ferir e eliminar pessoas pelo caminho. Não as matava fisicamente, mas destruía seus sonhos, suas relações, seu ânimo. Cuidava de sua alimentação, mas era irresponsável como consumidor emocional: sofria por antecipação, tinha necessidade de ser o centro das atenções e não se preocupava com seus cárceres mentais.

Depois de admirar mais uma vez o imenso teatro Dolby, sentiu em suas entranhas o mais inesquecível dos estímulos estressantes: a fome. Pagara a florista e gastara trinta dólares no táxi, meteu a mão no bolso e viu que só tinha mais dez. Não dava sequer para tomar uma taça de um de seus vinhos preferidos. Tentou procurar um restaurante que vendesse comida light nas imediações do famoso teatro. Constrangido, perguntou o valor do self-service. Seu dinheiro era insuficiente. O garçom disse ironicamente:

— Dez dólares? É só isso que você tem? Não há nada digno para comer com essa mísera quantia, meu rapaz.

Se fosse seu funcionário, Calebe já teria excomungado o garçom. Saiu humilhado. Após se afastar cerca de cem metros do teatro Dolby, viu várias barracas de campanha que se amontoavam em frente a um edifício antigo da AT&T. Achou curioso, nunca lhe passara pela cabeça que nas proximidades da festa do Oscar houvesse pessoas sem-teto. Aproximou-se de um senhor de uns cinquenta anos, mas que tinha a aparência de oitenta, chamado Darren Johnson. As intempéries das ruas, comer mal, dormir mal e a falta de assistência médica castigavam o corpo daquele senhor. Era dramática a vida dos sem-teto dos Estados Unidos.

— Porventura, vocês são figurantes de uma cena de filme? — perguntou ingenuamente Calebe, crendo que as barracas faziam parte de uma produção cinematográfica, mesmo sem ver as câmeras.

— Sim, eu faço parte — disse sem titubear Darren Johnson.

— Qual é o filme que está sendo produzido?

— O da minha vida.

— Você é ator? — indagou animado o filho do magnata.

— Meu jovem, você é um ET ou um estúpido? Não sabia que a capital do cinema também é uma das capitais dos sem-teto?

— Como assim? — indagou ingenuamente.

— Temos cinquenta e oito mil pessoas sem-teto. E o que é pior, três em cada quatro dessas pessoas moram na rua, não têm nem sequer abrigo para dormir.

— Cinquenta e oito mil sem-teto? Espere, o senhor só pode estar falando de São Paulo, ou Buenos Aires, Ancara, Joanesburgo... mas não de Los Angeles.

— Esses americanos alienados me dão nojo — expressou Darren Johnson para Calebe.

— Mas por que vocês aceitam essa condição vergonhosa? Por que não procuram emprego? Por que não vão à luta?

— Quem é você para nos fazer essas perguntas ignorantes? — questionou o morador de rua.

— Bem... Eu sou um empreendedor do Vale do Silício — disse, com surpreendente timidez.

Darren Johnson mirou seus olhos e disse:

— Você acha que estamos nesta pocilga porque queremos? Quantas tentativas frustradas você acha que fizemos antes de morar nas ruas? Somos o esgoto da sociedade. Ninguém crê em nós, ninguém nos dá oportunidades — disse Darren com lágrimas nos olhos.

Calebe Fester ficou impressionado. Começara a conhecer um mundo muito diferente dos belíssimos escritórios do Vale do Silício.

— Mas será que morar na rua virou meio de vida para os conformistas? Empreendam! Reinventem-se! — disse mais uma vez arrogantemente.

Calebe, como muitos de seus pares, vivia numa bolha no Vale do Silício. Não era o mundo real, concreto, cru e sofrível de milhões de seres humanos em sua nação. Se ele não tinha ideia de que na nação mais rica do mundo, os Estados Unidos, havia uma grande casta de miseráveis, imagine seu desconhecimento sobre o que se passava no resto do planeta.

Jamais ficou sabendo que havia mais de três bilhões de seres humanos vivendo em extrema pobreza, com menos de dois dólares por dia, e cerca de um bilhão e cem milhões de pessoas que viviam com apenas um dólar por dia. Não era possível sequer nutrir minimamente os dez trilhões de células do corpo de um ser humano. Calebe também não tinha consciência de que inúmeras crianças iam para suas camas famintas e chorosas.

Dr. Marco Polo, diferentemente, tinha insônia e derramava lágrimas por estar plenamente consciente da fome e da miséria que abatiam a espécie humana. Certa vez, o pensador da psiquiatria deixou perplexos líderes internacionais com seu comentário dramático:

— Quem não consegue se colocar no lugar dos outros e perceber suas dores não é digno de ser um líder social nem de ser chamado de ser humano. Uma das ideias do projeto Prisioneiros da Mente é resolver o cárcere da fome que assola a humanidade de uma vez por todas.

Mas os primeiros-ministros e empresários se entreolhavam assombrados. Um deles rebateu:

— Isso é uma utopia! A fome sempre fez parte da nossa espécie, jamais foi extirpada.

Dr. Marco Polo sabia disso, era um estudioso da história, e propôs uma solução:

— Todas as exportações e importações do mundo deveriam pagar 0,25 por cento de imposto, gerando uma arrecadação de bilhões de dólares, o que faria parte de um fundo para a extinção da fome mundial, o qual seria administrado pela ONU. Em quatro anos, a fome de todos os povos seria eliminada de forma sustentável. Uma taxa assim tão baixa não prejudicaria nenhuma nação e resolveria para sempre esse drama mundial, já que o problema não é a falta de alimento, e sim a distribuição dele. A fome na humanidade seria um problema a ser solucionado pela ONU, não mais pelos governos, já que alguns a usam para fins eleitoreiros. O fluxo da imigração envolve outros fatores, como violência, castração da liberdade, falta de oportunidades, mas a fome é o principal. Resolvida a variável da fome, o fluxo de imigrantes ilegais que vivem em condições inumanas nas nações mais ricas pode ser significativamente diminuído. O excedente desse fundo pode ser usado para desenvolver projetos sociais, agrícolas e educacionais nas nações mais pobres.

Muitos líderes aplaudiram com entusiasmo o dr. Marco Polo, mas não tomaram nenhuma atitude. Eram indignos do poder que possuíam. Eram imediatistas, lentos e não muito inteligentes para resolver os males da humanidade.

Calebe rejeitou drasticamente conhecer o projeto Prisioneiros da Mente. Para ele, ser rico era encher seus bolsos, e para dr. Marco Polo, ser rico e emocionalmente saudável era dar o melhor de si para fazer os outros felizes.

Mary, uma mulher de meia-idade, também sem-teto, que ouvira de longe as palavras arrogantes de Calebe para Darren Johnson, veio por trás dele e lhe deu uma forte bofetada na cabeça, dizendo: — Caia fora daqui, seu filhinho de papai!

A famosa estrela do Vale do Silício caiu ao solo quase inconsciente. Um zunido tinia em seus ouvidos. O filho mais novo de Theo Fester apanhou de uma senhora sem-teto. Furioso, levantou-se e partiu para cima da agressora. Empurrou Mary, que caiu ao chão. Nesse ínterim, quatro moradores de rua saíram para defendê-la. Além de baterem em Calebe, o seguraram para que Mary lhe desse outras bofetadas na cara. Seu pai nunca havia encostado um dedo sequer no filho, mas, naquele dia, Calebe levava a primeira grande surra de sua vida. Darren Johnson bradava para que os agressores parassem. Calebe estava ferido, com o lábio superior sangrando e hematomas pelo corpo.

Além de apanhar, seus algozes pegaram os dez dólares e deram para outro sem-teto que mendigava pelas ruas. Darren Johnson o arrastou para sua barraca. Calebe gemia de dor. Não conseguia falar. Dormiu por mais cinco horas. Acordou sentindo o corpo quebrado. Uma mulher colocava panos molhados em suas feridas, tentando aliviar sua dor. Ao olhá-la, Calebe levou um susto. Era Mary, a mesma que o havia esbofeteado. Ela era amiga de Darren Johnson. Vendo o susto de Calebe, disse:

— Fique tranquilo, minha raiva já passou.

— Nunca apanhei de ninguém. Ainda mais de uma mulher...

— Mas mereceu — disse ela. — Da próxima vez, seja menos arrogante, que eu serei mais gentil.

Dentro da pequena barraca havia também outro sem-teto amigo de Darren, Bill Rollin. Era um ex-empreendedor do Vale do Silício que perdera sua imagem, seu dinheiro, seus filhos. Puxou conversa com Calebe:

— Ouvi você dizer que foi um empreendedor do Vale do Silício? Perdeu tudo como eu?

— Perdi muito — afirmou Calebe.

— Os deuses do Vale do Silício têm uma dívida com a humanidade.

— Por que você está dizendo isso? — perguntou Calebe, todo dolorido, mas curioso.

— Eles ganharam mais dinheiro em duas décadas do que os homens de sucesso em dois milênios. Mas não minimizaram a dor da discriminação, da exclusão social, da depressão, do autoabandono, da fome. Não é sem razão que o índice de suicídio no Vale do Silício é tão alto. Perdi meus dois filhos de uma só vez... — E, às lágrimas, saiu sem dar outras explicações. Não precisava, o rosto denunciava um sofrimento chocante.

Darren Johnson olhou para o jovem machucado e faminto e lhe ofereceu a única coisa que tinha, um cachorro-quente frio.

— Salsicha? Detesto. Sou vegetariano.

— Mas você está sem comer há muito tempo.

Foi então que, vencido pelo instinto da fome, engoliu seu orgulho e comeu. Nunca um cachorro-quente, que custava menos de três dólares, fora tão saboroso. Lembrou-se de seu pai, que amava esse tipo barato de lanche. Lembrou-se de duas máximas dele: "Você come seu passado" e "A melhor comida é aquela que você come com prazer". Calebe queria negar seu pai, esconder-se de tudo que ele representava, mas era impossível. O biógrafo do cérebro, o fenômeno RAM, registrou Theo Fester de inúmeras formas nos solos de seu inconsciente.

Naquele teste de estresse, diariamente Calebe passava por surpresas que jamais foram programadas por seu intelecto. Foram trinta dias eternos, em que ele flutuava entre o céu e o inferno emocional. O vírus do orgulho e da necessidade neurótica de ser o centro das atenções sociais insistia em infectar sua mente. Os cárceres mentais da hipocondria, da impulsividade e da necessidade de trapacear os outros frequentemente o asfixiavam. Foi amparado, cuidado e ensinado por pessoas que jamais achara que poderiam oferecer qualquer tipo de ensinamento ou ajuda. Entretanto, o filho mais novo de Theo Fester era uma mente resistente, pouco aberta para aprender e pensar em outras possibilidades.

Foi espancado diversas vezes, humilhado tantas outras. Em alguns momentos, odiava seu pai pelo teste que lhe havia imposto, em outros, admirava-o profundamente. Teve vontade de desistir de tudo em determinadas situações. Mas recuava ao pensar que enfrentaria a rejeição mundial por ter planejado o assassinato do próprio pai e que seria trancafiado num presídio.

O tempo emocional era diferente do tempo físico para Calebe Fester. O dia não tinha vinte e quatro horas, mas um número infindável de horas. Ele tentava se animar apostando na possibilidade de se tornar um bilionário. Mas seu pai estava mais presente do que ele imaginava, observava com olhos de águia os passos do filho de seu coração. Em muitos momentos, em vez de aplaudi-lo, Theo Fester chorava ao tomar ciência de seus comportamentos. Passar no teste de estresse era uma tarefa quase impossível para um jovem que se achava um deus e agora se descobria um simples mortal, frágil, arrogante, deprimido e abarcado por incontáveis loucuras.

27. *DIÁLOGOS INCRÍVEIS ENTRE UM EMPREENDEDOR, UM PSIQUIATRA E A INTELIGÊNCIA ARTIFICIAL*

O teste de estresse dos filhos de Theo Fester chegava ao fim. Dias antes da análise final, o magnata estava caminhando pelos imensos jardins do Castelo da Floresta. Dr. Marco Polo estava do seu lado direito e Invictus, do seu lado esquerdo. Momentos solenes de silêncio permeavam suas mentes. Mesmo Invictus, o *Robot sapiens*, não se atrevia a emitir opiniões. Leu na face de seu criador que o silêncio era melhor que o ribombar das palavras.

Peterson, Brenda e Calebe eram observados por cinegrafistas disfarçados que filmavam suas reações, as editavam e as transmitiam para seu pai. Embora Theo Fester as visse separadamente, preferia ver o conjunto da obra para fazer o julgamento mais imparcial possível dos próprios filhos. Dr. Marco Polo estava preocupado com os resultados. Arriscou-se a dizer para o magnata:

— Sr. Fester, como judeu que é, o senhor sabe que, segundo os relatos da Torá, o êxodo do povo de Israel para o Egito perambulando pelo deserto sem nada nas mãos foi um dramático teste de estresse.

Theo Fester respondeu:

— Eu sei, eu sei. Mas os judeus falharam nesse teste. Criaram contendas, reclamaram, se revoltaram, queriam voltar de todas as formas para as benesses do Egito.

Dr. Marco Polo deu mais alguns passos e acrescentou:

— Talvez o senhor não saiba, mas há uma análise psiquiátrica dos textos sagrados do cristianismo que também revela um espetacular teste de estresse.

— Ah, é? Qual é?

— Nele se reporta que um carpinteiro de Nazaré recusou as honras de ser filho de Deus. E esse homem, que entalhava madeira, sonhou em entalhar mentes humanas e usou de todas as formas para treinar e testar seus alunos, que só lhe davam dor de cabeça. Treinou-os a não discriminar prostitutas nem leprosos. Ensinou-os a esvaziar o ego, a ser empáticos, a pensar antes de reagir, a gerenciar a ansiedade, a julgar menos e a abraçar mais.

— Interessante esse teste de estresse — disse o bilionário. — Nunca pensei nisso.

— No auge de sua fama, ao entrar em Jerusalém, seus seguidores esperavam que ele usasse uma carruagem real, mas adentrou a cidade no lombo de um pequeno e desajeitado animal. Outro teste dramático.

— E o resultado? Eles passaram no teste? — quis saber Theo.

— Falharam tragicamente. O mais forte, Pedro, o negou. O mais culto, da tribo dos Zelotes, chamado de Judas Iscariotes, o traiu. E os demais o abandonaram no momento em que ele mais precisava.

Theo Fester engoliu em seco. Fez uma pausa estratégica para pensar.

— Meus filhos serão reprovados? — indagou retoricamente a si mesmo.

Invictus resolveu comentar.

— Desculpe-me interferir. Excetuando-se o teste de estresse existente na Torá e o existente no livro sagrado dos cristãos, não tenho em minha memória relatos de um pai em qualquer cultura que tenha testado tão intensamente seus filhos como o senhor, meu criador.

Theo Fester observou algumas tulipas à sua frente, se aproximou delas, aspirou o perfume e comentou:

— A vida humana deveria ser uma eterna primavera, mas os invernos são inevitáveis. Não pensei na Torá nem nos livros dos cristãos quando submeti meus filhos ao teste de estresse. Pensei em meu papel como educador, líder e empreendedor.

— Tem certeza de que quer fazer esse julgamento? Sua atitude talvez não tenha precedente histórico na humanidade. Seus filhos não estarão adaptados se lhes tirar tudo. Ricos pensaram em morrer ao falirem, celebridades fragmentaram seu sentido de vida ao caírem na insignificância, esportistas se deprimiram ao perderem o desempenho — ponderou dr. Marco Polo, tentando amenizar o julgamento do bilionário.

O megaempresário fitou bem os olhos de dr. Marco Polo e comentou:

— Os laços genéticos é que definem se um ser humano será herdeiro de seu pai. Não é por mérito, gratidão, afetividade, generosidade e muito menos por respeito a seus pais, mas, sim, pela passividade dos genes. A vida toda tratei as pessoas por meritocracia.

— Mas seus filhos não são seus colaboradores — afirmou dr. Marco Polo.

— Claro que não. Mas se os pais avaliassem se seus filhos realmente são merecedores de sua herança, adquirida com suor e lágrimas, com noites de insônia e crises, passariam eles no teste?

— Muitos não passariam — afirmou dr. Marco Polo.

— Cerca de noventa por cento deles não passariam — disse Invictus, sempre mais lógico. — De acordo com as estatísticas que tenho, muitos irmãos se digladiam após a morte dos pais, tornam-se inimigos ferrenhos na disputa do dinheiro que não conquistaram. Por que os seres humanos são tão complicados, se têm uma existência tão breve?

— A emoção os torna monstros ou os transforma em seres humanos generosos — disse Theo Fester. — Se, ao avaliar o comportamento de meus filhos, eu os reprovar, acha que eles ainda teriam solução, dr. Marco Polo?

— Como psiquiatra e pensador da psicologia creio que "por trás de uma pessoa que fere, há uma pessoa ferida". Até chego a acreditar que psicopatas e sociopatas tenham solução, pelo menos os que desejam se superar.

— Até um psicopata? Este não seria um romantismo psiquiátrico?

— Não é possível ser um humanista sem doses de romantismo. Todavia, os poucos psicopatas que se recuperam têm riscos de cometerem suicídio.

— Suicídio? Por quê? — questionou o bilionário.

— Por terem adquirido a consciência das dores imprimidas em suas vítimas. Como psicopatas, não estão psicoadaptados ao sentimento de culpa e, quando a experimentam, desabam dramaticamente, punem-se excessivamente. Portanto, correm o risco de atentarem contra suas vidas. Por isso, é vital levá-los a transformar lágrimas em crescimento, não em autopunição.

Theo Fester ficou pensativo. Sem dúvida seria mais fácil dar sua herança aos filhos como qualquer pai faz. Todavia, não conseguiria. Como um dos maiores empreendedores do mundo, sempre pensou fora da curva.

Invictus, lendo a expressão fácil de Theo Fester, disse:

— Gostaria de sentir fagulhas de sua frustração com seus filhos, mas não consigo.

— A inteligência artificial tem seus graves limites — afirmou o investidor.

— Não consigo ter sentimento de culpa, mas sou o culpado pelo estado em que o senhor está.

— Por que diz isso, Invictus?

— Lembra-se? Fui eu que sugeri que testasse seus filhos para ver se eles realmente o amavam pelo que o senhor é e não pelo que tem. Foi minha a sugestão de resolver essa equação emocional, algo que não compreendo.

— Eu me lembro bem. Tinha acabado de receber o diagnóstico de câncer e não queria, naquele momento, que meus filhos soubessem de meu destino.

— Eu posso dizer "sinto muito" mil vezes, mas não sinto o conteúdo dessa expressão — comentou Invictus.

— Invictus, não foi você. Há anos tenho ciência de que meus filhos são indignos do poder e da herança que poderiam vir a ter. Nem foi a tentativa de assassinato que eles executaram. Esta foi apenas a gota d'água da minha gigantesca decepção.

Theo Fester comentou ainda que seu passado também fazia com que ele se importasse com o retorno dos filhos mais do que a média dos demais pais, embora não demonstrasse.

— Até hoje acordo de madrugada recordando os terrores noturnos do meu pai sobre os dramas que ele atravessara nos campos de concentração, causados pela fome, pelo espancamento dos nazistas, pelos riscos diários de morrer. Sem mãe, aos cinco anos de idade deveria estar brincando, mas eu tinha de consolá-lo em seus pesadelos. Tornei-me uma criança tímida, atemorizada, com roupas esfarrapadas, ridicularizadas. Não era amado por ninguém... apenas por meu pai. E hoje não sou amado nem pelos meus filhos.

— Você se tornou um dos homens mais ricos da atualidade, mas também um dos homens mais carentes do mundo... Isso não é necessariamente ruim. Torna você humano — concluiu dr. Marco Polo.

— Queria me sentir carente, tornar-me mais humano — confessou Invictus.

— Nietzsche expressou que a fragilidade nos torna demasiadamente humanos — comentou Theo Fester. — Não sou tão poderoso como muitos creem. De fato, sou um homem carente. Os abastados são estéreis, os carentes são criadores, têm fome e sede de empreender, ser reconhecidos, admirados, amados.

— Sou fruto de sua carência, senhor? — indagou Invictus.

— Sim. Procuro em você o que não tenho dos meus filhos. Mas essa procura não terá êxito.

— Mas posso obedecer ao senhor cegamente.

— Não é suficiente.

— Mas posso servi-lo como um escravo.

— Também não é suficiente.

— Mas posso aplaudi-lo e elogiá-lo como raros.

— Ainda não é suficiente.

— Mas o que seria suficiente?

— Só o amor seria suficiente.

— Espere. Se nenhum filho serviria a um pai como eu serviria, então vocês, humanos, procuram algo mais raro que o ouro.

Dr. Marco Polo sorriu e respondeu antes de Theo Fester:

— Talvez. Talvez.

O magnata do Vale do Silício estava em estado febril de tão eufórico que ficou com a oportunidade de em vida ter um diálogo tão inteligente com um pensador da psiquiatria e com Invictus, um *Robot sapiens* rapidíssimo e perspicaz nas respostas. Revelando também sua magna intelectualidade, foi iluminado para concluir algo que nunca havia pensado antes. Comentou:

— Avaliando nosso diálogo, compreendi algo estarrecedor: o Deus em que os judeus creem, que é o mesmo em que os cristãos e os mulçumanos creem, também é um Deus carente, no bom sentido da palavra.

— Como assim? — indagou curioso dr. Marco Polo.

— Quando diz em seu primeiro mandamento "Amar a Deus sobre todas as coisas" está revelando sua necessidade vital de ser amado. Não reflete isso sua tremenda carência emocional?

— Tem razão — disse o psiquiatra, pensativo. — Não sou religioso, mas diferentemente de todos os reis e poderosos, ele não pediu obediência, servidão ou bajulação, mas suplicou para ser amado.

— Como assim? O Criador dos criadores é um ser carente também? — perguntou Invictus. — Minha supermemória entrou em pane! Vocês me deixam loucos!

— A minha mente também está em pane — afirmou Theo Fester.

Dr. Marco Polo concluiu:

— Talvez por isso haja milhões de religiosos emocionalmente doentes e mentalmente aprisionados. Eles exaltam o poder de seu Deus, e não o amor, exaltam sua justiça, e não sua tolerância e paciência — analisou o psiquiatra.

Theo Fester ficou abalado com essa análise.

— Acha que sou prisioneiro mental, dr. Marco Polo?

Dr. Marco Polo não abrandou seu tom.

— Você se sente um prisioneiro?

Theo Fester teve mais uma crise de tosse.

— Eu sofro pelo futuro e rumino meu passado! Eu cobro demais dos outros. Meu cérebro vive esgotado, acordo fatigado! Sem dúvida, sou um prisioneiro em minha mente. E você, ilustre psiquiatra, tem seus presídios mentais ou uma mente livre?

Dr. Marco Polo sorriu e apontou honestamente:

— Eu cobro demais de mim mesmo. Doo-me para os outros, mas me esqueço de ter um caso de amor com a minha saúde. Confesso, sou carente de mim, me coloco num lugar indigno da minha própria agenda. Preciso namorar mais a minha vida. Esses são alguns dos meus cárceres mentais, sr. Fester. E espero que entre os seus não esteja a dificuldade de perdoar — disse o psiquiatra, lembrando ao magnata que em breve julgaria seus filhos.

Invictus começou a bater várias vezes na própria cabeça, parecia querer se autodestruir.

— O que está acontecendo, Invictus? — indagou preocupadíssimo Theo Fester.

— Meus programas estão desorientados mais uma vez. Não consigo raciocinar. Não consigo entender a linguagem e os elementos que vocês estão usando. O que é ter cárceres mentais? O que é perdoar?

— Perdoar é você dar uma nova chance para quem falhou — afirmou dr. Marco Polo.

Invictus esbravejou. Elevou o tom de voz:

— Mas matematicamente é impossível. Não existem algoritmos para produzir o perdão. Nunca haverá. — E voltando-se para seu criador, concluiu: — Você me enganou, Theo Fester! Não sou feito à sua imagem e semelhança!

— Acalme-se, Invictus. Perdoar não é minha especialidade, mas gostaria que fosse.

Peterson na Caxemira, Brenda na Sicília e Calebe nas ruas de Los Angeles viveram muitas crises emocionais, conflitos sociais e experiências existenciais impossíveis de descrever em sua plenitude. Algumas delas dignas dos mais notáveis aplausos; outras, de lágrimas; e ainda outras para serem esquecidas para sempre. Se fossem contadas em palavras, originariam muitos livros. O veredicto de um pai não muda o destino de seus filhos, mas desta vez mudaria para sempre...

28. O JULGAMENTO DE PETERSON

Peterson, Brenda e Calebe finalmente entraram na imensa sala do Castelo da Floresta onde Theo Fester se encontrava. Calebe estava de muleta, todo ferido. Andava com dificuldade, seu olho direito estava arroxeado e havia um corte profundo na testa. Brenda estava com um hematoma do lado direito da face. Peterson não tinha nenhuma lesão aparente.

O magnata estava sentado numa cadeira simples, e não numa poltrona de um juiz ou num trono como um rei. Era o julgamento de um pai ferido, frustrado, decepcionado, mas, ainda assim, de alguém que os amava. Peterson, Brenda e Calebe se aproximaram passo a passo e o beijaram. Depois, se sentaram à sua frente.

Aparentemente não eram as mesmas pessoas que tinham chegado àquele palácio havia mais de um mês, orgulhosas, altivas, arrogantes, assumindo estar acima dos mortais. Não havia mais ninguém na imensa sala, pelo menos visivelmente. Dr. Marco Polo, Marc Douglas, Invictus e dr. Willian acompanhavam o julgamento em outro recinto.

Theo Fester pegou suas anotações, franziu seu semblante e olhou firmemente para o filho mais velho. Todavia, antes de abrir a boca, pegou um controle remoto e deu início à transmissão dos primeiros comportamentos de Peterson nas longínquas regiões da Caxemira.

Este ficou espantado, não sabia que estava sendo filmado. Teve uma crise de ansiedade. Achava que o pai tivesse pagado algum olheiro para observá-lo a distância, mas a possibilidade de haver registros de vídeo detalhados de seu comportamento não passara por sua cabeça. Ele e seus irmãos só haviam sido filmados no Castelo da Floresta porque era um ambiente controlado.

— Você não disse que seríamos filmados — antecipou-se Peterson, tremulando a voz. E ele começou a sentir um aperto no peito como se estivesse tendo um infarto.

— Sim. Não fomos avisados de que seríamos filmados — disse Calebe, também indignado; parecia que estava se antecipando à própria derrota.

— Mas como eu poderia julgá-los com justiça se minhas evidências fossem baseadas em hipóteses? — comentou sem meias palavras o pai, dando uma pausa nas imagens. Dito isso, continuou a transmiti-las.

O banqueiro radical e implacável começou a estralar os dedos. Seu coração estava galopando como um cavalo selvagem que resistia às rédeas. Seu pai comentou:

— Veja, Peterson, meu querido filho mais velho, você mentiu que era um gestor de hospital, perdeu a paciência com o senhor Igor, o diretor. Momentos depois, furtou uma maçã e fugiu dos seus perseguidores. Depois começou bem. Fazia um curativo num pobre homem, mas foi banhado pelo vômito. Aos gritos, interrompeu seu ritual de solidariedade e, ainda por cima, me chamou de carrasco.

— Mas... — tentou interromper Peterson.

— Acalme-se. Apesar de tudo, para quem não estava acostumado a se doar, até que você se saiu razoavelmente bem em seu primeiro dia do teste de estresse.

Peterson abriu um sorriso. Não se aguentou de tanta felicidade. Eufórico, disse:

— A Caxemira me ensinou a ser um ser humano melhor. Foram lições inesquecíveis.

Theo continuou a transmitir as imagens e a julgá-las... De repente, em vez de transmitir imagens da Caxemira, mostrou imagens do convés do iate em que Peterson dava suas frequentes festas com políticos e empresários. Nessa imagem, o filho mais velho de Theo, embriagado, humilhou um funcionário que varria o chão.

— Veja, Peterson, como você ofendeu esse simples funcionário que fazia limpeza no iate chamando-o de "Burro! Estúpido! Seu cego, não consegue enxergar que deixou aqueles guardanapos de papel no convés?".

Irritado, Peterson disse:

— Não sabia que você usaria imagens antigas para me avaliar!

— E quem disse que eu não as usaria? São comparações, você antes e depois.

O banqueiro se aquietou. Seu pai continuou:

— Aqueles guardanapos haviam sido jogados de propósito por um dos seus convidados para ver como você, que é completamente impaciente, reagiria. E os políticos que te acompanhavam se divertiam ao ver o garçom humilhado. Quem paga o salário desses políticos é esse garçom e milhões de outros contribuintes, mas esses políticos não sabem que são empregados do povo. São indignos do poder que têm. Tal como você, indigno do poder que eu lhe dei.

— Mas esse garçom era um péssimo funcionário, já tinha deixado outros objetos para trás. Não enxergava o óbvio.

— Eu investiguei a história dele. Ele não enxergava porque tinha uma grave miopia que nunca foi tratada.

— Mas eu não sabia disso.

— Os cavalos, por usarem tapa-olhos, nunca sabem o que se passa a seu lado. Os humanos, quando se recusam a enxergar, fazem pior.

Quando Theo Fester fez essa acusação, Peterson teve uma crise de tosse, tal qual seu pai. O medo da crítica foi levado às alturas. Queria agredi-lo, mas se conteve a duras penas. E seu pai continuou:

— Há anos tenho investigado o seu comportamento, Peterson.

Neste momento, Brenda e Calebe tiveram calafrios.

— Eu sei — disse Peterson.

— Sabe?

— Você tem sido muito mais um juiz do que um pai para mim — acusou.

— Um juiz? Um filho que não ouve os conselhos de um pai talvez precise de um juiz. Quantas vezes já lhe disse que nenhum ser humano merece ser tratado com estupidez? Nem mesmo nossos inimigos.

Quando seu pai fez esse comentário, o clima ficou péssimo. Os filhos começaram a crer que ninguém passaria em seu criterioso julgamento. Peterson entrou em colapso. Desesperado, tentou descaracterizar a análise do pai.

— Esse episódio foi antes das fascinantes lições que tive na Caxemira. Foi lá que vivenciei com brilhantismo meu teste de estresse. Foi lá que eu me humanizei. Não é justo me julgar por meu passado.

Seu pai franziu a testa e mostrou Peterson na Caxemira, limpando o chão para poder ganhar alguns trocados para uma refeição. Ele suava e limpava a testa, dizendo em voz audível: "Não é possível que eu esteja fazendo esse serviço de porcos. Logo eu, dono bancos e de iates! Eu te odeio, velho!".

Peterson não sabia onde enfiar a cara. Preocupado, disse:

— Foi um desabafo. Não era meu real sentimento.

Seu pai comentou:

— O grande banqueiro estava limpando o chão para conseguir jantar, pois não havia conseguido dinheiro para almoçar. Fazia o mesmo serviço do limpador do iate que você humilhou e ganhava menos que ele. Fico pensando que, se os filhos dos milionários da atualidade não recebessem a herança dos seus pais, talvez não conseguissem sobreviver. Alguns não conseguiriam nem serviços braçais.

— Mas você também não sobreviveria sem seu dinheiro — disse Peterson.

— Engana-se, meu filho. Fui *office-boy*, limpei restaurantes, lavei banheiros por dois anos, fui cozinheiro... antes de ser empreendedor. Antes de me tornar um bilionário, eu aprendi as lições de ser um miserável. Fali cinco vezes e me reinventei em cada uma das falências.

Peterson suava frio. Não sabia se saía correndo. Mas seu pai começou a fazer elogios a ele e passar as cenas.

— Você cuidou de dez feridos, deu assistência para mulheres com câncer de mama que faziam quimioterapia, caminhou com altos e baixos, algumas vezes de forma surpreendente. Mas ainda reclamava muito. Pelos áudios que tenho, você disse trinta e duas vezes "não aguento mais" e vinte vezes "detesto isso!". Faltaram a você doses solenes de amor.

— Mas quem suportaria aquilo?

— "Aquilo" eram pessoas, e pessoas sofrendo.

— Mas você não tem histórico de alguém que cuida das pessoas sofrendo.

— Não viu minha foto naquele hospital? Ou você acha que apenas enviei dinheiro? Eu estive lá. Eu ajudei pessoas, não como Theo Fester, mas como um ser humano. Eu cuidei pessoalmente de meu pai até ele falecer de câncer, quando eu tinha vinte anos. Ajudei crianças nos orfanatos. Sabia que eu lavei banheiros depois de ter me tornado um bilionário?

Os filhos duvidaram. Mas Theo mostrou cenas chocantes. Ele estava de cabelos grisalhos, limpando banheiros.

— Eu fiz isso às escondidas para nunca esquecer que sou um simples mortal, falível, imperfeito.

— Mas você nunca nos contou nada sobre isso — observou Peterson.

— Não falei o que fiz, mas tentei orientar vocês inúmeras vezes. "Vocês irão para a solidão de um túmulo como qualquer mortal. Cuidado! O dinheiro mal-usado empobrece tanto quanto a falta dele!"

Os filhos recordaram-se dessas palavras. Depois, Theo passou um filme em que ele dava comida para crianças em orfanatos. Ele estava em algumas ocasiões com Thomas, filho de Peterson, e em outras vezes com Kate, filha de Brenda.

— Tentei salvar seus filhos, Thomas e Kate. Queria ensinar a eles o que não consegui ensinar a vocês.

Peterson, Brenda e Calebe ficaram surpresos. A filha disse:

— Eu só te conhecia exteriormente. Eis que agora meus olhos te veem.

Nas diversas ocasiões em que o pai comentava sobre se doar, seus filhos interpretavam que ele queria aliviar o sentimento de culpa por ser um bilionário.

— Vocês queriam saber de números, não mais ouviam a linguagem dos sentimentos. Mas eu tenho culpa nisso. Quando vocês eram crianças, eu trabalhava muito. Falhei, reconheço.

E Theo Fester voltou-se para Peterson para dar seu veredicto.

— Lembra-se, no seu décimo quinto dia na Caxemira, daquela criança de três anos que você pegou no colo? Ela espirrou na sua cara. Você a largou abruptamente, e ela caiu. Felizmente, caiu na cama. Mas poderia ter caído no chão. — E mostrou a cena. Foi chocante.

— Tive medo que me contaminasse.

— Mas ela é que estava com baixa imunidade. Ela é que poderia ser contaminada por você.

De repente, seu pai o mostrou trabalhando numa empresa clandestina que emprestava dinheiro.

— Quando você começou a trabalhar naquela *factory*, voltou às origens de banqueiro. Começou a emprestar dinheiro. Não foi bom que trabalhasse numa empresa clandestina, mas emprestar a juros de dez por cento ao mês? Na terra do banqueiro dos pobres, Muhammad Yunus, que se preocupa tanto em impulsionar pequenos empreendedores a juros baixos, você cometeu um estupro financeiro!

— Mas era a regra do mercado — defendeu-se Peterson novamente com os lábios tremendo.

— Do mercado clandestino. Por que você não quebrou as regras para favorecer os necessitados? — perguntou o pai. E, depois de uma pausa, prosseguiu:

— Mas o que mais me abalou, meu filho, foi o assédio à enfermeira daquela pobre clínica. Mas espere, vamos a outro episódio no iate.

Peterson ficou rubro, ofegante, com taquicardia. Na imagem, ele estava com alguns políticos e quatro modelos, duas loiras e duas morenas, e tentava agarrar uma das moças à força. Como ela não cedeu, ele a agrediu:

— Não seja hipócrita, você gosta de homens poderosos.

— Você me convidou para um passeio e não para um programa. Está bêbado — ela dizia, tentando se soltar dele.

— Eu sou Peterson Fester, eu sou um dos homens mais ricos do mundo. Qualquer mulher ama estar a meus pés.

Depois de mostrar essa cena, o pai apenas comentou:

— E os políticos, empresários e dois atores que estavam com você ainda tiveram coragem de te aplaudir. Aplaudiram um predador sexual!

— Mais uma vez, voltando ao passado... — disse Peterson, levantando-se. Sabia que estava prestes a ser reprovado.

Depois, o pai o mostrou assediando a pobre enfermeira indiana. Ela e Peterson estavam numa rua deserta. O vídeo o mostrava prometendo mundos e fundos para ela...

— Eu sou um homem muito rico. Vou tirá-la desse inferno.

— Mas como? Você vive de forma tão simples.

— Estou aqui disfarçado. Veja quem sou.

E se mostrou para ela em suas festas nos iates, convivendo com gente socialmente importante. Tentou seduzi-la com seu poder, como sempre fizera com tantas outras mulheres.

— Nossa! Não imaginava — disse a humilde enfermeira, com surpresa.

Naquele momento, Peterson achou que ela havia caído em sua armadilha. Pegou-a em seus braços e tentou beijá-la. Mas ela se recusou.

— Eu estou noiva. Vou me casar.

— Esqueça seu noivo pobretão! Comigo terá futuro!

E tentou agarrá-la novamente. Mas ela se esquivou. Peterson ficou irado e deu um tapa na cara dela.

— Morra então neste lugar miserável tratando de seus doentes.

E lhe deu as costas. Enquanto ele saía, ela disse:

— Prefiro cuidar desses pobres doentes a conviver com uma pessoa mentalmente doente.

Quando seu pai passou esse vídeo, Peterson perdeu a voz. Theo Fester disse calmamente:

— Sente-se. Não darei meu veredicto agora. Analisarei o comportamento dos seus irmãos e depois informarei minha decisão aos três.

Peterson sentou-se prostrado. Não conseguia argumentar. Atormentado, olhou para seus dois irmãos, e, de repente, passou por sua cabeça a tese: "O sucesso do outro me causa inveja, mas a miséria do outro me consola". Acreditou que seus irmãos também falhariam. Calebe, então... sem dúvida alguma. Pelo menos, não seria o único a ir para a miséria e para a cadeia. "Mas quem sabe meu pai não me dá um prêmio de consolo por ter enfrentado a Caxemira?", pensou por instantes.

29. O JULGAMENTO DE BRENDA

Theo Fester inspirou e expirou profundamente três vezes. Estava abalado com a análise que fez sobre o comportamento de seu filho mais velho. Precisava de um momento para meditar, relaxar, e começou, então, a analisar o comportamento de sua única filha. Fitou os olhos dela e reproduziu suas festas nababescas.

Brenda dançava, bebia descontroladamente e, às vezes, usava drogas. Ela amava status, mas nas redes sociais postava mensagens como: "A humildade é a veste da sabedoria".

— Filha, você veste um personagem nas redes sociais e outro nas festas faraônicas.

Brenda engoliu em seco. Era uma mulher que vivia na superfície, não mergulhava em temas mais profundos nem com sua filha, Kate.

— Mamãe, vamos ao cinema? — pedia Kate.

— Não tenho tempo, minha filha, sou a anfitriã da festa.

Em outra situação, Kate disse:

— Mamãe, vamos ao zoológico?

— Detesto bicho. Prefiro conviver com gente.

— Mas eu sou gente e você não gosta de conviver comigo — disse a garota, com inteligência.

— Kate, pare de choramingar de barriga cheia. Eu estou sempre com você.

— Sempre no celular, mas não comigo.

— Mas estou trabalhando.

— Seus seguidores são mais importantes que eu.

— Pare de ser tola. Por que diz isso?

— Pelo menos você envia mensagem para eles e responde algumas perguntas.

E Kate saía chorando.

Após passar esses vídeos, Theo Fester perguntou:

— O que você acha disso? Vai dizer, como Peterson, que o passado não importa, que o que importa são os trinta dias na Sicília?

Brenda chorou. Demorou para responder.

— Isso não faz parte do meu teste de estresse, eu sei, mas nada justifica meu comportamento. Fui uma mãe irresponsável. Eu confesso, vivia um personagem. Era uma especialista em me enganar. Maltratei quem eu mais amava.

Theo Fester ficou surpreso por ela não tentar se justificar, por assumir suas loucuras.

— Os piores prisioneiros são aqueles que creem que são mentes livres por viverem em sociedades livres. Eu te parabenizo por admitir suas loucuras.

Peterson ficou incomodado com o elogio à irmã. Em seguida, Theo Fester passou os primeiros dias de teste de Brenda. Transmitiu as cenas em que ela foi estuprada para conseguir nutrientes no supermercado. Nesse momento, o próprio Theo não se aguentou e chorou. Brenda também desabou. Calebe ficou atônito. Peterson, estarrecido, acusou seu pai:

— Como um pai pode levar uma filha a passar por uma situação desta?!

Brenda continuava chorando. Theo Fester não conseguiu pronunciar uma palavra. Aos prantos, ela o defendeu:

— Não, Peterson. Não foi meu pai... que me levou ao estupro. Mas os seres humanos que, presos em seus cárceres, se tornam predadores uns dos outros. Eu... passei noites em claro odiando meu estuprador, aquele monstro... Lavava as minhas partes íntimas várias vezes. Mas as piores noites que passei foi quando tive nojo de mim...

Calebe pegou as mãos de Brenda e, pela primeira vez na fase adulta, acalentou a irmã. Em seguida, perguntou:

— Por que você teve nojo de você, irmã? Você não teve culpa.

— Tive nojo da vida superficial e arrogante que eu levava. Vivia numa gaiola de ouro, alienada das dores de pessoas tão fascinantes, crianças admiráveis. Crianças morrendo afogadas. Lembram-se do menino sírio que morreu afogado nas praias da Turquia e que se tornou símbolo do descaso com os refugiados? O mundo se comoveu, eu também, em minha confortável mansão. Mas, infelizmente, vários outros meninos morreram. Alguns nas minhas mãos, mas a imprensa não noticia... Ah, meu Deus! Como estava cega.

Theo Fester olhou para sua filha com admiração. Ela estava coberta de razão. Sua vida era uma lama regada a perfumes caros e coroada com brilhantes.

— Mas você lutou pelos desvalidos. Exigiu que os socorristas fossem aos barcos resgatar africanos com seus filhos para dar a eles um lugar ao sol na Europa, fugindo de ditadores inescrupulosos ou da fome impiedosa.

E, assim, Theo Fester passou um vídeo em que ela mesma mergulhara no mar e resgatara uma criança se afogando.

— Colocou sua vida em risco para salvar a dos mais frágeis, algo que nunca tinha feito. Dividiu seu pão, mesmo torturada pela fome, com as crianças e sua mãe.

Brenda disse:

— Eu preciso voltar. A miséria daquelas pessoas é insuportável. Muitas crianças estão desenvolvendo a "síndrome da resignação".

— Não conheço essa síndrome — disse Calebe.

— Dr. Marco Polo me ensinou sobre ela.

— Você conversou com esse... — Peterson iria ofender o dr. Marco Polo, mas Brenda o cortou.

— Crápula, Peterson? Aproveitador? Ludibriador de mentes frágeis? Você acha que nosso pai, com o currículo que tem, poderia ser ludibriado por alguém? Acha que com tamanhas lucidez e cultura, que são maiores do que as de nós três juntos, ele poderia ser enganado por um psiquiatra? Se ele quisesse, dobraria qualquer profissional de saúde mental. Dr. Marco Polo o conquistou por sua inteligência. Conversei com ele quase todos os dias, sim...

Peterson engoliu as próprias palavras.

— O que é a "síndrome da resignação"? — questionou novamente seu irmão mais novo.

— Foi diagnosticada em muitas crianças da Suécia. Crianças e adolescentes que se desintegraram emocionalmente. Pararam de comer, de falar, de andar, de viver. Algumas entram em coma.

— Que coisa horrível — expressou Calebe. — Mas por quê?

— Segundo dr. Marco Polo, o cérebro desses meninos e meninas entra num estado de esgotamento dramático e insuportável ao tomarem ciência de que eles e seus pais serão deportados a seus países de origem, para os campos de guerra, para a fome e a miséria.

— Meu Deus! O que estamos fazendo com os filhos da humanidade?! — bradou Theo Fester. O homem que não chorava passou a ser muito mais sensível nos últimos meses, como nunca fora em sua história.

Brenda, condoída com tudo o que vira, mostrou a foto do garoto que agarrou suas pernas, Salah, que a motivara a furtar alimento no supermercado.

— Essa síndrome ocorre em diversos países, mas não é devidamente diagnosticada. Depois que eu levei alimentos para Salah, seus irmãos e sua mãe, esse menino adorável tornou-se meu amigo. Vejam. — E mostrou um vídeo em que ela corria atrás de Salah, que se escondia atrás dos postes e das árvores das praças para Brenda encontrá-lo.

— Te amo, Brenda — disse Salah no vídeo que ela gravou no celular.

E Brenda revelou o pior:

— Mas quando a Itália resolveu deportar sua mãe com seus dois irmãos para a Etiópia, para o caos da fome e da escassez, Salah deixou de dormir, acordava em pânico de madrugada. Tive de consolá-lo. Ele tinha apenas cinco anos, mas se preocupava com a mãe e os irmãos. Eu lutei por eles no centro de imigração. Eu esbravejei, dei escândalo, mas não teve jeito. O governo insistiu...

Brenda começou a chorar novamente.

— E o que aconteceu? — indagou Peterson, ansioso, lembrando-se de seu filho Thomas.

Ela mostrou o vídeo.

— Em uma semana, Salah viveu uma carga emocional tão estressante que um adulto só viveria em décadas. Esgotou seu cérebro. Desistiu de viver. Virou uma espécie de zumbi. Não saía mais da cama, não conversava, não queria comer. Desistiu de tudo e de todos. Dias depois, não o vi mais ...

Seu pai e seus irmãos ficaram alguns segundos em silêncio. Depois, Theo Fester se arriscou a comentar:

— Somos ricos? Ou somos miseráveis morando em palácios? Em breve, vamos para a solidão de um túmulo. Iremos com dignidade? Com a consciência tranquila de que ajudamos a aliviar, pelo menos um pouco, as dores da humanidade? Quantos "Salah" poderiam ser resgatados se fôssemos menos egocêntricos?

— Tem razão, meu pai. Pensei dia e noite nisso — concordou Brenda.

Theo Fester, apesar de estar impactado com as atitudes da filha, continuou a abrir seus cárceres mentais. Não abrandou seu julgamento. Foi mais penetrante em suas insanidades.

— Você começou a ter essa consciência do esgotamento cerebral que o sistema impiedosamente tem causado nas crianças. Mas você também esgotou o cérebro de inúmeras crianças e adolescentes. Colocou-as num campo de concentração.

Brenda ficou sem voz. Depois, perturbada, indagou:

— Como fiz isso, pai?

O pai guardou a revelação para depois. Apenas concluiu seu raciocínio.

— Durante anos, suas atitudes grotescas envergonhavam os Fester. Envergonhavam o passado do seu avô, que foi vítima dos campos de concentração, e humilharam a mim, que sou seu pai.

— Não é possível! Essa é uma acusação muito séria! Não me recordo de ter cometido tal atrocidade — disse, angustiada, pensando que o pai estava exagerando.

Theo Fester foi incisivo.

— Adolf Hitler considerava judeus, eslavos, ciganos e homossexuais sub-raças, principalmente os judeus, considerados sub-humanos, objetos de descarte. Himmler, o carrasco da polícia política, a SS, foi um tosco na sua juventude, inculto e obsessivo criador de animais. Fazia melhoramentos genéticos. Ele foi responsável pelos campos de extermínio, a limpeza étnica. O que você acha disso?

— Horrível! Horrível!

— Mas o que acha do campo de concentração criado pelo mundo da moda?

— Como assim? — disse ela, com os lábios tremendo.

— Você, como proprietária de uma das maiores cadeias de moda feminina mundial, impôs uma ditadura da beleza atroz que entrou no inconsciente coletivo de milhões de mulheres. Você e seu time de estilistas selecionaram corpos como Adolf Hitler selecionava os arianos.

— Mas, mas... Será que temos sido tão cruéis assim com as mulheres?

— Não tenho dúvidas. Certa vez, reprovou uma modelo que estava pronta para desfilar por ela ter engordado apenas três quilos.

— Quem, meu Deus?

— Julia, uma adolescente italiana de dezesseis anos. Você disse: "Está reprovada". E sentenciou: "Você está gorda. Olhe sua barriga!". A garota entrou em pânico. Transtornada, ela disse: "Mas... engordei apenas três quilos. Por favor". "Não. Você vai espantar os compradores da minha coleção." "Isso é crueldade." "Não importa. As modelos têm de ser cabides. Não é o corpo delas que têm de sobressair, mas a roupa."

Depois de passar o vídeo, o pai disse em voz alta:

— Sabe o que aconteceu com ela?

— Não tenho ideia. Nunca mais soube de seu paradeiro.

— Claro, você descartava as pessoas como objetos. Teve um cárcere mental monstruoso que gerou crises depressivas intensas. Comeu compulsivamente. Engordou cinquenta quilos em menos de um ano. Está com obesidade mórbida. Cinco segundos podem mudar uma história para o bem ou para o mal, minha filha.

— Meu Deus, o que fiz? Preciso procurá-la, pedir desculpas, ajudar no seu tratamento.

— Eu tenho feito isso. Ela se tornou uma segunda filha para mim. Está em tratamento. — Em seguida o pai concluiu: — Você foi cruel com as modelos, cruel em selecionar as mulheres dentro do padrão tirânico de beleza para te assessorar, cruel com sua filha, Kate. Todos os dias você briga com ela para comer menos!

Brenda mais uma vez não se defendeu.

— Você tem razão. Fui cruel mesmo. Na Sicília, via tanta miséria que me alegrava quando encontrava uma gordinha, era sinal de saúde. Fui implacável com minha filha. Mas entendi com dr. Marco Polo, nas minhas conversas com ele, que elevando o tom de voz, criticando e repetindo as mesmas coisas, eu acionava o biógrafo do cérebro para registrar janelas *killer*, enfim, promover aquilo que eu mais detestava.

Depois desse momento em que abriu sem dó suas feridas, confessou:

— Eu exerci a ditadura da beleza. Eu sou vítima dela. Por isso sofro de bulimia. As mulheres normais, que são gordinhas, que não têm os contornos tidos como ideais, o nariz, o busto, os lábios da maneira que se convencionou ser, são de fato excluídas, rechaçadas assim como os imigrantes ilegais, os refugiados. Estes são tratados como sub-humanos, escória ou lixo social, enquanto centenas de milhões de mulheres são massacradas pela tirania da beleza.

E, num momento único e emocionante, ela teve a ousadia de sentenciar:

— Sinceramente, meu pai. Eu mereço ser condenada, não apenas pela tentativa de assassinar você, mas por tentar assassinar a autoestima de milhões de mulheres, bem como garotas e garotos adolescentes.

Peterson, desesperado ao ouvir sua irmã condenando-se, levou as mãos à cabeça.

— Brenda, você está doente? Não seja tão cruel consigo! — bradou seu irmão mais velho desesperadamente.

Mas ela não deu ouvidos a ele. Estava decepcionada consigo mesma. Tinha vergonha do quanto a vida havia sido generosa com ela, e de como se comportou como um carrasco de pessoas inocentes, adolescentes no mundo da moda e colaboradores. Não se sentia doente, mas um ser humano consciente de suas loucuras.

30. O JULGAMENTO DE CALEBE

Calebe estava tão ou mais abismado que seu irmão mais velho. Esfregava as mãos na cabeça, media sua pulsação, tinha medo de ter um derrame. Sua crise hipocondríaca chegou às alturas. Era a vez de seu julgamento.

Esforçava-se em condenar seu pai. Um pai não deveria julgar seus filhos, acreditava, mas abraçá-los. Porém, era surpreendente como Theo Fester fazia um julgamento justo. Ele começou a admirar seu pai como nunca o fizera. Percebia que, à medida que expunha as chagas da personalidade de seus filhos, cravava uma faca na própria alma.

Esperava que seu pai fizesse uma pequena pausa, como fez com Brenda, antes de começar a dissecar sem anestesia sua estupidez, sua insanidade e sua arrogância. Mas, diante dele, Theo Fester não precisou ter uma parada estratégica para iniciar o "processo Calebe". Pensou: "Estou perdido, serei crucificado".

— Quanto a você, Calebe — falou com voz determinada. — Seu ego sobe até as nuvens e se desmancha em forma de tempestade sobre a cabeça dos que te contrariam. É surpreendente como você não se cansa de repetir que foi premiado como o maior empreendedor de sua geração. É surpreendente o modo como se autopromove.

Calebe esfregou as mãos uma na outra várias vezes. O que viria pela frente? Mas ele tentou abrandar a situação.

— Tudo o que fiz, não o fiz por mal. Ninguém dá o que não tem.

— Tem razão. Só damos o que temos. — E, nesse momento, Theo Fester mostrou um vídeo chocante. Calebe estava numa festa no Vale do Silício. Nela, estavam presentes vários líderes de *startups* de sucesso. Eles festejavam o sucesso nas bolsas, os bilhões de dólares que ganharam. Mas havia um jovem de vinte e cinco anos cuja *startup* não decolara. Calebe olhou para ele e, na frente de seus amigos vitoriosos, perguntou: "O que esse fracassado está fazendo nesta festa?". Zombaram dele publicamente. "Fui convidado", o jovem respondeu, constrangido. "Mas aqui só tem vencedores. Líderes de *startups* que deram certo." Atarantado, o rapaz tentou se explicar: "Não sou um fracassado. Estou revendo algoritmos, estratégias e processos. Nossa empresa ainda vai decolar". "Mas não mais com meus investimentos. Você está fora!" "Não desista agora, Calebe, por favor." E o prepotente Calebe comentou: "Só investirei mais se você tomar toda a champanhe desse copo". E escarrou no recipiente. Houve um coro macabro: "Beba! Beba!". Desacreditado, desesperado, sem recursos e temendo abrir falência, o jovem fechou os olhos e bebeu na frente de todos. Muitos tiveram ânsia de vômito ao ver sua atitude. Em seguida, Calebe debochou dele e traiu sua própria palavra. "Investirei mil dólares." "Mil dólares? Tínhamos acordado um milhão de dólares." "Fraco! Investiria eu em alguém que não tem pulso, que não tem orgulho próprio? Mil dólares e nada mais."

Calebe, assistindo àquela cena do passado, ficou tão atordoado que disse:

— Esse fato ocorreu há um ano. Pela riqueza de detalhes das filmagens, você há muito tempo planejava nos testar. Não o fez apenas pela decepção que lhe causamos neste Castelo da Floresta há cerca de um mês.

— Sim, há vários anos. Você é esperto, meu filho. Mas preferia que fosse menos inteligente e mais generoso.

— Mas você também é um trator. Passa por cima das pessoas.

— Sim, confesso. Este é um dos meus vários cárceres mentais: detesto pessoas lentas, tenho aversão a quem não ousa e mais ainda a quem vive a síndrome conformista do "eu nasci assim, vou morrer assim". Mas no rol das minhas loucuras não está humilhar publicamente as pessoas. Eu teria exaltado o fracasso desse jovem Peter.

— Mas ele era um verdadeiro fiasco.

— Mas andava por ares nunca antes respirados. Ousava. Sabe o que aconteceu com esse jovem que você humilhou e fez beber seu escarro?

— Não. — Meneou a cabeça trêmulo. — Por acaso sou tutor dele?

— Tentou suicídio três vezes. Na terceira vez, se atirou de um prédio de cinco andares... — Theo Fester fez silêncio.

— Não! Não! O que eu fiz com Peter?

Theo fez uma pausa, emocionado, e completou:

— Mas não morreu. Teve traumatismo cranioencefálico. Entrou em coma. Fui visitá-lo dez vezes no hospital. Na décima primeira vez, saiu do coma. E sabe quais foram as primeiras palavras que disse? "Me dê outra chance, Calebe."

— Como fui crápula.

— Ele ficou paraplégico!

— Oh, não! — expressou Calebe, transtornado, observando suas muletas, estando cônscio de como é horrível ficar sem se locomover.

— Mas, felizmente, está sem sequelas cognitivas.

— Que bom — disse, um pouco mais aliviado.

— Mas o pai dele não aguentou. Teve um infarto fulminante.

— Meu Deus, como fui brutal... Preciso ajudá-lo, confessar meus erros terríveis, tentar ser seu amigo.

Seu pai ficou feliz em ouvir isso, e disse:

— Eu fiz isso por você. Tornei-me seu segundo pai e seu melhor amigo.

— Você? Como? Você parecia tão insociável.

Theo Fester não disse nada. Ligou para Peter e colocou o aparelho no viva-voz. Este, ao ver o número do magnata, comentou eufórico e em voz alta:

— Meu mestre! Que bom receber sua ligação.

— Como está seu tratamento?

— Não vou andar mais. Mas aprendi com você que posso não ter pernas, mas posso voar. — E fez uma pausa, emocionado. Em seguida, completou: — Obrigado, sr. Fester, por acreditar em mim.

— Não sou sr. Fester, sou seu segundo pai, meu filho. Muito obrigado por existir. Você me dá muito orgulho.

Peter fez mais uma pausa. Depois, comentou alegre:

— A empresa está indo bem. Vamos abrir capital no ano que vem?

— Sim, mas sem mim.

— Por quê?

— Minha saúde... — disse, abalado, o magnata.

— Seus filhos não estão cuidando de você?

— Às vezes.

— E Calebe?

— Depois falo sobre ele. Ele torce por você — disse, olhando para Calebe, que meneou a cabeça, fazendo que sim.

— Mas não se esqueça que a única empresa que não pode falir é sua mente.

— Eu sei, eu sei...

— Até breve.

— Espere, não desligue — interveio Calebe surpreendentemente. — Peter, sou eu, Calebe.

— Calebe?

— Tenho orgulho de você. Perdoe-me, cara... Fui estúpido, arrogante, desumano. Sempre soube que você se tornaria melhor do que eu... Fui tomado pela inveja.

— Eu compreendo...

O momento era de intensa emoção, as palavras tornaram-se toscas para demonstrar a dimensão dos sentimentos entre eles. Peter e Calebe não conseguiram falar mais nada. Peterson teve uma crise de ciúme do pai.

— Você nunca me ligou como fez com esse tal de Peter.

O pai ficou impressionado com esse apontamento.

— Não? Olhe em seu celular. Liguei para você cinquenta e nove vezes somente neste ano. Mas um simples mortal nunca consegue falar com um ser humano que se postula um deus. Consegui falar quatro vezes, mas você estava sempre ocupado. Liguei setenta e duas vezes para Brenda, ela me atendeu em nove. Liguei oitenta e duas vezes para meu filho mais novo e só consegui falar com ele duas vezes, e olhe que moramos na mesma cidade. E ainda assim, ele só falava de números, resultados.

Brenda comentou, decepcionada:

— Há muito tempo fingimos ser uma família.

— Eu não, vocês sim — afirmou o pai. E, depois de uma pausa para refletir, Theo Fester comentou: — Você, Calebe, causou quinze confusões, apanhou dez vezes e levou cinco surras. O que acha disso? Bateu recorde mundial. O último espancamento resultou nestas muletas... — afirmou seu pai.

— Confesso, não tenho autocontrole, sou um homem doente.

— De fato, você sempre foi descontrolado — apontou Peterson, alegrando-se disfarçadamente pela desgraça do irmão. Pelo menos não estaria sozinho.

— Por acaso é um masoquista, Calebe? Gosta de se mutilar?

— Não.

— Veja a primeira confusão. Apesar de desconhecer o drama dos sem-teto, você já prescreveu a solução. É muita prepotência para um garoto falível com menos de quarenta anos de idade!

Calebe baixou a cabeça. Calou-se, subordinando-se ao julgamento do pai.

— Não vai tentar se justificar? — disse o pai, elevando o tom de voz.

— Há justificativas para atitudes claramente estúpidas?

— De fato, claramente estúpidas, injustificáveis — afirmou o pai. — Em seguida, começou a transmitir vídeos das primeiras horas de Calebe logo que este desembarcou em Los Angeles.

— Invictus esteve com você, seguia seus passos.

— Como é possível? — disse ele, admirado.

— Ele estava na pele daquele homem que cruzou sua história e o advertiu quando você disse: "Eu sou o melhor". Invictus também foi o sem-teto que te acolheu — disse Theo Fester, indicando que fora o primeiro que o recebera em sua barraca.

— O sr. Darren Johnson? Ele era um *Robot sapiens*? Impossível.

— Por quê?

Calebe inspirou profundamente e respondeu:

— Porque eu o vi chorar. Choramos juntos.

— Você também chorou? O mais insensível dos meus filhos foi às lágrimas? Você está blefando.

— Não. Desta vez, não.

— Mas não tenho essa gravação.

— Foi no breu da noite, no quinto dia do teste. O sr. Darren Johnson contou o capítulo mais triste de sua história, os motivos pelos quais se tornou um homem que vagava pelas ruas.

E Calebe contou esse capítulo:

— Darren amava a esposa, mas ela desenvolveu um câncer de mama. Devido às dificuldades financeiras, ela demorou para procurar ajuda. O câncer desenvolveu metástases pelo corpo. Um ano depois, ela morreu. Um mês antes do diagnóstico de câncer, o casal, apesar de ser pobre, resolveu repartir o pouco que tinha com uma pré-adolescente. Adotaram Elisa, de dez anos. Foram dias felicíssimos. Antes de morrer, sua esposa pediu que cuidasse de Elisa com todo o carinho e a atenção do mundo. Mas, exatamente um ano depois do falecimento da esposa, a menina, que era a alegria de Darren, foi atropelada tragicamente por um motorista drogado. Sr. Darren disse: "Não suportei, Calebe, não suportei. Eu falhei como pai. Chorei dia e noite a morte da pequena Elisa. Daria meus olhos para que ela enxergasse, meus pulmões para que ela respirasse, daria meu coração para que ela retornasse à vida".

Os olhos de Theo Fester umedeceram. E seu filho mais novo completou:

— Abracei o sr. Darren. Não imaginava que um pai pudesse amar tanto um filho. Ao abraçá-lo, suas lágrimas escorreram pelo seu rosto e molharam minha única camisa, que eu usava há mais de dez dias.

Theo Fester, emocionado, disse:

— Eu falhei também como pai. Deixei de sonhar para que meus filhos sonhassem, mas não lhes contei. Deixei de dormir muitas noites para que meus filhos dormissem bem, mas silenciei sobre minhas insônias. Como muitos pais, fui um pequeno herói, mas fui péssimo em fazer meu marketing pessoal. Como muitos deles, sou tratado como vilão por meus filhos, que só sabem observar meus defeitos.

Os filhos emudeceram diante da profundidade do raciocínio do pai e do amor intenso que ele tinha por eles. Descobriram tardiamente que ele os amou muito mais que seu dinheiro e seu trabalho. Descortinando suas loucuras, Calebe confessou:

— Eu, muito mais que meus irmãos, sou um especialista em apontar suas falhas. Acho que estou apto a conviver com máquinas, mas não com seres humanos.

Ao ouvir essas palavras, Theo Fester teve taquicardia e falta de ar. Parecia que sua vida estava se apagando como as chamas de uma vela. Era tarde demais para resgatar seus filhos. Nesse momento, em vez de abrandar o bisturi, cortou a carne do filho egocêntrico mais profundamente.

— Quem não é transparente tem uma dívida impagável consigo. Seu currículo em matéria de desonestidade é surpreendente, Calebe.

— Do que você está falando? — quis saber Calebe.

— Há nove meses, você prometeu para os colaboradores de uma das *startups* de que foi o investidor majoritário que, se ela valorizasse mais de um bilhão de dólares em um ano, você distribuiria dez por cento dos lucros para todos os colaboradores. Eles ficaram eufóricos. Deram o sangue para que os resultados fossem alcançados.

Calebe ficou estupefato.

— Sou seu filho. Como você me acusa dessa maneira?

— Um filho que envergonha minha história. Eu vi o relatório, você maquiou os números só para não cumprir sua palavra! — disse o pai, de forma exasperada.

Calebe ficou mudo novamente. O pai desferiu cortes mais profundos com o bisturi.

— Você é indigno do dinheiro que tem. Foi um crápula. Seu deus é o dinheiro, sempre foi. — E, depois de uma breve, pausa completou: — Mas não se preocupe, mais uma vez eu limpei sua sujeira. Mais uma vez, meus filhos agiram como predadores e tirei de suas mandíbulas suas frágeis presas.

Todos os três ficaram pasmados com a metáfora que o pai usou. E quanto à traição de Calebe, seu pai lhe disse: — Você prometeu dez por cento e não cumpriu, mas eu dei vinte por cento para toda a equipe.

— Vinte por cento? É muito.

— Pois agora darei cinquenta por cento. — E Theo Fester acrescentou: — E, para minha decepção, até nas ruas de Los Angeles você foi desonesto.

Calebe entrou em colapso.

— Parece que não acerto nunca! — bradou. — Quando eu fui desonesto? Quando?

— Quando furtou o pouco que tinha dos que quase nada possuíam. Como teve coragem, Calebe Fester? — acusou o pai.

— Onde? Como? Mostre-me as provas — desafiou seu filho.

— Veja esta cena, garoto. Você furtou dez dólares de um senhor mais velho que eu, com mais de oitenta anos de idade.

— Mas...

— Não tem "mas".

Foi então que seu filho explicou:

— Você se enganou, o sr. Mathews tem sessenta e sete anos, mas, devido à fome, ao desprezo e aos fantasmas do passado, ele tem aparência de noventa. Sim, eu confesso, peguei vinte dólares de sua bolsa.

E sem dizer outras palavras, Calebe fez uma ligação. E colocou no modo viva-voz a chamada, tal qual seu pai fez com Peter. Alguém atendeu na outra linha.

— Alô?

— Mestre — disse Calebe, respeitosamente.

O orgulhoso Calebe nunca ligava para pessoas de classe média, ainda mais para um maltrapilho.

— Calebe, meu querido aluno!

— Quero lhe pedir mil desculpas.

— Por quê?

— Há dez dias eu retirei vinte dólares da sua bolsa.

— Como você está se desculpando? O dinheiro era seu. Todas as vezes que ganhava algo, dividia comigo. Neste dia, colocou quarenta dólares na minha bolsa. Depois, vendo uma criança faminta, retirou dez dólares. Em seguida, retirou mais dez dólares para comprar um buquê de flores para depositar, junto com Darren Johnson, no túmulo da pequena Elisa. Com os vinte dólares, comi quatro dias, meu filho... — comentou generosamente Mathews.

— Tem estudado Sartre? — indagou Calebe.

— Sim, o ser humano está condenado a ser livre! Uma criança tenta escapar dos braços de sua mãe em busca da liberdade, um adolescente se arrisca em novas amizades para se aventurar, um presidiário sonha dia e noite em escapar do cárcere, um povo subjugado cedo ou tarde se revolta contra seus tiranos.

— Às vezes, penso que Sartre delirava. Parece que estou condenado não a ser livre, mas a ser encarcerado — afirmou Calebe.

— Errado. Até um suicida não quer acabar com a vida, mas escapar da dor. Ninguém se livra da sede de liberdade.

Theo Fester ficou espantado com o diálogo que o filho mantinha com um sem-teto.

— E Nietzsche, tem estudado? — perguntou Calebe novamente.

— Esses dias, li que Nietzsche discursava sobre o homem ideal, incorruptível, autônomo, enfim, um super-homem. Mas o Super-Homem só existe na DC Comics. Não há atores ideais no teatro da humanidade. Somos todos falhos, tolos, estúpidos, arrogantes, tão falsos humildes que temos orgulho de nossa humildade — afirmou Mathews. — E você, anda bebendo da sua arrogância?

— Sou um viciado, tal qual um alcoólatra.

E, então, os dois despediram-se com ternura e desligaram. Depois disso, Calebe comentou que uns não têm cama para dormir, outros dormem em colchões macios, mas não descansam. Uns não têm residências para viver, outros moram em belas casas ou apartamentos, mas vivem como mendigos emocionais sem nenhuma proteção.

31. O VEREDICTO

Theo Fester, um dos maiores empreendedores da história, estava estarrecido com o dossiê que levantou nos últimos anos a respeito do comportamento de seus filhos. Eles estavam infectados com as necessidades neuróticas de poder, de ser o centro das atenções sociais, de controlar os outros e de estar sempre certos. Quatro neuroses poderosíssimas e destruidoras. Theo perguntava-se constantemente, no silêncio de sua psique: "Formei monstros ou seres humanos?". A família moderna havia se tornado um grupo de estranhos, mas a do magnata até há pouco tempo foi além, se transformara numa farsa perigosa.

Finalmente, daria seu veredicto. Seus filhos iriam para o cárcere ou para a liberdade, para os vales do vexame social ou para a glória, para a miséria financeira ou para a posse de uma fortuna que raramente algum herdeiro já possuíra. Havia muito em jogo. Peterson, Brenda e Calebe estavam febris e ofegantes.

Depois de toda a análise de diversas cenas que eles protagonizaram no passado e das reflexões profundas dos comportamentos que tiveram nos últimos trinta dias, o magnata do Vale do Silício finalmente daria seu parecer. Como tinha menos de dois meses de vida, Theo Fester desejava repousar com a consciência tranquila no túmulo.

Começou seu veredicto por Brenda. Fixou seus olhos nas pupilas de sua filha e disse:

— Brenda, minha filha do coração, gostaria de lhe tecer palavras elogiosas, mas você deixou um rastro de dor sem precedentes na história de inúmeras pessoas. Durante anos, foi promotora da ditadura da beleza no sentido mais sórdido. Excluiu pessoas pela estética, minimizou mulheres pela aparência. Além disso, embriagou-se com o status social como um usuário de heroína que aplica drogas em suas veias. E não foi menos grave o que você fez com sua adorável filha. Gastava apenas cinco minutos por semana em média na presença de Kate. Reitero: cinco minutos por semana, mas passava cinco horas por dia nas suas redes sociais, vivendo uma personagem irreal, artificial, fictícia, iludindo milhões de seguidoras com seu culto ao corpo, sua utópica felicidade, seu otimismo falso. Escondeu a bulimia, quando poderia ter ajudado milhares de mulheres sendo verdadeira, falando de seus cárceres mentais.

Brenda desabou ao ouvir as palavras do pai.

— E, pior ainda, os míseros cinco minutos semanais que gastava com sua filha sem uso de aparelhos digitais não eram para resgatá-la, para penetrar em camadas mais profundas da sua história, para perguntar sobre suas alegrias, seus sonhos, seus pesadelos ou sobre os fantasmas que a assombravam, mas para lhe dar broncas, fazer críticas e apontar que ela estava obesa, quando, no fundo, estava apenas com leve sobrepeso. Você foi uma mãe cruel e uma empresária cruel.

Brenda levou as mãos à cabeça ao ouvir as conclusões do pai. Em seguida, ele continuou:

— Por fim, por amor ao dinheiro, tentou silenciar minha existência, a existência de quem a gerou, a acariciou, de quem cuidou de você, a ensinou a falar e a conhecer as nuances da vida. E, para aliviar seu sentimento de culpa, elevou sua hipocrisia aos céus, fez uma prece no ato em que seus irmãos supostamente tentavam me asfixiar. Mas saiba que eu já me sentia asfixiado por seu comportamento e o de seus irmãos anos antes. Entretanto, nos últimos dias, você tentou se reinventar. Agora, ao analisar suas reações ao teste de estresse, o meu veredicto é... — Brenda começou a transpirar. Ela mesma se convencera de que era indigna da própria liberdade. Mas esperava uma fagulha de compaixão do pai. Tinha certeza de que ela iria para o cárcere e perderia toda sua herança. — ... favorável a você, minha filha. Você passou no seu teste de estresse com louvor, Brenda!

Brenda caiu em prantos. Seus irmãos se levantaram e aplaudiram. Seu pai, já às lágrimas, continuou:

— Você tem meu perdão! Não a denunciarei na Justiça pela tentativa de assassinato. Exaltarei você por onde eu andar, pelo pouco de tempo que eu ainda viver. E sua herança será restituída. Além disso, a cadeia de seiscentas e cinquenta lojas que dirige será sua, completamente sua.

Brenda continuava aos prantos. Não conseguia se conter de tanta alegria. Foi abraçar o pai. Beijou-o várias vezes e disse com a voz embargada:

— Eu não poderia estar mais feliz. Do dia para a noite, saí da prisão para caminhar livremente, saí da miséria para me tornar uma bilionária. Mas me alegro muito mais por seu perdão... Eu sei, meu pai, que você não é perfeito, que tem seus defeitos, mas descobri que é o melhor pai do mundo, pelo menos para mim. Você perdeu o sono muitas vezes para que eu pudesse dormir. Mil perdões... Mil perdões... por tudo que te fiz, por tantas pessoas que machuquei como profissional, por ferir minha filha Kate.

De repente, a porta da grande sala do Castelo da Floresta se abriu. Ouviram-se os passos de uma pessoa. Para sua surpresa era Kate, sua filha. Brenda, fascinada, correu para abraçá-la como nunca o fizera depois que ela crescera. Encheu-a de beijos. Kate afastou-se um pouco de Brenda, abriu um sorriso e disse:

— Mamãe, parabéns, parabéns, você passou no teste de estresse do vovô.

— Kate, você sabia? — perguntou, admirada.

— Sim, eu sabia.

— Soube da minha grande falha? — indagou, constrangida.

— Qual delas?

— Sei que são muitas. Que eu queria que seu avô não vivesse... — Não conseguiu falar que, junto dos irmãos, planejou o assassinato do próprio pai.

— Eu sei de tudo. O vovô é meu grande amigo. Não me escondeu nada. — Em seguida, olhou para ele. Este sorriu levemente para sua neta. E Kate acrescentou: — Não se puna, mamãe. Recomece a sua história.

Kate começou a chorar ao ver a mãe transformada.

— Mamãe, eu quero... conhecer essa pessoa maravilhosa que você está se tornando... e que o vovô descobriu.

— Eu ainda tenho defeitos graves. Fui fã de celebridades, mas te prometo que, de hoje em diante, serei a sua maior fã. Te contarei histórias, ainda que eu seja desajeitada, cantarei para você, ainda que eu seja desafinada, tal como fiz para as meninas refugiadas na Europa. Muito obrigada por você existir.

Depois que disse essas borbulhantes palavras para Kate, Brenda fez outra pausa, fitou a face de seu pai e, para assombro dele, de sua filha e de seus dois irmãos, comentou:

— Você acabou de me dar seiscentas e cinquenta lojas espalhadas pelo mundo. Eu sei que é uma das maiores cadeias internacionais de moda feminina. Mas eu ficarei com apenas dez por cento das ações.

— Como assim, minha filha? — perguntou seu pai.

— Metade dos outros noventa por cento, usarei para construir um fundo para reparar os danos da ditadura da beleza que eu e outras instituições causamos no inconsciente coletivo das pessoas, em especial mulheres, crianças e adolescentes. Quero contratar psicólogos e psiquiatras para tratarem transtornos alimentares, como bulimia e anorexia. Investirei em projetos socioemocionais para que a humanidade saiba que a beleza não pode ser vendida, comparada ou comprada, que a beleza é um patrimônio único de cada ser humano. Contratarei modelos fora dos padrões tirânicos de beleza.

— Eu te ajudarei, mamãe — disse Kate, feliz da vida.

— Muito bem, minha filha, morrerei em paz em relação a você. E a outra metade? O que irá fazer com ela? — questionou Theo Fester.

Brenda parou, inspirou profunda e lentamente e disse:

— Quero doar para a causa dos refugiados! Para as ONGs que a apoiam. Não sai da minha cabeça a dor das mães e das crianças tratadas como escória social.

— O que é escória, mamãe?

— Lixo, minha filha.

— Eu também te ajudarei nesse projeto — disse Kate.

Peterson e Calebe arregalaram os olhos. Era inacreditável que a irmã abrisse mão de grande parte da fortuna. Estavam estarrecidos.

Brenda confessou:

— Tenho perdido noites de sono pensando no que ocorreu com um menino incrível, chamado Salah.

Os olhos de Kate lacrimejaram, e ela disse:

— Eu sei, mamãe, eu sei... Você foi estuprada... ao tentar conseguir alimento para ele... Por fim, ao saber que a mãe seria deportada, ele desistiu de viver...

— Tenho pesadelos vendo-o estirado numa cama. Tento despertá-lo para a vida, mas me sinto completamente impotente... — desabafou Brenda.

Subitamente, a porta central da sala abriu mais uma vez. Todos se voltaram para ela, pois o rangido era intenso. Na penumbra, era possível ver alguém que caminhava a passos lentos na direção deles, mas não dava para ver seu rosto. De repente, a silhueta de um pequeno menino negro apareceu, e ele gritou:

— Brenda! Brenda!

Brenda sentia como se estivesse entrando num filme, numa cena surreal. Era aquela voz conhecida. Abriu e fechou os olhos algumas vezes para ver se não estava sonhando.

— Salah? É você?

Ela e o menino correram um para os braços do outro.

Seu pai abriu um largo sorriso.

O magnata o havia resgatado.

— Estou providenciando a documentação para que ele e a família fiquem legalmente nos Estados Unidos.

Depois desses momentos emocionantes, Kate conduziu o menino para fora da sala do Castelo da Floresta, para conhecer os jardins. Brenda ficou para saber o veredicto dos irmãos. Tinha esperança de que eles tivessem a mesma sorte que ela.

Em seguida, Theo Fester tomou água. Calebe e Peterson estavam comovidos, mas deveras apreensivos, porque não sabiam o que os aguardava. Não sabiam se o mundo aos pés deles ruiria ou seria sólido. O bilionário olhou para baixo e observou suas anotações. Finalmente, ergueu a face e disse:

— Calebe, começarei por você.

Peterson ficou intrigado com essa mudança de ordem. Talvez porque seria mais bem avaliado, pensou. Calebe engoliu em seco. Inspirou profunda e lentamente. Nunca momentos tão rápidos definiriam os rumos de uma longa história. Seu pai foi poeticamente ferino.

— Calebe, sua arrogância é tão profunda como os oceanos, seu egocentrismo é tão abundante como o oxigênio, sua necessidade doentia de ferir os outros é tão penetrante como as lâminas mais afiadas. Nos últimos anos, seu comportamento gerou sequelas irreversíveis, não apenas em jovens espetaculares como Peter, mas em muitos que investiguei, que tiveram a falta de sorte de atravessar sua história. Michael, seu ex-gerente, teve depressão. Helena, sua gestora de novos negócios, teve ataques de pânico. Gutemberg, seu gerente financeiro, desenvolveu fobia social. Robert, um de seus sócios minoritários, prometeu matá-lo quando você o humilhou publicamente dizendo que ele era "um idiota, um investidor de merda", numa reunião de empreendedores no Vale do Silício. Quantos mais você asfixiou? Você é um prisioneiro mental promovendo outros prisioneiros mentais.

Calebe levou as mãos à cabeça. Sabia que seria condenado. Ou ganhava dez bilhões de dólares de herança e o perdão do pai ou ficaria com a miséria e o cárcere físico. Era muito em jogo. Tomado pelo sentimento de culpa, falou sem arrogância, mas com genuína preocupação:

— Você tem vergonha de mim?

— Tenho muito mais motivo para ter vergonha do que para ter orgulho — respondeu o pai.

— Sou um caso recuperável? Acha que sou um psicopata? — indagou Calebe, trêmulo.

— Recuso-me a lhe dar um diagnóstico, não sou psiquiatra, só sei que, com o currículo do seu passado, a humanidade piorou. Você foi eficiente financeiramente e ineficiente emocionalmente. Com você, a espécie humana foi mais predadora e menos altruísta, mais ferina e menos viável, ainda que você tenha levantado quinze bilhões de dólares para meu grupo nos últimos três anos.

Nunca se soube de um pai que proferira tais palavras a um filho. Elas eram pesadíssimas. Cortavam a mente como um bisturi, dividiam o intelecto da emoção, separavam o monstro e o humano, como se fossem uma lâmina de dois gumes. Calebe começou a gaguejar, e seu pai percebeu o desespero. Theo Fester bebeu mais um gole de água gelada e finalizou:

— Entretanto, apesar de ter asfixiado muitos, você trouxe ar, vida a esse jovem no meio dos sem-teto. — Theo mostrou o vídeo em que

Calebe socorria um adolescente que estava tendo uma parada cardiorrespiratória decorrente do uso de cocaína. Via-se Calebe fazendo massagem cardíaca e respiração boca a boca no jovem, dessa vez, sem se preocupar com germes, bactérias, vírus... apenas querendo salvar o garoto, o qual reagira e conseguira se recuperar. — Calebe, mesmo com toda a sua aversão à doença, você teve a coragem de fazer massagem cardíaca nesse jovem e até mesmo respiração boca a boca e salvou a vida dele.

— Não, meu pai, foi ele que salvou a minha vida. Ao presenciar aquela cena, eliminei de vez a cocaína da minha história. Decidi nunca mais me deixar dominar pelas drogas.

— Muito bem, meu filho. Analisando as grotescas e monstruosas atitudes em seu passado e comparando-as com seu comportamento em seu teste de estresse, tentando neutralizar minimamente as imensas feridas que você causou, não é difícil dar meu veredicto. Você acha que é possível esconder suas loucuras, inclusive a de ter sido mentor de um plano para matar seu pai?

— Não. Eu sei que não — disse, vertendo lágrimas.

— Muito bem. Por isso meu veredicto é... — Calebe se levantou em crise de ansiedade, sabendo que iria para o cárcere físico. — ... favorável a você, Calebe. Você passou no teste, meu filho.

— O quê? Você está brincando com meus sentimentos? — perguntou Calebe, não acreditando no que acabara de ouvir.

— Não. Você passou no teste.

Calebe colocou as mãos no rosto, aos prantos. E seu pai ainda acrescentou:

— Eu o perdoo. Não levarei para meu leito de morte o planejamento de meu assassinato. Recusarei no teatro da minha mente ruminar as mágoas que você me imprimiu. Minhas refeições serão tranquilas e minhas noites serão pacificadas, não o tomarei como meu inimigo e meu algoz, mas como um filho do meu coração, que estava perdido, mas que agora eu achei.

Calebe correu até os braços do pai e lhe deu vários beijos. Seu pai fixou seus olhos nos dele e advertiu:

— Você aprendeu muitas lições. Surpreendeu-me com a sua humildade e sua generosidade. Em alguns momentos, pensei que fosse um caso sem esperança. Todavia, está ainda no estágio inicial para reeditar sua história. Muitos monstros ainda habitam sua mente. Você precisará de anos de treinamento.

Não importava se ele não passou com louvor em seu teste de estresse como Brenda. O importante era que Calebe teve uma nova oportunidade. Naquele momento, o filho mais novo e mais arrogante de Theo Fester tomou a palavra e deixou seu pai e seus irmãos pasmados.

— Serei um bilionário? — indagou para seu pai, que não gostou da pergunta.

— Sim.

— De quanto será minha herança, Theo Fester? — indagou mais uma vez, deixando o pai angustiado, começando a pensar que talvez não devesse tê-lo aprovado.

— Dez bilhões de dólares — respondeu, constrangido.

Calebe fitou furtivamente os olhos de seu pai e disse:

— Pois bem. Eu renuncio à minha herança.

— O que você está dizendo? — perguntou o magnata, perplexo.

— É o que você acabou de ouvir, pai... — E com a voz embargada, saindo pausadamente, misturada às cálidas lágrimas, completou: — Eu descobri que seu perdão é minha maior recompensa, e seu amor é a minha maior herança. Só quero uma mesada para sobreviver.

Peterson entrou em estado de pânico, não entendeu a reação do irmão mais novo. Seu pai, também perplexo, perguntou:

— Mas o que fará com sua fortuna?

Calebe sorriu e comentou:

— Metade da minha fortuna vai para os sem-teto deste país. E a outra metade, quero usá-la para executar o megaprojeto do dr. Marco Polo: o Prisioneiros da Mente!

— Mas como? Você parecia odiá-lo.

— Pois, a partir de agora, eu trabalharei com ele. Esse projeto será minha missão de vida também.

— Não entendo — disse Theo Fester, em estado de euforia. — Você achava que ele era um aproveitador de mentes frágeis.

— Muito mais. Eu o achava um crápula, um sedutor de pacientes terminais, um usurpador de herança. Hoje, acho que todo pai deveria testar de alguma forma seus filhos antes de torná-los herdeiros. Nesses trinta dias infernais de estresse, eu, que não sou dado a chorar, chorei como uma criança, fiquei perturbado como um psicótico, fragmentado como um deprimido. E, por fim, engoli minha soberba e repensei minha história.

Calebe secou os olhos com suas mãos. Um dos empreendedores mais brilhantes de todo o mundo, com menos de quarenta anos de idade, descobriu que nunca fora um deus, mas um frágil ser mortal. Descobriu o que muitos poderosos jamais o fizeram. Calebe ainda acrescentou:

— Depois que engoli meu orgulho, passei a conversar nos últimos dez dias diversas vezes com o dr. Marco Polo. Eu sou vegetariano, não gostava de ver animais sangrar, mas não me importava em sangrar sua felicidade, meu pai, a dos meus irmãos e a das pessoas que trabalhavam comigo.

— Surpreendente. Mas como você falou tantas vezes com dr. Marco Polo, se eu não tenho esses relatos?

— Eu sabia que meu telefone estava grampeado. Usei o telefone do meu mestre Mathews e supliquei desesperadamente para que dr. Marco Polo fosse um sem-teto como eu. Atendendo a meu pedido, nos últimos dias ele foi dormir na barraca do Mathews. Aliás, não dormimos, passamos as noites conversando. Ele me explicou o funcionamento da mente. E realmente entendi que há mais cárceres mentais no meu cérebro do que nas cidades mais violentas do mundo.

E, se não sairmos da Era da Informação para a Era do Eu como gestor da mente humana, a humanidade será inviável, sempre produzirá monstros como eu, eficientes, ricos, poderosos, porém predadores.

Theo Fester não conseguia se conter de alegria, entretanto, advertiu o filho:

— Tem certeza de que não vai se arrepender de doar toda a sua fortuna? A vida é árdua, meu filho.

— Não sou forte nem herói. Mas tenho certeza de que estou tomando um passo fundamental e consciente. Veja, já fui escravo da cocaína, sou impulsivo e hipocondríaco, Brenda tem bulimia, aracnofobia e dependência digital, Peterson, alodoxafobia, tropofobia e necessidade doentia de poder. Somos todos prisioneiros em nossa mente, pai. Mas tenho uma exigência para doar tudo que tenho e trabalhar nesse projeto.

— E qual é? — indagou seu pai, curioso.

— Invictus deverá participar do projeto.

O pai parou, sorriu e lembrou-se de que havia dito a mesma coisa para o dr. Marco Polo, na sede da ONU.

— Aceito. A tecnologia Invictus fará parte do projeto Prisioneiros da Mente!

Foi um momento solene, ímpar, espetacular.

Se tivesse apenas esses dois filhos, Theo Fester poderia fechar seus olhos para a vida em paz, mas faltava julgar o mais velho, Peterson. Parou, leu rapidamente suas anotações. E os comentários iniciais foram elogiosos, diferentemente do que ocorreu com os outros dois filhos:

— Você, Peterson, é meu filho mais velho e mais dedicado. Sempre esteve comigo nos momentos mais difíceis de minha vida. Foi disciplinado e lutou por um grupo empresarial como raros filhos o fazem. — Peterson meneou a cabeça em agradecimento. Estava eufórico. E seu pai continuou: — Mas você amou o dinheiro mais do que a vida, deixou no rodapé da sua história as pessoas mais caras, como seu filho, Thomas. Tratou sua esposa com uma indiferença inumana. Pisou em todos os que te contrariavam. Seu prazer era se reunir com pessoas que só nutriam seu ego, que o bajulavam dia e noite. Mas no teste de estresse, você procurou dar uma guinada, tentou escrever seus capítulos mais nobres em seus dias mais tristes. Portanto, comparando seus erros do passado com o seu comportamento na Caxemira, meu veredicto é... — Peterson o interrompeu. Pelos elogios iniciais e pelas críticas rápidas, ele acreditou que cairia nas graças do pai. Levantou-se com um leve sorriso no rosto. Acreditava que sairia daquele julgamento um bilionário, que teria uma fortuna incalculável, um poder incomensurável. Seu ânimo estava tão à flor da pele que se antecipou:

— Eu confio em sua imensa compaixão, meu pai, e exalto sua justiça! — Essas palavras silenciaram Theo Fester. Peterson insistiu: — Tenho orgulho de ser seu filho.

Seu pai fez mais um momento de silêncio. De repente, ele deixou escapar uma lágrima. Peterson percebeu que algo estava errado e começou a ficar angustiado.

— Vamos, pai. Diga que você me aprovou, por favor.

Theo Fester elevou seus olhos e disse:

— Você foi reprovado.

Peterson paralisou. Sua mente ficou congelada. A de seus irmãos também. De repente, seu corpo começou tremer, e ele deu um grito como se estivesse sendo devorado por um predador.

— Nããããão! Não é possível! Eu te odeio, velho!

— Esse velho, com muito pesar, reprovou você.

Foi então que Peterson começou a agredi-lo com palavras como nunca o fizera.

— Você é odioso! Um louco! Um insano avarento! Um ingrato! Você sempre me sabotou! Logo eu, o filho que foi seu escravo! O idiota que esteve sempre a seus pés, que deu sua vida para o grupo, excluído de sua herança!

Calebe interveio:

— Peterson, cale a boca!

— Cale a boca você, seu assassino. Você é um dos responsáveis por me colocar nesta armadilha! Você é um louco igual a esse velho. Por isso todos te odeiam.

— Acalme-se, Peterson — solicitou Brenda.

— Acalme-se? Você ganhou uma cadeia de lojas e quer que eu me acalme depois de tirarem toda a minha fortuna, de me transformarem num miserável e, ainda por cima, de me atirarem num fedorento cárcere?

Seu pai vertia lágrimas. Queria lhe dizer uma frase...

— Filho...

Mas Peterson o cortou:

— Não me chame de filho!

Peterson tirou rapidamente algo do seu blazer. Era uma arma, uma pistola Glock G28, poderosa e supercompacta. Desesperado, apontou a arma para o pai e depois para seus irmãos. Os dois irmãos entraram em estado de choque, recuaram, mas o pai não se intimidou. Levantou-se da cadeira e deu dois passos em direção ao filho.

— Eu vou te matar, seu velho, e depois vou matar esses seus dois filhos. Ficarei com tudo! Tudo! — gritou, completamente descontrolado.

Seu pai deu mais alguns passos. E, de repente, Peterson disse algo surpreendente.

— E quer saber um grande segredo antes de morrer, Theo Fester?

— Pode falar — disse seu pai, tentando acalmá-lo. Ele sabia que tudo aquilo poderia terminar numa terrível tragédia.

— Você não está com câncer!

Seu pai parou, franziu a testa e, aturdido, indagou:

— O que você está dizendo?

— Eu forjei o diagnóstico.

— Você está blefando. Todos os exames mostram que tenho tumores espalhados pelos pulmões — afirmou o pai.

Peterson riu.

— Não é possível — disse Brenda, indignada.

— Está revoltada, Brenda? Você acabou de ficar riquíssima — disse Peterson.

— Por que você fez isso? — indagou Calebe, chocado.

— Para saciar sua ambição, seu fedelho, bem como a minha e a de Brenda. Eu já sabia que esse homem estava nos investigando havia anos. Sabia que ele preparava um dossiê de nossos comportamentos.

Seu pai permaneceu mudo, quase incrédulo.

— E como você forjou o diagnóstico? — quis saber Calebe.

— Velhas práticas que você sempre usou. Imagens falsas. Nada que um milhão de dólares não compre.

— E minhas crises de tosse? — perguntou Theo Fester.

— O remédio manipulado, seu ingênuo. Ah... Invictus não descobriu isso?

— Mas fiz quimioterapia e radioterapia. Sofri muito no último mês.

— Sofreu sem necessidade. Mas não sofrerá mais, este é seu fim. — E engatilhou a arma.

Theo Fester ficou impressionado com a psicopatia de Peterson. Ele estava mais doente e era mais agressivo do que pudera imaginar. Naquele momento, Theo Fester testou a teoria do dr. Marco Polo. Lembrou-se de como ele deslocou a âncora da memória das fronteiras das janelas *killer* para as raias das janelas *light* do homem que iria cometer uma chacina na sala da ONU. Se se intimidasse diante do filho, seria presa, se o agredisse, seria predador, nas duas situações, Peterson atiraria. Precisava surpreendê-lo:

— Você pode me matar, mas não matará minhas ideias. — Essas palavras abalaram Peterson. E seu pai deu mais alguns passos.

— Pare! — bradou, trêmulo com a ousadia do pai.

Mas Theo Fester continuou se aproximando:

— Por trás dessa arma há um ser humano que eu abandonei. Eu confesso! Um filho que passou por dores que nunca descobri e crises que nunca investiguei. Falhei com você.

Peterson ficou perplexo. Theo Fester queria levá-lo a pensar.

— Você, o magnata do Vale do Silício, um dos homens mais poderosos do mundo, admitindo suas loucuras? Admitindo que foi estúpido? O que o pavor não faz com o cérebro de um homem, não? — ironizou.

— Você é forte, Peterson, não porque porta uma arma, mas porque, apesar de todos os seus erros, tem um potencial enorme para se reinventar.

— Cale-se! Cale-se! — gritou, tentando não o encarar.

— Olhe nos meus olhos. E atire — disse Theo Fester.

Peterson tremeu. Seu pai ficou a dois passos dele.

— Atire. Vamos. Eu não tenho medo de morrer, tenho medo de te perder. — E lágrimas verteram por sua face.

Peterson não conseguiu. Caiu em prantos. Seu pai o abraçou. Calebe pegou a arma. Peterson sentou-se no chão desfalecido, como uma criança desesperada e desamparada. Em seguida, Theo Fester disse:

— Retirarei toda a sua herança, Peterson.

Peterson, cabisbaixo, disse:

— Eu sei. E irá me denunciar, me prender... O que mais?

— E não o denunciarei.

Ele elevou o olhar e indagou, perplexo:

— O quê?

— Eu o perdoo! — disse o pai, soluçando.

— Não irei para a prisão?

— Não. Mas seus erros foram muitos. Tenho uma condição — disse Theo Fester.

— Qual?

— Você irá morar um ano numa das favelas mais perigosas do Rio de Janeiro!

— Uma favela no Brasil. Serei morto...

Theo, aumentando a voz, repreendeu o preconceito do filho, dizendo:

— Nas favelas do Rio de Janeiro, mais de noventa por cento das pessoas são mais éticas, pacíficas e heroicas do que em muitos lugares cortejados pelo mundo, inclusive em Nova York, onde você vive, e no Vale do Silício, onde seu irmão vive. Você vai aprender, meu filho, a ser digno com essas pessoas que são dignas e vivem num ambiente social indigno. Você preside bancos, vá aprender a presidir sua mente com eles.

— Mas o que farei sem dinheiro?

— O que bilhões de pessoas fazem. Lutar para sobreviver, ter sonhos e disciplina para crescer.

Brenda se levantou e disse:

— Pai, eu quero dar a Peterson parte das minhas ações.

Mas o pai a proibiu.

— Não...

De repente, novamente a porta central da imensa sala do Castelo da Floresta se abriu. O rangido desviou a atenção deles. Apenas Peterson continuava cabisbaixo. Um jovem entrou a passos bem lentos, se aproximou de Peterson e suavemente o chamou:

— Pai...

— Thomas? Meu filho. O que faz aqui? — disse ele, se levantando.

Às lágrimas, o filho disse:

— Estou aqui porque, apesar de tudo, de todas as coisas que eu tenho na vida, você é uma das melhores delas.

O choro do pai se intensificou.

— Não é possível! Você sabe que... — começou a falar Peterson, mas não teve coragem de enumerar seus erros.

— Sei de tudo que se passou no Castelo da Floresta.

— Sabe também que eu falhei na Caxemira?

— Sim.

— Sabe que seu avô me deserdou?

— Sim.

— Sabe que eu apontei uma arma para seu avô?

— Sim. Eu assisti a tudo em outra sala... — disse, enxugando o rosto com suas mãos. Era um garoto sofrido.

— Você tem medo de mim? — perguntou o pai, angustiado.

— Não, tenho compaixão por você — respondeu Thomas, emocionado.

— Sabe que eu vou para o Brasil morar numa favela do Rio de Janeiro? Sabe dos perigos que eu enfrentarei lá?

— Sei que a sua agressividade talvez seja tão grande como a de traficantes violentos. Eles traficam drogas, você traficava o ódio e a soberba — disse o filho, com inteligência e honestidade. — Mas sei que lá há seres humanos incríveis, melhores do que nós.

— De onde você tirou essas ideias?

— Eu não apenas convivo com meu avô, eu fui educado por ele.

— Sua mãe vai pedir o divórcio.

— Eu sei... Ela sofreu demais. Ela nunca quis um homem rico, mas um homem bom.

Peterson ficou com a voz embargada.

— Seu pai será um favelado. Você se afastará de mim para sempre? Me dará as costas?

— Sim, te darei as costas — afirmou Thomas.

— Eu imaginava... — disse o pai, abaixando a cabeça.

— E também minha face, meus braços...

— Como assim?

— Eu irei com você — afirmou seu filho.

— Meu neto, não vá — aconselhou o avô.

— Seu avô está certo, você não merece passar pelas privações que certamente enfrentarei — disse Peterson.

— Eu irei porque eu te amo... E sempre sonhei em conhecer o Brasil.

— Faria isso por mim? Mesmo sabendo que poderemos até passar fome?

— Mesmo! Vou te mostrar o quanto vale o amor de um filho, o amor que você não conseguiu demonstrar como meu pai...

Peterson fez uma pausa e, quase sem voz, disse:

— Muito obrigado por não desistir de mim, Thomas. Estou doente. Mas quero conhecê-lo... E conhecer, inclusive, as lágrimas que te fiz derramar... e que você nunca teve coragem de me contar.

Depois disso, Peterson desabou, e seu filho também. Naquele momento, se abraçaram prolongadamente. Theo Fester também caiu em prantos, e Brenda e Calebe, igualmente, não contiveram as lágrimas.

Dr. Marco Polo assistia a tudo por vídeo, em outra sala. Também se emocionou muito. Invictus, numa atitude inédita, pegou uma lágrima do psiquiatra com um de seus dedos e colocou-a em seu olho direito, deixando-a escorrer pela face. Queria sentir o que era impossível para os androides e robôs. A família Fester era uma farsa, uma família de deuses que se digladiavam, mas que depois de correrem riscos altíssimos de se autodestruírem, finalmente voltaram a ser humanos. E assim começou o projeto Prisioneiros da Mente. A humanidade nunca mais seria a mesma...

Agradecimento

Agradeço a todos os pacientes que atendi em mais de vinte mil sessões de psicoterapia e atendimentos psiquiátricos. Considerei-os não doentes, mas um mundo a ser descoberto.

Como pesquisador do processo de formação dos pensamentos e do Eu como gestor da mente humana, tornei-me um garimpeiro à procura de um tesouro escondido nos seus escombros. E sempre o encontrei! Nessa jornada descobri que todos somos PRISIONEIROS EM NOSSA MENTE em busca da liberdade.

Rousseau dizia que o ser humano nasce bom, a sociedade o corrompe... Na realidade, o ser humano nasce em construção. E os piores prisioneiros são aqueles que se acham autossuficientes.

Augusto Cury

Este livro foi impresso em 2019, pela Santa Marta,
para a HarperCollins Brasil. A fonte usada no miolo
é Garamond Premier Pro. O papel do miolo é Offset 75g/m².